W0211046

10
18

12, AVENUE D'ITALIE. PARIS XIIIe

Sur l'auteur

Journaliste, sportif de haut niveau puis chef d'entreprise, David Khara est aujourd'hui écrivain à plein temps. Avec la trilogie composée du *Projet Bleiberg*, du *Projet Shiro* et du *Projet Morgenstern* (parus aux éditions Critic), il confirme son entrée très remarquée dans le monde du thriller. *Une Nuit éternelle*, la suite de son polar vampirique *Les Vestiges de l'aube* (Michel Lafon, 2011), adapté en bande dessinée chez Dargaud, a paru chez Fleuve éditions en 2014.

DAVID KHARA

UNE NUIT ÉTERNELLE

Postface de Philippe Ward

10/18

FLEUVE ÉDITIONS

Du même auteur
aux Éditions 10/18

LE PROJET BLEIBERG, n° 4497
LE PROJET SHIRO, n° 4602
LE PROJET MORGENSTERN, n° 4844
LES VESTIGES DE L'AUBE, n° 4750
► UNE NUIT ÉTERNELLE, n° 4986

ISBN 978-2-264-06732-6

Pour Pascale, et Hervé,
qui aura 53 ans pour toujours

CHAPITRE 1

Quelque part au sud du Potomac, juillet 1863

La pluie tombait depuis trois jours sans discontinuer, et un ciel gris ardoisé pesait sur les âmes lasses. La prairie qui s'étendait à perte de vue s'était muée en une nappe marécageuse. Incapable d'absorber les eaux, le sol se constellait de longues flaques noirâtres colonisées par des nuées de moustiques voraces. Déjà accablés par un conflit ininterrompu depuis plus de deux ans, les soldats subissaient les assauts incessants de la vermine en quête de sang chaud.

Le découragement et la résignation régnaient sur le campement de l'armée sudiste.

Debout devant la tente dans laquelle se déroulaient les réunions des officiers, le lieutenant Lacroix observait, le cœur au bord des lèvres, le ballet de ses hommes, têtes basses, les visages marqués par le désespoir, leurs uniformes gorgés de cette foutue flotte. Tous luttaient contre la boue, une boue grasse qui alourdissait les semelles et rendait chaque pas plus difficile que le précédent. Qu'elle semblait loin, l'Époque glorieuse où les États confédérés s'étaient soulevés dans l'allégresse contre le joug des Yankees !

George Lacroix passa une main dans l'épaisse barbe blonde dont le temps et la négligence l'avaient paré et pesta contre la tignasse qui lui tombait sur la nuque. Et dire qu'à Richmond, pour son enrôlement, il s'était présenté impeccablement rasé et les cheveux courts ! Ce jour-là, une foule en transe, à la joie hystérique, chantait ou vociférait des slogans haineux à l'égard de l'Union. D'abord impressionné, le jeune homme avait ensuite éprouvé une profonde fierté à l'idée d'endosser l'uniforme de la liberté pour lutter contre l'oppression nordiste. À en juger par l'abondance des volontaires qui affluaient de toute la Virginie, il n'était pas le seul convaincu du bien-fondé de ce que certains appelaient « la deuxième révolution américaine ».

Le canonnage de Fort Sumter par les confédérés sonna le glas de l'unité américaine et marqua le début des hostilités. Les premiers combats s'ensuivirent, les premières victoires aussi, avec la certitude candide que le conflit serait de courte durée.

Las, cet espoir s'estompa vite.

Les massacres succédèrent aux carnages.

Et la vague de l'enthousiasme se brisa sur l'âpre réalité de la guerre.

L'averse se fit moins drue. Le vent se leva puis dissipa les nuages gris amoncelés au-dessus du campement, laissant percer un rayon de soleil. George l'accueillit comme une bénédiction. À force de privations, ce fils d'un riche propriétaire terrien, habitué à l'opulence et au luxe, avait appris à se satisfaire de peu.

Il plongea sa main gantée sous sa veste pour en extirper l'enveloppe qui ne le quittait jamais puis en tira une feuille qu'il déplia délicatement. George parcourut les lignes rédigées par sa femme, sa chère et tendre Margaret, lui annonçant la naissance de leur premier enfant, Louis. Empreinte d'amour et d'une tristesse contenue, cette lettre constituait la seule attache reliant encore George à la vie.

Sur le champ de bataille, certains hommes choisissaient la désertion, crime souvent sanctionné d'une balle dans le dos par un supérieur zélé. D'autres avançaient tels des morts vivants, au-devant du projectile ou de la baïonnette qui mettrait fin à leur misère. George aurait été l'un d'eux sans l'espoir de retrouver son épouse et son fils. Un fils qui célébrait aujourd'hui son deuxième anniversaire. Un fils qu'il n'avait encore jamais embrassé.

À cette pensée, il ne put retenir une larme qu'il s'empressa d'essuyer du revers de sa manche. Une bourrasque le surprit alors, emportant la lettre. Son cœur bondit dans sa poitrine, et il s'élança à la poursuite de la feuille de papier comme si sa vie en dépendait. À plusieurs reprises, il crut la saisir, mais le vent facétieux et cruel l'entraînait chaque fois hors de sa portée.

Le souffle court, les yeux fous, il fouettait l'air de ses mains tel un chat pourchassant un papillon sans jamais parvenir à l'attraper. Il ignora les regards moqueurs d'un groupe de soldats lancés dans une partie de dés et s'engouffra entre deux tentes humides et crasseuses.

Tout à sa cavalcade, ses prunelles grises rivées sur sa cible, George trébucha sur un piquet, s'étala de tout son long dans une mare infecte, puis se mit à pleurer comme un enfant. Il pleura toutes les larmes de son corps, celles retenues depuis des semaines, des mois, des années. Il pleura une seconde, une minute ou une heure, peu lui importa. Il ne voulait simplement plus se relever.

— Après la course à pied, vous envisagiez sans doute de terminer cette traque à la nage, lieutenant Lacroix ?

George leva la tête vers la voix de baryton qui s'adressait à lui et avisa une main tendue. Il rassembla ses forces, étouffa un ultime sanglot et saisit la paume offerte. Alors qu'il s'apprêtait à pousser de toutes ses forces sur ses jambes pour s'extraire de la boue, il se sentit soulevé comme une botte de paille hissée par un palan. Une fois debout, il essuya tant bien que mal son uniforme crotté.

— À votre place, j'éviterais. Vous ne faites qu'étaler la saleté, poursuivit la voix sur un ton à la fois amusé et bienveillant.

— Merci… pour le conseil et pour votre assistance… osa George en détaillant l'homme campé à ses côtés.

Une mâchoire solide affermissait son visage sillonné par de légères rides d'expression. Une fine cicatrice courait de la commissure de ses lèvres généreuses au lobe de son oreille droite. Le vent soulevait ses longs cheveux noirs noués en catogan. Il portait un cache-poussière de cuir brun boutonné jusqu'au menton.

Plus grand que lui d'une tête, plus large d'épaules aussi, il couvait George d'un regard attentionné, presque protecteur.

Ce dernier fouilla dans sa mémoire, mais ne se rappela pas l'avoir jamais vu dans ce campement ni dans aucun autre au cours de la guerre. Pourtant, avec un tel physique, et cette tenue peu commune, il ne passait pas inaperçu.

— Je vais vous trouver des vêtements propres le temps que votre uniforme soit nettoyé. Et je crois que ceci vous appartient, conclut l'imposant inconnu en brandissant la lettre de Margaret.

Il la tendit à George qui la prit avec délicatesse. Il la replia et la replaça dans l'enveloppe qui regagna ensuite la poche intérieure de sa veste.

— Merci !

— À l'avenir, je vous suggère de consulter un bien aussi précieux sous abri. Les sources de réconfort sont bien trop précieuses pour les disperser aux quatre vents.

— Vous avez raison, admit le lieutenant, retrouvant un peu de sa contenance. Si vous le permettez, vous possédez un avantage sur moi puisque j'ignore tout de vous alors que vous connaissez visiblement mon nom et mon grade.

L'homme croisa les bras sur son torse solide, haussa un sourcil puis esquissa un sourire ironique.

— Je ne voulais pas me montrer grossier, s'excusa instantanément George en se morigénant de sa maladresse, j'aimerais juste savoir qui je dois remercier.

— Appelez-moi Nicolae. Accompagnez-moi, lieutenant Lacroix, occupons-nous de votre tenue avant que vos supérieurs ne vous découvrent dans cet état. Nous en profiterons pour partager un verre dans ma tente.

Sans attendre de réponse, le prénommé Nicolae tourna les talons. George le regarda s'éloigner, stupéfait de le voir marcher dans la boue avec autant d'aisance que s'il évoluait sur un terrain sec. Le jeune officier se lança à sa suite avec beaucoup moins de facilité et ne le rattrapa qu'au prix d'un effort violent qui l'amena au bord de l'asphyxie.

— Nicolae, dites-vous… Je n'ai jamais entendu tel nom. Quelle en est l'origine ?

La question sembla glisser sur ledit Nicolae qui ne se retourna pas et continua d'avancer en direction d'un bois voisin. À l'orée de la futaie de chênes, ils croisèrent deux hommes aussi vêtus de cache-poussière montant la garde de part et d'autre d'un petit chemin qui s'enfonçait dans la forêt. Les sentinelles firent un salut inattendu à leur passage. Au lieu de se tenir fusil à l'épaule, ils posèrent la crosse de leur arme à terre entre leurs jambes et saisirent le canon à deux mains. Ainsi postés, menton haut et regard lointain, ils ressemblaient à des statues de granit. Une sensation étrange s'empara de George alors qu'il dépassait les soldats d'une démarche mal assurée. Dans cette armée faite de bric et de broc, il n'était pas rare de croiser de rudes gaillards grands et musclés. Mais ce qui émanait de ces types était d'une autre nature que la simple force. Ils transpiraient la puissance brute, animale, et, surtout, paraissaient d'un sang-froid et d'une assurance à toute épreuve.

George baissa machinalement la tête et remarqua deux profonds sillons creusant le sentier au bout duquel Nicolae l'attendait. Il allongea sa foulée et rejoignit son énigmatique hôte devant un campement installé dans une clairière insoupçonnable depuis le cantonnement du régiment sudiste. Une tente de toile blanche immaculée, gigantesque comparée à celles habituellement utilisées, trônait au centre d'un carré formé de quatre abris à peine plus petits. Trois soldats brossaient des chevaux attachés à des troncs d'arbre. En cavalier accompli, George apprécia la beauté des bêtes, au nombre d'une dizaine, dont on s'occupait avec le plus grand soin.

Il s'intéressa ensuite à un chariot de la taille d'un wagon de chemin de fer parqué à quelques mètres des animaux. Ses dimensions peu communes, son armature métallique et la large bâche qui le recouvrait et tombait à mi-hauteur retinrent l'attention du lieutenant. Ces voitures sécurisées servaient d'ordinaire au transport d'armes, d'explosifs, voire de fonds, et faisaient l'objet d'une surveillance constante. Mais ici, nul ne se tenait à proximité du convoi, et ceux qui s'affairaient dans le camp semblaient s'en désintéresser.

— Bienvenue dans notre humble bivouac, lança Nicolae en écartant un pan de la tente principale.

— Humble, vous êtes bien modeste… Merci de m'accueillir dans vos quartiers, répondit l'invité avec déférence.

Si l'ordre qui prévalait à l'extérieur avait impressionné George, l'intérieur ne cessa de le surprendre. De la table en chêne massif au petit buffet ouvragé installé contre la toile, jusqu'aux trois grands coffres posés sur un épais tapis persan, tout respirait le goût des belles choses. Une odeur de cire enivrante parvint aux narines du lieutenant, mêlée aux émanations des trois lampes à pétrole qui éclairaient les lieux.

Nicolae déboutonna son long manteau puis l'ôta, révélant son uniforme. Comme frappé par la foudre, George se mit au garde-à-vous et se fendit d'un « Général ! » tonitruant.

— De grâce, épargnez-moi les courbettes d'usage, railla Nicolae en passant la tête par l'ouverture de la tente.

Il hurla un ordre dans une langue inconnue de George, toujours droit comme un I. Avisant la posture du jeune officier, le général leva les yeux au ciel puis soupira ostensiblement.

— Repos, fit-il d'une voix lasse en tirant une chaise sur laquelle il s'assit.

— Je suis désolé, j'ignorais…

Interrompant la litanie d'excuses, un homme entra à son tour, tenant entre ses mains un plateau d'argent supportant deux verres en cristal ainsi qu'une bouteille sans étiquette. Il déposa le tout sur la table avec le soin et l'application d'un majordome. Ses manières délicates tranchaient avec un physique trapu et un visage carré planté sur un cou massif. Il dardait sur l'invité de petits yeux inquisiteurs.

— Merci, Jiles, chuchota Nicolae. Ayez l'amabilité de nettoyer la veste de M. Lacroix et de lui en trouver une nouvelle.

Après un signe de tête respectueux, l'homme s'approcha de George. Ce dernier se défit de son vêtement souillé et le tendit au dénommé Jiles qui prit aussitôt congé. Le rouge aux joues, le lieutenant rajusta les bretelles claires qui maintenaient son pantalon et défroissa sa chemise blanche. Jamais il n'aurait imaginé se retrouver attifé de la sorte devant un supérieur !

— Mon fidèle aide de camp, précisa Nicolae aussitôt après le départ de celui-ci.

— Général, je suis vraiment…

— Assis, c'est un ordre ! Et si vous m'appelez encore une fois « général », je vous promets que votre arrière-train tâtera de ma botte, conclut-il en remplissant les verres.

Il bascula sa chaise en arrière, déplia ses longues jambes et posa ses talons sur la table. Il avala une lampée d'alcool sans décoller ses prunelles noires de George, qui but à son tour avec l'étrange impression d'être sondé au plus profond de son âme.

La première gorgée lui provoqua une quinte de toux phénoménale. D'abord fruitée en bouche, la boisson se révélait plus forte que tout ce qu'il lui avait été donné de boire jusqu'alors. Un véritable incendie embrasa sa langue et son palais et poursuivit son travail destructeur en lui brûlant l'estomac. Pour parfaire son ridicule, des larmes lui montèrent aux yeux.

— Surprenant pour qui n'y est pas habitué, n'est-ce pas ? s'amusa Nicolae entre deux nouvelles lampées qui paraissaient pour lui indolores. Europe orientale.

George inspira bruyamment avec l'espoir que l'arrivée d'air apaiserait ses souffrances.

— Europe orientale ? répéta-t-il une fois ses esprits recouvrés.

— En chemin, vous m'avez demandé d'où j'étais originaire. Je vous réponds, et cet alcool vient de mon pays. Chez moi, on le nomme « divin ». Ici, vous l'appelez « cognac ».

Nicolae ferma les paupières et fit tourner délicatement le breuvage dans le verre tout en le humant avec délectation.

— 1690, l'un des premiers crus mis en bouteille. La légende lui prête le don d'offrir la jeunesse éternelle…

Lorsqu'il rouvrit les paupières, George crut discerner dans le regard sombre et impénétrable de son hôte une pointe de nostalgie.

— Je vous sais gré de partager avec moi un tel trésor, lâcha-t-il. Je ne suis pas certain de mériter vos égards.

— Les amis se font rares en ces temps troublés. Je vous ai observé alors que vous lisiez la lettre de votre épouse. Et quand je l'ai attrapée…

George voulut protester, mais n'en eut pas le temps.

— Rassurez-vous, mes yeux se sont posés par hasard sur les dernières lignes, je ne me serais pas permis de lire plus avant. Sachez simplement que votre détresse m'a touché.

— Nous avons entamé ce conflit sous les chants et les cris de joie, soupira le lieutenant. Nous le conclurons dans le silence accablant des funérailles et de la défaite…

— Notez bien mes paroles, mon cher. Le principal ennemi de cette jeune nation n'est autre qu'elle-même. Les menaces extérieures ne représenteront jamais qu'un détail face au danger sommeillant au sein de ses entrailles.

— Les deux dernières années semblent vous donner raison. Et, bien que je reconnaisse à votre analyse une certaine sagesse, vous n'en oubliez pas moins une interrogation de taille.

— Laquelle ?

— Existera-t-il seulement une nation à l'issue de cette guerre ?

— Ne gaspillez pas votre temps en questionnements futiles.

— Vous jugez ce risque futile ?

— Même les frères éprouvent le besoin de s'affronter, parfois jusqu'à la mort. Il en va ainsi depuis Abel et Caïn. Les hommes s'entre-tuent avec l'allégresse conférée par la conviction d'être dans leur bon droit. Puis se produisent les massacres, avec leur cortège d'images insoutenables. Les membres arrachés, les soldats éviscérés, l'humain rabaissé au statut de viande sur pied. Après les premiers combats, les yeux des survivants trahissent la haine et la soif de revanche. Mais peu à peu, à force d'abomination, la flamme de la colère s'estompe, laissant place au vide abyssal du désespoir. Vient un jour où la vacuité de la guerre apparaît aux plus belliqueux et étouffe leurs velléités. Ce jour-là, le désir de paix supplante l'envie de tuer. Commence alors la réconciliation, le constat amer d'un tribut trop lourd, et se pose enfin l'inévitable question : comment en sommes-nous arrivés là ? Il en a toujours été ainsi. Il en sera toujours ainsi. En dépit de ses efforts, l'homme est impuissant face à la nature dont Dieu l'a doté.

Nicolae conclut sa tirade en portant un toast silencieux puis engloutit le contenu de son verre d'une traite sans ciller. Un geste que le jeune lieutenant se garda bien d'imiter.

À cet instant, un soldat surgit dans la tente. Il échangea quelques mots avec le général dans la langue entendue précédemment, puis repartit aussi vite qu'il était venu.

— Pardonnez-moi, George, un rendez-vous inattendu.

— Je vais donc prendre congé, fit George en se redressant, et vous remercier de nouveau pour votre hospitalité.

— N'en faites rien. J'aimerais que vous assistiez à cette rencontre. Vous pourriez la trouver distrayante.

— Vraiment ? À quel titre ?

— J'accorde audience à un émissaire de William Quantrill.

— William Quantrill ? répéta George, effaré. Celui qui mène des raids dans les États nordistes à la tête d'une bande de soudards ?

— Celui-là même. Vous ne semblez pas le porter dans votre cœur. Certains sudistes le considèrent pourtant comme un héros…

— Quel héroïsme y a-t-il à massacrer des populations sans défense ? s'offusqua George. Dire que ce type s'est octroyé le grade de « colonel »...

— Calmez-vous, je ne l'apprécie pas plus que vous, mais les batailles sont rarement gagnées par des poètes. Notre cher Quantrill a conduit une opération à ma requête.

— Ce meurtrier ne sert que lui-même. Ses actions répugnantes salissent notre honneur, tout ce pour quoi nous nous battons. Pardonnez-moi, mais je ne comprends pas ce qui vous a poussé à faire appel à lui.

— Vous êtes un homme de bien, George Lacroix. Je respecte cela. Sachez cependant qu'il existe des dangers plus grands en ce monde qu'une meute de reîtres sans foi ni loi. Et, tant qu'à consentir un sacrifice, je préfère sacrifier des individus de peu de valeur. De deux maux, j'ai choisi le moindre... Il arrive. Quoi que vous entendiez, je vous demande de ne pas prendre part à l'échange qui va suivre.

Dubitatif, George acquiesça d'un signe de tête.

Les pans de la tente s'écartèrent de nouveau, dévoilant les deux gardes aperçus à l'orée du chemin menant à la clairière. Ils encadraient un homme petit et râblé qui triturait nerveusement un chapeau de fermier entre ses doigts boudinés aux ongles noirs.

Le contraste entre l'allure noble et soignée de Nicolae et celle du soudard, voûté, malpropre, les cheveux gras, sauta aux yeux de George, qui remarqua également que, dehors, la nuit était tombée.

— J'espère de bonnes nouvelles, lança le général sans daigner regarder l'arrivant.

— Pour sûr, elles ne sont pas si bonnes que ça, m'sieur, on s'aventure jamais aussi loin au nord. Un seul de nos gars est revenu, et en sale état. Il tenait à peine sur son canasson quand il est rentré, et il lui a bien fallu trois jours pour aligner deux phrases.

— C'est très triste, ironisa Nicolae, mais seul le résultat de cette expédition m'intéresse.

— D'après ce qu'a raconté not' gars, la baraque a été brûlée, et tous ceux qui y habitaient y sont passés. Ils ont même buté une femme enceinte. Un futur abolitionniste en moins, ricana le butor en lançant des sourires à la ronde.

Nicolae et ses hommes accueillirent ce sourire avec une froideur indifférente et dardèrent sur le plaisantin des regards dédaigneux. L'émissaire se rembrunit devant le peu de succès remporté par ce qu'il semblait considérer comme une saillie irrésistible.

— Enfin bon, tout ça pour dire qu'ils ont rien laissé derrière eux, et que tout allait pour le mieux. Mais sur le chemin du retour, en pleine nuit, ils ont été pris en chasse par un type qui a tué plusieurs hommes. Ils ont réussi à l'avoir, et ils l'ont achevé d'une balle dans la tête.

— Je vois…

— Sauf vot' respect, vous n'avez pas tout vu, m'sieur. Le survivant dit que ce type s'est relevé et qu'il a massacré tout le monde.

— Normal, murmura Nicolae.

— Vous trouvez ça normal, m'sieur ? Un type qui revient d'entre les morts ?

— De la part d'une bande de soiffards, dont je ne doute pas qu'ils auront fêté leur glorieux forfait à grand renfort de piquette, un tel délire me paraît normal. Auriez-vous l'amabilité de me remémorer votre ordre de mission ?

— Mais c'est vous-même qui avez donné les consignes…

— Merci de me le rappeler, mais je souhaite l'entendre de votre bouche.

— Les gars devaient passer en territoire nordiste et capturer un zigue au nom imprononçable. Werther Von je sais plus quoi.

— … Werner Von Lowinsky, corrigea Nicolae en hochant la tête de dépit. Capturer, pas assassiner. Ni lui ni ses gens, et encore moins son épouse enceinte !

— Ben… nos gars n'ont pas trouvé ce Von Zowirsky sur place, alors ils ont fait ce qu'ils font d'habitude : piller, brûler et massacrer. Et puis vous lui vouliez quoi, à ce nordiste ?

— Mes motivations ne vous concernent en rien. Votre lamentable échec me jette dans une situation inextricable.

— Des Yankees sont morts, je vois pas le problème. Nous par contre, on y a laissé des plumes. Comment vous comptez dédommager le colonel ?

— Ah oui, bien sûr, le dédommagement du colonel Quantrill… soupira Nicolae en se levant de sa chaise.

Le soudard reçut une gifle si brusque et si violente qu'il dut s'agripper à la table pour ne pas tomber à la renverse. Par réflexe, il porta la main à la crosse de son revolver. Avant qu'il ne puisse dégainer, il se retrouva sous la menace de deux fusils pointés sur lui.

— Vous êtes peut-être des héros aux yeux des misérables culs-terreux qui admirent votre bande, mais pour moi vous n'êtes que de vulgaires charançons. Je vous écraserais sous ma botte sans même m'en rendre compte.

— Soyez maudits ! cracha l'homme.

— Je crains que votre souhait n'ait déjà été exaucé…

Une nouvelle gifle s'abattit sur l'émissaire de Quantrill, plus sèche et brutale encore que la précédente. Cette fois, il bascula en arrière, chancela puis s'écroula, inconscient, aux pieds de George qui observait la scène sans mot dire.

Non que l'envie d'intervenir lui ait manqué, et à de nombreuses reprises, mais l'autorité dégagée par Nicolae l'en avait dissuadé.

— Sortez-moi ça ! gronda ce dernier. Préparez-vous à décamper à l'aube, nous n'avons plus rien à faire ici.

George s'interrogeait sur ce dont il avait été témoin, tandis que les hommes du général traînaient le malheureux hors de la tente. Le retour de Jiles, une veste propre pliée sur le coude, empêcha le lieutenant de formuler la moindre question.

À l'invitation de l'aide de camp, il lui tourna le dos, prêt à enfiler le vêtement. Nicolae se campa face à lui et le dévisagea.

— Je vous présente mes excuses pour ce qui vient de se produire et ce qui va suivre.

— Que voulez-vous…

Les mots de George se noyèrent dans un gargouillis pathétique alors qu'une pression terrible s'exerçait sur sa trachée. Il porta les mains à son cou et agrippa la lanière de cuir qui l'enserrait, mais ne parvint pas à se libérer de la prise herculéenne de Jiles.

— La lettre de votre épouse expliquera votre désertion, expliqua paisiblement Nicolae alors que le jeune homme suffoquait. Je suis tellement désolé…

Le général caressa le visage de George avec délicatesse et tendresse.

— Au moins mourrez-vous pour une bonne cause, quoi que je doute que vous trouviez dans cette idée le moindre réconfort, conclut-il en adressant un signe de tête à Jiles.

Celui-ci bouscula le lieutenant hors de la tente. Paniqué, les yeux embués par les larmes et incapable de respirer, George ne put que suivre le mouvement imposé par l'aide de camp, bientôt secondé par deux autres soldats. Les lanternes qui éclairaient le bivouac lui parurent autant de lucioles au cœur de la nuit noire. À peine conscient, plus soutenu par les bras puissants de ses agresseurs que par ses jambes flageolantes, il se retrouva devant la porte arrière du chariot fortifié. Cette dernière s'ouvrit, l'étranglement cessa, puis il fut violemment projeté à l'intérieur.

George se pencha en avant pour reprendre son souffle. Perdu entre soulagement et inquiétude, il poussa soudain un cri déchirant.

*

Nicolae regardait avec tristesse le chariot secoué en tous sens au rythme des hurlements et des grognements bestiaux étouffés par le bois et le métal.

— L'échec des hommes de Quantrill nous entraîne dans une quête bien plus longue et ardue qu'escompté, soupira-t-il. Qui sait désormais quand nous retrouverons la trace de Werner et quelle sera sa puissance…

— Nous resterons à vos côtés autant que nécessaire, maître, l'assura Jiles, debout derrière lui.

— Cessez une fois pour toutes de m'appeler maître ! Je ne suis pas votre maître, ni votre grand maître, et encore moins général de cette armée grotesque. Je suis votre maréchal. Compris ?

— Oui, maréchal. Que faisons-nous de l'émissaire de Quantrill ?

— Tuez-le et jetez-le dans le chariot.

— Est-ce vraiment indispensable ?

— Indispensable ?

Nicolae demeura pensif un court instant. Il se remémora le butor à l'âme fruste, inculte, n'éprouvant de respect pour rien ni pour personne, et entendit de nouveau sa voix poissarde écorcher le nom de sa cible : Werther Von Zowirsky… Si ce n'avait pas été une insulte, cela aurait été hilarant.

— Ce n'est pas indispensable, fidèle Jiles, fit-il en tournant les talons et en posant au passage une main amicale sur l'épaule de son majordome. Mais que voulez-vous, je déteste que l'on déforme le nom de notre frère…

CHAPITRE 2

New York, Tudor City, hiver 2003

— Werner Von Lowinsky, vous êtes certain de ne pas vous payer ma tête ?

Assis sur le tapis de mousse bleu déroulé sur le sol du salon, Barry Donovan essayait tant bien que mal d'oublier ses muscles tétanisés et le feu qui couvait dans ses poumons. Mains jointes autour de ses genoux repliés, il souffla pour repousser une goutte de sueur qui perlait au bout de son nez.

— On ne peut plus certain. Vous n'avez pas atteint le compte de cent, mon ami, déclara l'homme en costume noir confortablement installé dans le canapé à motif fleuri et plongé dans la lecture du *New York Times* du jour.

Barry s'allongea un instant pour reprendre sa respiration. Il passa une main dans ses cheveux roux trempés par l'effort.

— Ah bon ? haleta-t-il, plaintif.

Werner écarta le journal et posa un regard amusé sur le policier dont le tee-shirt gris se parait de larges auréoles sombres.

— Navré de vous décevoir, vous n'en êtes qu'à quatre-vingts. Persévérez, que diable ! lança-t-il en guise d'encouragement.

— Sérieusement, il me reste vingt tractions ? insista Barry, entre surprise et déception.

Werner haussa un sourcil.

— Douteriez-vous de ma parole ?

— Non, j'espérais juste en avoir terminé…

— Tel n'est pas le cas, répliqua Werner avec une pointe d'ironie dans la voix. Les consignes de votre médecin sont formelles : vous devez renforcer votre ceinture abdominale si vous souhaitez retrouver toutes vos facultés physiques.

— J'aimerais vous y voir…

— Ce n'est pas moi qui ai reçu une balle dans l'abdomen et qui viens de subir une ablation de la rate. Cessez donc de gaspiller votre souffle en vaines discussions et reprenez, voulez-vous ? Arriver en retard au cinéma me rendrait de fort méchante humeur…

Barry releva la tête et crut discerner un pli moqueur sur les lèvres de son ami au moment où celui-ci se replongeait dans sa lecture.

— Tout le monde n'a pas la chance d'être invulnérable, bougonna Barry en glissant de nouveau les mains sur sa nuque.

— Je vous ai entendu, et si vous continuez à protester, j'envisagerai à regret des mesures coercitives.

— Pas besoin de me le dire deux fois, admit Barry en effectuant ses tractions.

— À la bonne heure !

Le policier se raccrocha à sa pugnacité naturelle pour en finir au plus vite avec son exercice. Pour être certain de ne pas en faire plus que nécessaire, il ponctua son effort en comptant à voix haute. Les dix derniers mouvements se transformèrent en calvaire. Enfin, il se laissa retomber lourdement sur le sol en hurlant : « Cent ! »

Le journal s'écarta derechef, dévoilant un Werner tout sourires.

— Cent vingt, corrigea celui-ci.

— Ben voyons… Vous m'aviez donné votre parole…

— Non, mon cher, je vous ai demandé si vous la mettiez en doute. La nuance sémantique ne devrait pas échapper à un garçon titulaire d'un diplôme en littérature.

— Je suis trop fatigué pour me lancer dans un débat sur la sémantique…

— Allons, ne vous plaignez pas, vos progrès sont considérables. La semaine dernière, vous franchissiez péniblement la barre des cinquante. Votre récupération valait bien quelques menus arrangements avec la vérité…

— Ah, parce que ce n'est pas la première fois que vous trichez ?

— La huitième en quinze jours, précisa Werner, impassible.

Barry lâcha un rire de dépit vite interrompu par une quinte de toux. Son abdomen se contracta sans lui provoquer de douleur autre que celle causée par ses muscles tétanisés. Il n'y avait pas si longtemps, il aurait souffert le martyre. Werner avait raison : le bout du tunnel se profilait, et la blessure ne serait bientôt plus qu'un mauvais souvenir. Un de plus.

Tout avait commencé deux mois plus tôt. Barry s'apprêtait à reprendre son poste au sein de la brigade criminelle de New York après deux années de dépression et de repli sur soi à la suite des attentats du 11 septembre 2001. Présent sur les lieux avec les premiers secours, il avait participé à l'évacuation de rescapés avant d'être soufflé par l'effondrement du premier gratte-ciel.

Ce jour-là, les États-Unis avaient renoncé à l'illusion de leur impunité, et New York faisait ses adieux au symbole de son hégémonie économique. Le bilan humain dépassait l'entendement : deux mille sept cent cinquante-trois personnes périrent, au compte desquelles vingt-trois membres de la police de la ville et trois cent quarante-trois pompiers ou personnels médicaux.

Ce jour-là, un torrent d'acier engloutissait le bonheur et l'insouciance.

Ce jour-là, Barry perdait Cindy, son épouse, ambulancière à l'hôpital Saint John's, et Maureen, sa fille, en visite avec sa nounou au World Trade Center.

L'ironie d'un destin dépourvu de compassion voulut qu'il survive, accablé par le poids de la culpabilité et de l'impuissance, hanté par les fantômes de ses amours perdues.

Vivant mort dans un monde dénué de sens, il lutta quotidiennement contre l'envie d'en finir avec une existence devenue vaine. Incapable de communiquer avec ses semblables, il avait fini par suivre les conseils insistants du psychologue que la municipalité lui avait affecté. Ce dernier l'encourageait à user d'Internet pour s'ouvrir aux autres et retrouver un semblant de goût à la vie. Vie qui, au détour d'un forum de discussion, prit une direction pour le moins surprenante…

Barry conversa avec un dénommé Werner Von Lowinsky, quinquagénaire énigmatique et spirituel avec lequel il noua des liens de complicité et de compréhension fortuits, et, pour tout dire, irrationnels.

La relation virtuelle bascula dans le réel à la faveur d'un verre partagé dans un pub de Big Apple. Werner se montra en tout point au-delà des attentes de Barry, balayant par là même ses craintes de tomber sur un illuminé ou un détraqué. Raffiné et charismatique, cet homme entendit mieux que quiconque la détresse du policier. Lequel puisa dans cette rencontre un réconfort inespéré.

En parallèle de cette amitié naissante, Barry effectua son retour au sein de la brigade criminelle. Il se trouva confronté à une série de meurtres de quadragénaires, tous businessmen, exécutés selon des méthodes propres à la Mafia. Une affaire complexe et tortueuse qui lui valut de se retrouver prisonnier d'un parrain lancé dans une sombre vengeance au nom d'une dette d'honneur. Barry ne dut son salut qu'à l'intervention radicale et sanglante de… Werner. Celui-ci fit démonstration d'une puissance et d'une brutalité inhumaines et dévoila sa véritable nature : celle d'un homme assassiné par une bande de ruffians coupables d'avoir abattu sa femme enceinte. Un homme revenu d'entre les morts et devenu vampire, près de cent cinquante ans plus tôt. Un vampire bien décidé à protéger Barry, coûte que coûte.

L'histoire trouva son dénouement à l'aéroport John Fitzgerald Kennedy. Lancé à la poursuite du criminel à l'origine de l'affaire, Barry souhaitait l'interpeller dans les règles avant que Werner ne dispense une justice d'un autre âge et pour le moins expéditive. Dans cette course contre la montre, il fut blessé d'une balle dans l'abdomen et dut sa survie, une nouvelle fois, à son étonnant ami.

Et voilà comment une ablation de la rate plus tard et la promesse arrachée à Werner de ne plus boire le sang de quiconque, le policier et le vampire se retrouvaient dans le salon du petit quatre pièces sis Tudor City, au cœur de Manhattan, que Barry avait hérité d'un oncle fortuné. L'un œuvrant à sa remise en forme tandis que l'autre le coachait d'une main de fer dans un gant de mauvaise foi.

— Que nous vaut ce sourire idiot ? demanda Werner en repliant le journal qu'il déposa à ses côtés.

— Rien, je repensais juste à… Laissez tomber, je file sous la douche. Je ne veux pas nous faire rater la séance.

— Je vous en sais gré, vous savez à quel point je désire voir ce film.

Barry se releva avec souplesse malgré ses cuisses endolories et se rendit à la salle de bains. Il en ressortit quinze minutes plus tard, rafraîchi et guilleret, et attrapa la veste en daim suspendue à la chaise de son bureau. Il l'enfila en observant son ami dont l'allure ne cessait de susciter son admiration. Un costume noir taillé sur mesure soulignait sa silhouette haute et svelte. Ses tempes grisonnantes anoblissaient son visage fier. Mains jointes dans le dos, le vampire était plongé dans la contemplation des lumières de Manhattan. Ressentait-il le même étrange bien-être qui habitait Barry depuis leur rencontre ? Avait-il trouvé en cette amitié l'apaisement de ses souffrances passées ?

Barry voulait le croire. Depuis qu'ils se connaissaient, Barry avait à nouveau foi en l'avenir, animé par une flamme qu'il pensait éteinte. Et, plus que tout, il voulait croire que la ville qui ne dormait jamais offrirait le havre de paix susceptible de les débarrasser tous deux de leurs démons.

— Ce soir, et tous les soirs à venir, New York nous appartient, murmura Werner, comme en réponse aux interrogations du policier.

Il pivota vers Barry, un grand sourire aux lèvres. Celui-ci lui sourit en retour et sentit une profonde joie l'envahir.

— *Spider-Man,* sans regret ? demanda-t-il en attrapant les clefs de l'appartement.

— Sans regret aucun, fit Werner en se saisissant du long manteau de cachemire accroché à une patère de l'entrée. Je me réjouis qu'un cinéma diffuse encore ce long-métrage un an après sa sortie.

Barry ouvrit la porte et invita Werner à passer en premier, ce qu'il fit en se fendant d'une légère inclinaison du torse.

— Je vous avoue que ce choix m'étonne… lâcha Barry en insérant la clef dans la serrure.

— Voyons, mon cher, un jeune homme doté de pouvoirs supérieurs après une piqûre d'araignée radioactive… Voilà un scénario bien farfelu qui témoigne de l'imagination débordante de ses auteurs !

Le claquement de la porte ne suffit pas à couvrir l'éclat de rire de Barry.

CHAPITRE 3

Notre sortie au cinéma marquait la fin de la période de convalescence de Barry. Dès le lendemain, il reprendrait ses fonctions au sein de la police de la ville. Il y a peu, j'aurais conçu une profonde amertume à l'idée de partager ce garçon avec d'autres. Aujourd'hui, il n'en est rien, et je m'accommode fort bien de cette situation.

Sans doute est-ce dû au pacte que nous avons conclu.

En échange de ma promesse de ne plus recourir à mes capacités extraordinaires, lesquelles induisent un besoin de sang et, par conséquent, la mort de mes victimes, il s'engagea à ajuster ses horaires afin que nous puissions nous voir tous les soirs.

J'obtins également de haute lutte qu'il me rapportât le contenu des enquêtes dont il aurait la charge. Requête motivée autant par ma passion pour les intrigues policières que par ma volonté farouche de le protéger le cas échéant. Évidemment, si sa vie devait de nouveau se trouver en danger, mon serment s'évanouirait dans les abîmes de l'oubli.

Née dans le drame, notre amitié ne saurait s'y complaire. J'envisage aujourd'hui l'existence d'un œil neuf, porté par l'exaltation enfiévrée du lendemain. Durant près d'un siècle et demi, j'ai vécu reclus, dépourvu du moindre espoir. Je me contentais de subsister, anxieux de voir ma nature monstrueuse l'emporter sur l'homme que j'étais. Je pensais ainsi me prémunir et préserver les autres du danger que je représente. Je prends dorénavant conscience de l'étendue de mon erreur. Il ne s'agissait pas de préserver, mais de fuir. Fuir ce que le destin, ou la fatalité, avait fait de moi. Fuir cette humanité que je blâmais depuis la disparition de ma femme et de mon enfant à naître. Mais la fuite ne recèle ni délivrance ni rédemption. Elle ne recèle que le néant, et les ténèbres.

La confiance que m'a accordée Barry m'a ramené vers la lumière. De cela, je lui serai éternellement reconnaissant, et je me plais à penser lui avoir également rendu foi en l'avenir. Nous guettons mutuellement nos rencontres, tels deux adolescents pris d'une amitié exclusive, comptant les heures dans l'attente de leurs retrouvailles. Et voici que je raisonne comme une midinette...

Il me faudra corriger ce romantisme déplacé, tout comme ma propension à l'agacement quand on ne se plie pas à mon autorité. Étrange époque que ce XXIe siècle où les consignes sont systématiquement discutées et questionnées. Au moins, au milieu du XIXe, l'obéissance respectueuse prévalait-elle.

Suivre les évolutions du monde à la télévision ou dans les livres m'apporte une aide pour le moins limitée à l'ajustement de mon attitude aux critères modernes. À en croire certaines réactions, ma galanterie s'apparenterait aujourd'hui à du sexisme. Ainsi, s'écarter au passage d'une dame ou porter la main à ses lèvres peut suffire à attirer dédain ou réprobation. Quant aux idées progressistes que je partageais du temps où j'étais mortel, elles font désormais de moi un conservateur éhonté. Autant de points que nous cherchons à corriger avec Barry au cours d'échanges frappés du sceau de la gaieté et de l'ironie. À la nuit tombée, dans l'intimité chaleureuse de son salon, il moque avec tendresse les aspects les plus surannés de mon comportement alors que je tente de répondre au feu nourri de ses interrogations sur ma nature de vampire. Las, en ce domaine, la phrase la plus souvent prononcée est : « Je l'ignore. » Car j'ignore comment et pourquoi je suis devenu vampire. J'ignore pourquoi je jouis d'une force physique décuplée et pourquoi je puis me muer à volonté en brume ou en faucon. Muer n'est du reste pas le bon terme. Je ne me transforme pas à proprement parler. Il s'agit plus d'une invocation, laquelle transfère mon esprit dans un véhicule autre que mon corps. Ce dernier se trouve transporté dans des limbes dont je ne sais rien. Bien que parcellaire, cette explication permit à Barry de comprendre pourquoi mes vêtements disparaissaient et réapparaissaient en même temps que mon enveloppe charnelle.

Quant au faucon, il valut à mon ami un fou rire que seule ma réserve naturelle m'empêcha de partager. Un soir, il me fit remarquer que les vampires avaient pour habitude de prendre l'apparence de chauves-souris et non de rapaces. Étonné par cette saillie inattendue – après tout, qui de nous deux est le vampire, je vous le demande ! –, je lui rétorquai que, n'ayant pas reçu de plaintes officielles du syndicat des suceurs de sang, j'assumais pleinement ma dissidence.

À ce jour, il s'en amuse encore...

De toutes les nuits que nous avons traversées, celle qui se profile suscite plus encore mon enthousiasme, car je réserve à Barry une surprise de taille. Lui-même a évoqué un cadeau susceptible de bouleverser notre quotidien.

Impatience, quand tu nous tiens...

CHAPITRE 4

En début d'après-midi, Barry pénétra dans l'immeuble de la brigade criminelle. Derrière son guichet, le planton de service lui adressa un salut indifférent qui ne manqua pas de doucher l'enthousiasme du lieutenant. Non que celui-ci espérât un accueil en fanfare, mais, après une blessure par balle, il s'attendait à une réception au minimum amicale.

Ça promet, mais si tout le monde s'en fout, ça me va aussi, pensa Barry en gravissant au petit trot les marches de l'escalier le séparant de ses collègues. L'impatience motivait moins son allure que l'occasion de tester sa forme.

Pas de douleur abdominale, pas d'essoufflement. Il sourit en constatant que l'entraînement auquel il s'était astreint portait ses fruits.

Barry bondit sur le palier et retrouva le grand espace où travaillaient les policiers. Les bons jours, le service ressemblait à un quai de métro à une heure de pointe. Les flics couraient dans tous les sens, les téléphones sonnaient sans cesse, et la fourmilière grouillait d'une activité frénétique. Les mauvais, c'était carrément la guerre, jurons et éclats de voix supplantant le bruit des canons. Aujourd'hui, un silence de mort planait sur les lieux déserts, au point que Barry se demanda si la brigade n'avait pas déménagé durant son absence.

Il remonta l'allée centrale en jetant un œil de droite et de gauche aux différents box dévolus à chaque enquêteur. Là, des formulaires de présentation au juge traînaient négligemment sur un clavier aux touches noircies. Ici, un emballage de sandwich déversait un filet de graisse sur un rapport d'intervention.

Il s'immobilisa au milieu de l'allée et posa les mains sur ses hanches.

Traces de vie, traces de connerie, soupira-t-il en souriant.

À cet instant, un vacarme assourdissant retentit du couloir longeant le seul bureau fermé de l'étage, celui du chef Stanton, le capitaine du service. Deux colonnes de policiers surgirent dans un concert de sifflets et d'applaudissements, et convergèrent vers Barry. Il reçut une volée de bourrades amicales assenées par des types rugueux dont certains pesaient le double de son poids. Bringuebalé comme une quille au milieu des « Content de te revoir », « Voilà le blessé » ou encore « Fini de tirer au flanc », il accueillait les marques d'affection avec un plaisir manifeste. Être au centre des attentions comptait moins pour lui que le bonheur de se retrouver parmi les siens.

Dans la famille Donovan, on épousait la carrière de gardien de la paix de génération en génération. Et dans la famille Donovan, la devise « servir et protéger » s'élevait au rang de principe immuable. Barry et sa sœur, Brenda, perpétuaient la tradition, lui au sein de la police de New York, elle à la tête du bureau du FBI de Los Angeles.

— Spoutnik, pas les cheveux ! protesta-t-il au moment où Jim Steranko frottait son crâne de rouquin de ses paluches gigantesques.

Surnommé « Spoutnik » à cause de ses deux mètres cinq et de ses origines russes, le géant s'interrompit, penaud, et recoiffa délicatement Barry.

Soudain, la montagne humaine et la dizaine d'enquêteurs et enquêtrices agglutinés autour de lui s'écartèrent.

— Notre héros est de retour ! tonna la voix puissante du capitaine Stanton.

Il avança vers Barry, bras ouverts, et le serra de toutes ses forces. Un peu trop fort au goût du lieutenant et de sa blessure…

Stanton n'était pas un homme démonstratif sauf quand il s'agissait de narrer ses exploits tennistiques ou d'exhiber les multiples trophées glanés sur les courts. Toujours tiré à quatre épingles, amateur de costumes trois-pièces et de pochettes colorées, il masquait son visage tout en longueur avec une barbe blanche soigneusement taillée et une crinière argentée brossée en arrière. Son allure lui valait d'être surnommé « le British » par ses subordonnés. Dans son dos, évidemment…

Cet ancien très grand flic, décoré pour sa bravoure au cours d'une fusillade avec des braqueurs, dirigeait de main de maître un service composé pour l'essentiel d'agités et de grenades dégoupillées. Aussi survoltées qu'étaient ses troupes, elles lui vouaient un véritable culte et une confiance aveugle. Barry connaissait plus que quiconque les qualités humaines de cet homme pudique qui l'avait soutenu à bout de bras après le drame du 11 septembre.

Le capitaine mit fin à l'embrassade et scruta le lieutenant de ses petits yeux bleus espiègles. Il s'éclaircit la voix ostensiblement, ce qui eut pour effet de ramener le silence.

— Et maintenant, reprit-il en sortant de la poche de son pantalon un ruban froissé, au nom du maire de la ville et du chef de la police…

Depuis l'auditoire, s'éleva un « et de l'inspecteur Harry » qui souleva plusieurs éclats de rire et arracha à Stanton un sourire que Barry jugea un rien crispé.

— … ainsi qu'en mon nom propre, poursuivit-il, je suis heureux de décerner au lieutenant Barry Donovan la médaille du Purple Shield, pour blessure subie dans l'exercice de ses fonctions.

Il passa le ruban autour du cou du lieutenant. De nouveaux applaudissements retentirent alors que Barry détaillait la médaille qu'il ne s'attendait pas à recevoir.

Plusieurs voix s'élevèrent pour réclamer un discours, proposition aussitôt écartée par Stanton qui se tourna vers ses ouailles.

— Le contribuable ne nous paye pas pour faire la fête, tempêta-t-il. Alors : au boulot, tout le monde !

Les policiers obéirent sans protester et s'en retournèrent à leur besogne.

— Quant à vous, Donovan, dans mon bureau, murmura le capitaine, avec un sourire de plus en plus figé.

Barry le suivit avec un léger pincement au cœur et pénétra dans la pièce d'un pas hésitant.

— Fermez la porte, s'il vous plaît.

Le capitaine fit descendre un à un les stores à lamelles jusqu'à occulter complètement les vitres de son bureau.

— Vous avez de nouvelles coupes, tenta Barry en pointant du doigt l'impressionnante collection de trophées exposée sur le rebord de la fenêtre, derrière le fauteuil de cuir noir où Stanton s'installa.

— Bien essayé, mais toute tentative de diversion est vaine, fit celui-ci en ouvrant l'épais dossier posé devant lui.

— Je peux m'asseoir ? demanda Barry en attrapant une chaise.

— Non, lâcha Stanton en parcourant quelques feuilles avec un intérêt feint.

— Ah… un souci ? bredouilla le lieutenant en relâchant le siège.

— Un souci ? Non, aucun, reprit le capitaine, avec trop d'emphase pour ne pas être ironique. Je vous confie une affaire de meurtres en série, et je me retrouve avec… attendez, j'attrape mes notes, parce que la liste est étonnamment copieuse… voilà… le cadavre défiguré d'un tueur à gages, une prostituée de luxe assassinée dans son appartement et dont l'un des gardes du corps est hospitalisé dans en état de stress post-traumatique, votre coéquipier qui me colle sa démission et quitte carrément la ville, et un banquier qui s'accuse d'un viol commis il y a vingt ans. Le même banquier qui vous a tiré dessus avec votre arme de service.

— Effectivement, admit Barry d'une voix fluette, ça fait beaucoup…

— Vous espérez me faire rire ?

— Non.

— Une explication à cet immense merdier ?

Oui, pensa le lieutenant, *c'est assez simple en fait. Je me suis pris d'amitié pour un vampire qui a décidé de veiller sur moi pendant l'enquête et a voulu m'aider en menant ses propres investigations.*

Et, comme si cela ne suffisait pas, mon fameux coéquipier m'a livré à des mafieux pour protéger sa famille. Du coup, le vampire l'a hypnotisé pour qu'il démissionne, comme il a hypnotisé le type qui m'a tiré dessus pour qu'il avoue son crime. Voilà, rien de bien sorcier en somme...

— C'est-à-dire que… j'ai perdu beaucoup de sang à cause de la blessure et…

— … et les médecins vous ont diagnostiqué des troubles de la mémoire. Barry, je ne sais pas si vous me dites la vérité ou si vous vous payez ma gueule, et pour être tout à fait franc, j'en ai rien à foutre. Les grosses huiles ont préféré fermer les yeux sur cette histoire dès lors que les gens de la haute ne se sentaient plus pris pour cible par un tueur lâché dans la nature. Mais sachez que, entre la décoration et la mise à pied, il s'en est fallu d'un rien. C'est d'ailleurs pour cette raison que le maire ne vous l'a pas remise devant la presse.

Un rien qui s'appelle certainement John Stanton...

— Je comprends. John, je vous jure que je ne voulais pas vous mettre dans une situation inconfortable, s'excusa Barry avec sincérité.

— Elle l'aurait été bien plus si vous n'aviez pas survécu, murmura sobrement le capitaine. Maintenant, retournez faire votre travail, il y a trop longtemps que vous volez votre salaire.

Barry hocha la tête et ouvrit la porte du bureau, à la fois embarrassé de cacher la vérité à un homme qu'il respectait profondément et soulagé de s'en tirer somme toute pas trop mal.

— Donovan ?

— Patron ?

— Si jamais je vous vois porter cette médaille, je vous bute moi-même…

Un signe de main dédaigneux accompagna l'avertissement et mit fin à l'entretien.

Songeur, Barry regagna son box et s'assit sur la chaise rotative en tissu rouge qu'il n'avait pas revue depuis des semaines. Il remarqua alors un petit paquet déposé à côté de l'écran de son ordinateur.

— Avec les collègues, on s'est dit que ça pourrait te servir, déclara la voix rocailleuse et reconnaissable entre toutes d'Abigayle Raven.

La fringante quadragénaire s'accoudait contre le bras de Spoutnik sans que celui-ci y trouve à redire. Moulée dans un jean gris et un pull bleu électrique, la silhouette frêle de la policière cachait un potentiel athlétique bien supérieur à celui de la majorité de ses confrères masculins, exploit d'autant plus impressionnant qu'elle consumait chaque jour un paquet de cigarettes brunes. En plus d'une voix d'outre-tombe, son addiction au tabac lui valait des rides prématurées, des doigts jaunis par la nicotine et un teint de papier mâché résistant à la moindre tentative de bronzage, ce dont elle se plaignait régulièrement sans pour autant arrêter. Dès son arrivée dans la brigade, cinq ans plus tôt, son caractère de cochon avait calmé les ardeurs des dragueurs invétérés. Tout autant que son homosexualité revendiquée.

— C'est gentil, fit Barry, fallait…

Il arracha l'emballage sous les regards amusés de ses collègues – un véritable attroupement s'était formé autour de lui pour assister au déballage – et sortit du carton un paquet cadeau de la taille d'un livre, mais à la consistance étonnamment molle. Il déchira le papier à l'effigie de Bart Simpson et le jeta soudain sur son bureau.

— … pas…

Il considéra d'un air dégoûté le morceau de foie de veau sombre et sanguinolent qu'il venait de révéler.

— Avec ça, tu éviteras la liste d'attente pour les dons d'organe.

— Ce n'est même pas le bon organe… soupira Barry.

— Et c'est pas du poulet ! éructa Spoutnik, provoquant l'hilarité générale.

— Vous êtes vraiment trop cons…

Les éclats de rire résonnèrent un long moment après que les uns et les autres furent retournés à leurs occupations.

Seule restait désormais Abigayle, les bras croisés sur sa poitrine.

— Je peux faire quelque chose pour toi ? demanda Barry en faisant glisser les abats dans sa poubelle.

— Ouais, tu bouges tes fesses et tu viens avec moi, ordre de Stanton.

— De quoi s'agit-il ? s'enquit le lieutenant en se levant.

— Un homicide, assez moche d'après ce que j'ai compris. Le mec de la patrouille était plutôt confus, mais apparemment le coupable s'est rendu et a déclaré qu'il ne parlerait qu'à toi.

— Qu'est-ce que tu me chantes ? C'est encore une de vos blagues à la gomme…

— Je t'assure que non. Le mec prétend qu'il te connaît bien.

— C'est peut-être un de mes indics. Il a dit comment il s'appelait ?

— Non, juste que tu l'as déjà arrêté, il y a trois ans.

CHAPITRE 5

Les doigts crispés sur le volant de sa Ford noire, Abigayle pestait contre les autres véhicules piégés dans l'abondant trafic du début d'après-midi. Elle enchaînait les dépassements hasardeux et en appelait aux films hollywoodiens dans lesquels les policiers pressés n'hésitaient pas à rouler sur les trottoirs à tombeau ouvert. Un sourire en coin, Barry lui objecta qu'une telle initiative sur une 5e Avenue empruntée par des milliers de piétons lui vaudrait la une des journaux et une peine de prison à trois chiffres. L'avertissement ne dérida pas l'irascible enquêtrice, mais le regard noir dont elle gratifia son coéquipier de circonstance provoqua chez lui un éclat de rire sonore.

— Détends-toi, lui conseilla-t-il en s'accoudant contre la vitre de sa portière. Manhattan est magnifique, en hiver. Profite du paysage.

— Tu vas me faire le plan du type passé à deux doigts de la mort qui s'extasie pour un rien parce que « la vie, c'est tellement joli », c'est ça ? sortit Abigayle en appuyant des deux mains sur son klaxon.

— Un truc dans le genre, s'amusa-t-il.

Elle garda les yeux sur la route et grilla la politesse à un camion de livraison, manœuvre qu'elle ponctua d'un doigt d'honneur revanchard.

— Et merde, soupira-t-elle, résignée, en avisant l'embouteillage qui s'étendait devant eux.

Abigayle abandonna son masque d'austérité et se radoucit.

— Tu nous as vraiment fait peur, tu sais ? Stanton ne vivait plus.

— Je suis désolé, j'ai bien foiré, ce coup-là…

— Enfin merde, Barry, comment as-tu réussi à te faire piquer ton arme ?

— Disons que je n'étais pas au summum de ma concentration, murmura-t-il.

— Un flic distrait est un flic mort ! Il y a une question qu'on se pose tous, Stanton en tête. Désolée si ça te paraît abrupt, mais c'est important. Voilà, est-ce que…

— … la réponse est non, l'interrompit-il sans se départir de sa bonne humeur. Je ne pensais pas à ma femme et à ma fille quand c'est arrivé.

— Tu es devenu médium ? Un truc ramené de ton expérience de mort imminente ?

Il se tourna vers sa coéquipière et se fendit d'un clin d'œil.

— Va savoir… Je te mentirais en te disant que c'est facile tous les jours, mais… j'espère avoir franchi un cap.

Abigayle tira de la poche de sa veste en cuir un paquet de cigarettes qu'elle tapota sur le volant pour en faire sortir une. Elle l'alluma et sonda Barry de ses petits yeux inquisiteurs.

— Je t'assure, se crut-il obligé d'insister. Leur absence me fait encore mal, et je sais qu'elle me fera mal pour le restant de mes jours, mais… aujourd'hui, j'entrevois un avenir, tu comprends ?

— Tu portes toujours la chaîne, mais le boulet s'est allégé, souffla-t-elle dans un nuage de fumée.

Barry réfléchit un instant puis acquiesça d'un hochement de tête. L'image choisie par Abigayle résumait à la perfection ce qu'il éprouvait. Et une telle justesse ne pouvait signifier qu'une chose.

— Qui était-ce ? lui demanda-t-il.

Sa clope solidement coincée entre ses doigts, elle jeta un œil dans le rétroviseur et s'engouffra dans une brèche ouverte par un conducteur imprudent pour le doubler.

— Ma petite amie, à la fac. Mon époque « gouine rebelle », en guerre contre la société bien-pensante. Picole, baise… came. J'en suis sortie, pas elle. Ça n'a rien à voir avec ce qui t'est arrivé, mais j'y pense encore. Pas tout le temps, mais par moments, des souvenirs me reviennent.

— La peine ne se hiérarchise pas, commenta sobrement Barry. Je suis navré, je ne savais pas…

— Tout le monde perd des proches. Les conditions sont plus ou moins dramatiques, mais le résultat est le même. Les gens qu'on aime mourront un jour ou l'autre. Une fois que tu as compris que nous sommes tous de passage, tu l'acceptes un peu mieux. Un peu seulement. Bref, vingt ans après, je vis avec une fille formidable, j'adore mon taf, je gueule sur les crétins pas foutus de conduire convenablement, et je ne me sens pas coupable pour autant. En plus, je retrouve mon Écossais rouquin, alors que demander de plus ?

— Des avenues dégagées ?

— Là, le bonheur serait insoutenable…

Trente minutes plus tard, les deux policiers atteignaient enfin le nord de l'île et rejoignaient l'ouest de Harlem.

Ils remontèrent Frederick Douglass Boulevard et bifurquèrent vers Strivers' Row et ses maisons mitoyennes de brique rouge, aujourd'hui hors de prix. Loin de la réputation de coupe-gorge qui faisait sa légende une trentaine d'années auparavant, le quartier respirait le calme. Et, s'il demeurait quelques immeubles en ruine, l'entreprise de réhabilitation menée par la municipalité portait ses fruits.

Ils atteignirent enfin la 138e Rue.

Trois voitures de patrouille rangées en quinconce de part et d'autre en interdisaient l'accès. À chaque barrage, deux agents maintenaient à l'écart les spectateurs massés contre les barrières de sécurité disposées à la hâte. Abigayle fustigea la curiosité malsaine d'une foule excitée par la proximité d'une scène de crime et se gara à cheval sur le trottoir, s'offrant au passage le luxe de renverser une poubelle.

— Ça te démangeait, pas vrai ? demanda Barry sur un ton réprobateur.

— Oh que oui ! lâcha la conductrice.

Ils jaillirent simultanément de la Ford et avisèrent un homme en uniforme qui se précipitait vers eux en tempêtant. Abigayle ne lui laissa pas le temps de protester plus avant contre leur incivilité et lui colla sa plaque sous le nez d'un geste véhément. Il leva les mains en guise d'excuses et retourna surveiller le périmètre.

Barry, quant à lui, se dirigea vers l'ambulance stationnée devant l'entrée d'un immeuble de brique rouge haut de quatre étages, situé sur la gauche de la voie. Un jeune policier au visage poupin, le genre fraîchement émoulu de l'académie, poireautait au pied du petit escalier menant au hall du bâtiment. Le teint blafard à faire peur, il roulait ses yeux en tous sens comme s'il cherchait loin à l'horizon un point sur lequel fixer son attention.

Barry écarta le pan de sa veste, dévoilant son insigne, sans provoquer la moindre réaction.

— Vous vous sentez bien ? demanda-t-il en posant une main sur l'épaule de son subalterne.

Ce dernier leva la tête au ciel et inspira profondément avant de s'éclaircir la voix.

— Merci, lieutenant, ça va aller.

— C'est si moche que ça, à l'intérieur ?

Barry obtint pour seule réponse un battement de cils accompagné d'un rictus où se mêlaient dégoût et colère.

Malgré des mois de formation, les bleus en prenaient souvent plein la gueule au moment de passer de la théorie à la pratique. Aussi terribles fussent-elles, les photographies des cadavres présentées aux aspirants n'équivalaient en rien à la confrontation à une réalité insoutenable. Comme tant d'autres avant lui, ce policier terminerait sa journée à la recherche d'une hypothétique échappatoire et enchaînerait les bières jusqu'à ce que l'ivresse le libère temporairement de son fardeau.

— On s'habitue vraiment ? demanda le garçon tandis que Barry gravissait déjà les marches.

— On s'habitue toujours, mentit le lieutenant.

Il s'enfonça dans le hall, curieux de découvrir s'il avait eu affaire à un hypersensible ou s'il allait effectuer une véritable plongée dans l'horreur.

La réponse ne tarderait pas.

Barry avisa sur sa droite la porte ouverte d'un appartement d'où montaient des consignes émises avec autorité par une voix aiguë inimitable, confirmation que Lana Carvey officiait sur cette enquête. Médecin légiste de son état, elle devait sa notoriété au sein des forces de l'ordre autant à son efficacité et à sa maniaquerie qu'à une beauté formelle contre laquelle bon nombre d'inconscients s'étaient cassé les dents.

— Il me faut cette main, vitupéra-t-elle à plusieurs reprises. Elle se trouve forcément quelque part !

— Paré pour une opération « pièces détachées » ? lança Abigayle, arrivée en silence dans le dos de Barry.

— Plongée dans l'horreur, soupira-t-il.

— Quoi ?

— Je me comprends…

Les deux enquêteurs pénétrèrent dans l'appartement et débouchèrent dans un modeste, mais confortable salon. Deux vieux canapés de cuir vert se faisaient face, séparés par une table basse couverte de livres. D'innombrables cadres renfermant ce que Barry pensa de prime abord être des poèmes tapissaient les murs crépis beiges. À quatre pattes sur l'épaisse moquette grise, deux brancardiers et le photographe attitré de la médico-légale se contorsionnaient pour fouiller sous les meubles rustiques qui achevaient de décorer les lieux.

— Alors les filles, ça mord ? lança Abigayle pour signaler sa présence.

— Non, grogna le photographe. Et au lieu de te foutre de notre gueule, tu ferais mieux d'aller voir ton client dans la chambre, à droite, au fond du couloir.

Sans attendre, Abigayle suivit la direction indiquée.

— Où se trouve Lana ? demanda à son tour Barry.

— Attila ? Tu la trouveras dans la cuisine avec ce qui reste du propriétaire, porte de gauche.

Le lieutenant haussa les sourcils puis s'attarda devant les cadres accrochés au mur. Il constata qu'ils contenaient non pas des poèmes, mais des extraits de la Bible. Il jeta un œil sur les livres de la table basse, pour la plupart des traités sur l'histoire du protestantisme.

Il pénétra dans la cuisine et retint à grand-peine un mouvement de recul.

Un homme noir d'une cinquantaine d'années à la taille et à la musculature impressionnantes gisait sur le linoléum blanc au beau milieu d'une mare de sang sombre. Son pantalon de jogging et son tee-shirt gris étaient également imbibés d'hémoglobine. Ses grands yeux exorbités fixaient le plafond avec une intensité terrifiante, presque inhumaine. Une entaille large et profonde barrait sa gorge de part en part, et son poignet gauche était tranché net.

Effectivement, il manque une main, plaisanta intérieurement Barry pour atténuer son malaise face au cadavre mutilé.

Accoudée à un plan de travail en Formica bleu pâle, Lana, les lèvres pincées, observait le défunt avec une mine circonspecte. Elle époussetait alternativement les manches de sa veste cintrée bleu nuit et sa jupe assortie. D'ordinaire agitée, mais professionnelle jusqu'au bout des ongles, elle paraissait troublée, déstabilisée.

— Bonjour Lana, osa Barry.

— Bonjour, répondit-elle avec froideur en remontant ses lunettes le long de son petit nez fin.

— Pas beau à voir, mais je m'attendais à pire.

— Le pire ne se trouve pas ici…

CHAPITRE 6

Une entêtante odeur mentholée emplissait le couloir. Lana ouvrait la marche, suivie comme son ombre par un Barry décontenancé par le calme de la jeune femme. Elle d'ordinaire si prompte à courir dans tous les sens semblait frappée d'apathie.

Ils s'attardèrent un moment devant la salle de bains. Sur la faïence du lavabo blanc, une bouteille d'après-rasage attendait d'être refermée. Juste au-dessus, une étagère de verre supportait deux tubes de dentifrice et un gobelet en plastique d'où émergeaient trois brosses à dents, deux grandes et une petite.

Collés l'un à l'autre dans l'encadrement de la porte, Barry et Lana se regardèrent en silence. Le policier trouva dans les yeux rougis de la légiste la réponse à une question qu'il ne formula pas.

— Où ? se contenta-t-il de demander.

— Première à droite, chuchota la jeune femme.

Barry baissa la tête et glissa les mains dans les poches de son jean. Il franchit en apnée les quelques pas le séparant de la pièce indiquée par le docteur Carvey.

Témoin impuissant de ses actes, il pénétra dans la pièce, l'appréhension cramponnée aux tripes, puis passa près des techniciens de la police scientifique qui achevaient de déployer une bâche noire sur un petit corps étendu au pied d'un lit en pagaille. Clin d'œil d'un destin cruel, des dizaines de Spider-Man décoraient les draps.

Le cœur de l'homme se serra.

Les prunelles vertes de Barry survolèrent la paire de baskets blanches à rayures jaunes dépassant de la bâche en plastique. En un battement de cils, il se retrouva devant un tableau noir couvert de dessins à la craie de style bâtonnets représentant une maison, un arbre, des nuages, un cheval portant deux cavaliers ou encore un chat.

Le cœur du père se déchira.

Abigayle Raven était assise sur le parquet, adossée contre un mur, les jambes repliées contre son torse, la joue appuyée contre ses genoux. Elle marmonnait des paroles incompréhensibles.

Barry s'accroupit et posa ses paumes sur les mains de sa coéquipière.

— Pas les gosses, répéta-t-elle à trois reprises.

— Te torturer ne sert à rien, lui murmura-t-il à l'oreille.

— Tu as raison. Je suis désolée, surtout vis-à-vis de toi…

— Laisse tomber, souffla-t-il tendrement. Ressaisis-toi. On a un job à accomplir. Allez, viens.

Il glissa un bras sous les aisselles d'Abigayle et l'aida à se relever en dépit de la douleur qui s'emparait de sa cicatrice encore sensible.

Une fois debout, la jeune femme gratifia Barry d'un sourire las.

— Je croyais avoir tout vu.

— On croit toujours avoir tout vu…

Lana Carvey fit irruption dans la chambre et s'adressa à ses subordonnés.

— Si vous avez fini vos prélèvements, emmenez les corps, ordonna-t-elle.

Les techniciens acquiescèrent puis quittèrent la pièce, visiblement soulagés d'en avoir terminé.

— Vous pouvez nous faire un topo ? demanda Barry au médecin.

— Vous savez que je n'aime pas m'engager tant que les examens…

— … Lana, l'interrompit-il, une version courte suffira pour l'instant. Nous avons besoin d'un os à ronger.

— Un pasteur et son fils, soupira-t-elle, les uniformes recoupent ces informations. Ils ont été égorgés tous les deux. Le père a eu la main gauche tranchée, et je n'arrive pas à mettre… à la retrouver. Pas plus que l'arme du crime. À première vue, le fils a été tué après le père. Franchement, je ne peux pas en dire davantage pour le moment, mais je vous promets de faire au plus vite.

— Pourquoi ne nous a-t-on pas prévenus qu'un enfant était mort ? poursuivit Abigayle.

— Nous ne l'avons trouvé qu'après, en cherchant la main et la lame. Il était sous son lit. Raven, ça nous a tous secoués.

— Et le suspect ? L'officier qui nous a contactés a dit qu'un homme avait été interpellé et qu'il demandait à parler à Donovan.

— C'est exact. Il attend sous bonne garde dans la chambre des parents. J'ai pris la liberté d'affecter deux officiers à sa surveillance. Je craignais que…

— … la tentation de lui faire la peau soit trop forte ?

Le docteur Carvey opina du chef.

— Je suis pressée de voir à quoi ressemble cette ordure, cracha Abigayle entre ses dents.

— Nous y allons maintenant, assura Barry. Merci, Lana.

— De rien. Je vous tiens au courant demain matin, première heure.

L'arrivée du brancard mit fin à la discussion. La légiste se détourna des deux policiers et supervisa le déplacement du corps.

Raven quitta la chambre en jetant un dernier regard au cadavre. Elle lança un juron, puis se précipita comme une furie vers la porte fermée derrière laquelle se trouvait le meurtrier présumé et l'ouvrit à la volée.

— Dehors ! hurla-t-elle de sa voix rauque aux deux officiers en uniforme qui encadraient le prisonnier assis sur un lit *king size*.

Ils obtempérèrent, tout comme la femme occupée à fouiller dans les tiroirs d'une commode.

Barry laissa passer le trio et se posta derrière Abigayle, prêt à intervenir au moindre signe d'agressivité de sa part. Elle n'était pas réputée pour sa propension à la bavure. Mais lui-même luttait contre le désir ardent de défoncer la gueule du salopard capable d'égorger un enfant, et il était aussi secoué que sa coéquipière.

Cette dernière toisait avec dégoût un homme à l'âge indéfinissable. Son visage blafard, tout en longueur, avait la maigreur dérangeante de ceux exhibés par les médias à chaque nouvelle famine africaine. Ou du moins chaque fois qu'ils se rappelaient leur existence…

Les manches de son col roulé remontées jusqu'aux coudes dénudaient des avant-bras rachitiques dont les veines saillantes semblaient vouloir percer une peau laiteuse. Un pansement recouvrait la trace de la piqûre pratiquée pour l'analyse toxicologique. Des cernes violacés cerclaient ses yeux hâves dont les prunelles marron inexpressives fixaient Abigayle.

— Donovan ! s'exclama le prisonnier tressaillant de joie à la vue de Barry.

Un sourire béat étira ses lèvres gercées, dévoilant des gencives gonflées et une denture clairsemée.

— Lean ? fit le lieutenant, abasourdi, comme s'il se trouvait face à un fantôme.

— Eh ouais ! Ça me fait plaisir de te voir, j'ai appris ce qui t'était arrivé et ça m'a grave collé les boules.

Pour un peu, il aurait fait des bonds sur le matelas tant il paraissait heureux.

— Tu m'excuseras de ne pas partager ton bonheur, lâcha Barry. Putain, Lean, qu'est-ce que tu as foutu ?

— Comment ça « Qu'est-ce que j'ai foutu » ? C'est à tes mecs qu'il faut demander ça ! Ils me sont tombés dessus comme la misère sur le monde.

Soit il a suivi des cours de comédie et se paye ma gueule format géant, soit il n'a vraiment aucune idée de ce dont je parle...

— Et en prime il nous nargue, ricana Abigayle.

— J'ai un doute, souffla Barry. Lean, tu peux m'expliquer ce qui s'est passé ici ?

— J'ai rien compris. J'étais en train de prendre un verre avec le pasteur et son gamin, de l'eau, je te jure que je picole plus, et puis d'un coup des poulets sont rentrés en beuglant comme des dingues et m'ont collé les pinces direct. C'est quoi le problème ? Depuis tout à l'heure, j'entends un bordel pas possible dans l'appartement et vous avez tous l'air à cran.

Abigayle s'approcha de Barry, lui saisit le bras et l'entraîna à l'écart.

— Qui c'est, ce mec ?

— Jimmy Lean. Je l'ai arrêté il y a quelques années dans une affaire de vol à main armée qui s'est terminée en Fort Alamo. Les types ont tué deux vigiles et une cliente.

— Pas vraiment un enfant de chœur, ton gus.

— Non, pas vraiment, admit Barry. Mais il n'était pas impliqué dans la fusillade et ne portait même pas d'arme. Il faisait le guet pour un gang en échange de sa dose. À l'époque, il s'en collait tellement dans les veines qu'il était connu dans les rues sous le nom de « Puits-sans-fond ».

— Ouais, ben j'ai l'impression que « Puits-sans-fond » a forcé la dose aujourd'hui. Ou il cherchait des ronds pour se payer son shoot.

— Ça me paraît peu probable. Je t'ai vu regarder ses bras. Pas de croûtes, pas de bleus. On va attendre les résultats de la prise de sang, mais je ne le crois pas en plein trip.

— Il l'était peut-être au moment des faits. Ou alors il nous balade et se prépare à plaider un problème psychiatrique.

— Les expertises répondront aux deux questions. Demande des renforts. Je veux qu'on fouille cet appart et les alentours de fond en comble.

— Je te rappelle que c'est moi qui mène cette enquête… souligna Abigayle.

— Ben quoi, c'est toi qui vas communiquer les consignes, non ?

— On peut voir ça sous cet angle.

Lean brandit ses poignets entravés.

— Dites donc, vous avez pas l'air jouasses, plaisanta-t-il. Vous pouvez m'enlever ces machins ? À moins que vous vous apprêtiez à me lire mes droits ?

Il ponctua sa question d'un rire gras qui s'interrompit quand Barry le saisit par le col et le releva sans ménagement avant de le pousser vers le couloir.

— Jimmy Lean, vous êtes en état d'arrestation. Vous avez le droit de garder le silence, tout ce que vous direz pourra être retenu contre vous…

CHAPITRE 7

Des dizaines de figures de cire suivaient le suspect de leurs yeux menaçants tandis qu'Abigayle Raven et Barry Donovan l'escortaient jusqu'à la salle d'interrogatoire. À en juger par les crissements de dents, les regards haineux ou les hochements de tête écœurés, Radio Police avait tourné à plein, et tous les flics de la ville connaissaient déjà le nom de Jimmy Lean et les détails du crime odieux dont il était soupçonné.

Accoté à une vitre de son bureau, Stanton observait la scène une tasse de café fumant à la main. Sitôt ses deux enquêteurs débarrassés de leur encombrant colis, il les invita d'un signe du menton à le rejoindre, ce qu'ils firent alors qu'une timide activité reprenait autour d'eux.

— Je veux un topo exhaustif des éléments dont nous disposons, et je le veux dans trente minutes grand maximum. Le procureur m'a promis une totale collaboration, et ses services nous fourniront tous les mandats nécessaires. Quant au maire, il suit personnellement cette affaire et exige d'être informé heure par heure.

— Je vois le tableau, cracha Abigayle. Les politicards vont nous chier dans les bottes.

— L'assassinat d'un pasteur et de son fils va relancer le débat sur l'application de la peine de mort dans l'État, fit remarquer Barry.

— Il n'y aura pas moyen d'y échapper, soupira le capitaine en buvant une gorgée de son café. Les coups tordus vont se multiplier pendant des mois. Il nous faut un dossier béton, plus encore que d'habitude, pour que le procès ne soit qu'une formalité. S'il y a la moindre faille, la défense s'y engouffrera. Je suis de votre avis, Donovan, les pro- et les anti-peine de mort vont s'écharper, le procureur va jouer sa carrière, et les avocats du suspect sauteront sur l'occasion pour s'offrir une notoriété à bon compte. Quant aux médias, ils en feront leurs choux gras et profiteront à fond de l'indignation de l'opinion publique.

— Pour résumer : ça va chier, soupira Abigayle.

— Exact ! Et quand la merde va commencer à voler, on aura intérêt à être vigilants. Sinon, elle retombera directement sur nos têtes.

— Donc, vous mettez le paquet sur cette affaire.

— Le département dans son intégralité, Donovan. Et on s'y colle maintenant.

Stanton avala d'une traite son breuvage et s'avança au milieu de l'allée centrale.

— Une minute de votre attention !

Attention obtenue sans même hausser la voix. L'autorité à l'état brut.

— Nous allons concentrer toutes nos forces sur le double meurtre qui a eu lieu aujourd'hui, et ce pour les prochaines quarante-huit heures. D'ici là, les autres affaires seront reléguées au second plan.

Tim Bauwen, vieux de la vieille à l'approche de la retraite et grande gueule notoire, interpella le capitaine avec tout l'aplomb conféré par son ancienneté.

— Chef, on va se ramasser les avocats et les tribunaux sur le coin de la tronche si on s'amuse à ça.

— Si qui que ce soit vous cherche des poux, vous le renvoyez vers moi. J'endosse la responsabilité de ma décision, avec le soutien de la chaîne de commandement.

Bauwen passa une main dans la mèche blanche qui s'échappait de ses cheveux laqués – les mauvaises langues affirmaient qu'il portait une perruque tant sa coiffure évoquait un casque vissé sur sa tête –, un tic répété chaque fois qu'il obtenait satisfaction.

Spoutnik prit la parole à son tour.

— Et pour les heures sup' ?

— C'est prévu, Steranko : le premier qui remplit une fiche d'heures supplémentaires gagne un aller simple pour le bureau des objets trouvés. Tant que nous y sommes, je demande à celles et ceux d'entre vous qui sont en congé demain et après-demain de les décaler. Je ne serai pas ingrat, précisa-t-il pour couper court au vent de protestations qui se propagea dans l'assemblée. Raven dirige l'enquête et coordonne les opérations. Comprenez bien que les yeux de tout le pays seront braqués sur nous. Dans ces conditions, nous devons faire preuve d'une rigueur exemplaire : pas de cow-boys, pas de règles enfreintes, et un respect total des droits du suspect. Je viens d'avoir un appel du labo qui me promet des résultats complets pour demain matin. Briefing ici même à 6 h 30. Aucune absence tolérée, vous êtes là, un point c'est tout. Si j'étais vous, je me coucherais tôt ce soir. Raven, je vous rends la main… désolé… je voulais dire… Oh, et puis merde !

Abigayle prit la place de Stanton parti rejoindre son bureau où le téléphone sonnait sans relâche.

Elle attendit qu'il en eût fermé la porte et donna ses consignes à ses collègues. Six d'entre eux renforceraient sans délai les agents en uniforme déjà lancés dans l'enquête de voisinage et les recherches de l'arme autour des lieux du crime. Quatre effectueraient les investigations d'usage sur les victimes et le suspect dans les fichiers des autres services : stups, mœurs, impôts, narcotiques, etc. Pendant ce temps, elle rédigerait une note préliminaire pour le capitaine Stanton, puis Donovan poursuivrait la discussion avec Jimmy Lean en attendant l'arrivée d'un avocat commis d'office et l'interrogatoire officiel.

Une poignée de secondes suffit à ce que la brigade se mette en branle avec une énergie et une détermination rarement observées par Barry. Ce dernier passa par son box et, alors qu'il s'emparait d'un calepin et d'un stylo à bille, remarqua le morceau de foie dans sa poubelle.

La petite cérémonie du début d'après-midi et la bonne humeur qui y avait présidé lui semblèrent lointaines, irréelles. Les mots prononcés par Werner au cours de l'une de leurs conversations lui revinrent à l'esprit : « Je ne crois pas au bonheur comme état permanent. Tout au plus pouvons-nous prétendre à des instants de joie. À nous de les saisir, de les goûter et les savourer, sous peine de voir les affres incontournables de l'existence nous entraîner inexorablement vers le cynisme et la désespérance. »

Des paroles dont Barry connaissait la portée mieux que quiconque et qui tournaient en boucle dans sa tête lorsqu'il entra dans la salle d'interrogatoire.

CHAPITRE 8

À la nuit tombée, je rejoignis le lieu de rendez-vous fixé par Barry au 31-33 West 110th Street, aux abords de Central Park, animé par l'excitation de savoir ma surprise fin prête et par le désir ardent de la lui révéler. J'arrivai en avance, discipline adoptée durant mon existence mortelle tant par amour d'une certaine rigueur que pour satisfaire aux exigences d'un agenda surchargé. Déjà au XIXe siècle, l'efficacité passait par la ponctualité. Et en cette époque où les routes étaient périlleuses, les trains aléatoires et les chevaux parfois récalcitrants, ponctualité rimait avec prévoyance. Ainsi, pour une rencontre fixée à une heure donnée, mieux valait s'accorder une marge de sécurité importante. Bien plus conséquente que celle nécessaire dans un monde de bitume, de voitures à moteur et de transports collectifs pléthoriques à la fiabilité millimétrée.

Je profitai de l'attente pour observer les piétons qui arpentaient la rue à marche forcée, un téléphone portable collé à l'oreille, les yeux rivés sur leurs montres, perdus dans l'anonymat d'une mégalopole en quête éternelle de vitesse et de performance. Devant leur indifférence à mon égard, je m'interrogeai sur les raisons m'ayant poussé à m'infliger une réclusion en tout point inutile. Certes, les craintes soulevées par mon état de mort vivant et la dangerosité qu'il induisait pour le commun des mortels motivaient cet éloignement volontaire. Mais, je le savais désormais, ma seule conscience dictait mes actes, des plus honorables aux plus... disons... médiocres. Emporté par un angélisme coupable, j'irais jusqu'à dire que je suis vampire comme d'autres sont plombiers, journalistes ou enseignants. Doté de libre arbitre, de désirs et d'aspirations, je diffère moins des humains que je n'ai pu le croire. Ou voulu le croire.

Depuis que je battais le pavé de New York en compagnie de Barry, je mesurais l'innocuité de ma présence parmi les vivants et l'étendue des privations que j'avais endurées. Je ne les reniais pas, mais j'acceptais de bon cœur l'augure d'y mettre un terme de façon, je l'espérais, définitive. En ne recourant pas à mes pouvoirs, je n'éprouverais aucun besoin de me nourrir avant des décennies, période suffisante pour assurer mon intégration dans cette ère moderne dont j'embrassais volontiers chaque aspect.

Barry émergea d'une bouche de métro, les mains dans les poches d'un sweat-shirt au motif des Forty-Niners, l'équipe de football américain de San Francisco que je soutenais depuis les années 1980. Clin d'œil d'autant plus sympathique que sa préférence se portait sur les Giants de New York...

Je le connaissais assez pour lire la préoccupation sur son visage fermé, lequel s'illumina dès qu'il m'avisa. Rarement dans ma vie ai-je souri à la vue de quelqu'un, étant peu enclin à faire étalage de mes émotions. Question d'éducation. Soucieux de ne pas me voir gouverné par les sentiments, Père et Mère m'avaient souhaité de marbre. Je me parai d'acier. L'accueil que je réservais à mon ami transgressait donc la volonté parentale. J'abandonnais ainsi l'attitude distante où je m'étais complu une grande partie de mon existence.

Barry se présenta à mes côtés et m'offrit une poignée de main franche.

— Pourquoi cet endroit ? lui demandai-je en observant la façade de brique du petit bâtiment sis devant nous.

— C'est un jeu, me répondit-il, énigmatique. Devinez donc quel est l'usage de ce lieu.

Je détaillai les sept étages de la construction aux murs ocre et aux fenêtres translucides disparates, certaines rectangulaires, d'autres en arc de cercle. Une cage grillagée évoquant une volière fermait le toit.

— Je manque d'indices, objectai-je.

— Je vous rassure, même les voisins ignorent la destination réelle de ce bâtiment. Vous contemplez le Centre de détention Lincoln pour les fins de peine. Un lieu consacré à la réinsertion des prisonniers de longue durée. Avec vue imprenable sur le parc. Pour le même panorama, les stars de la chanson et du cinéma déboursent jusqu'à sept mille dollars la nuit à l'hôtel Carlyle situé de l'autre côté, m'annonça-t-il avec la fierté d'un guide assuré de surprendre son auditoire.

Je dissimulai mon étonnement derrière une plaisanterie.

— Les Forty-Niners, Lincoln, vous cumulez les références me concernant. Je discerne cependant un message sous-jacent.

— Oui, souffla-t-il, absent. Certains se voient accorder une seconde chance... Un nouveau départ.

Sur ces mots, il sortit la main de la poche de son sweat-shirt et me tendit un petit paquet noir.

— Je ne savais pas comment vous remercier de m'avoir sauvé la vie et d'avoir veillé sur moi. C'est peu de chose, mais... j'espère que vous apprécierez. De toute façon, ça ne peut pas être pire que le cadeau que j'ai reçu ce matin... conclut-il dans un murmure auquel je ne prêtai pas attention.

Il rit doucement devant mon embarras.

Je défis l'emballage avec fébrilité et dévoilai un téléphone portable. L'expression la plus à même de décrire ma réaction est d'une trivialité que je réprouve, mais résume à la perfection mon air ahuri : je restai comme deux ronds de flan !

— Pas d'abonnement, vous achetez un crédit téléphonique selon vos besoins. Bienvenue au XXIe siècle, Werner. J'aimerais que vous vous y sentiez chez vous, ajouta-t-il comme pour mieux achever de m'émouvoir.

Il me souvint alors d'une discussion avec d'autres capitaines d'industrie dans un club pour gentlemen, au printemps 1863, quelques mois avant ma mort. Ce soir-là, après un repas arrosé plus que de raison, nous évoquâmes d'hypothétiques avancées technologiques et leur éventuel impact sur la société. À dire vrai, nous nous préoccupions moins de la société que de la marche de nos affaires. L'un d'entre nous cita un ancien article de presse relatant les délires d'un ingénieur français convaincu de la possible transmission électrique de la voix : un télégraphe parlant ! Avec le plus grand sérieux, en dépit des aspects pour le moins incongrus de cette perspective, nous en imaginâmes les bénéfices des heures durant : le gain de temps, la réduction des déplacements et, fantasme ultime, la communication intercontinentale. Nul doute que les majordomes témoins de cet échange nous prirent pour des fous. Et pourtant, même nos propositions les plus farfelues n'approchaient pas une réalité aujourd'hui considérée comme évidente et utilisée en permanence dans une indifférence générale.

Je ne me doutais pas alors que, un siècle et demi plus tard, au mépris des règles de l'univers, je contemplerais de mes yeux ce dont nous n'osions rêver : un monde électrifié, informatisé et connecté à l'échelle planétaire.

Un monde pour lequel j'éprouvais une fascination sans bornes et auquel le mobile offert par Barry scellait mon appartenance pleine et entière. Tout autant que l'étonnante surprise que je lui réservais...

Nous nous regardâmes un long moment et dialoguâmes au-delà des mots.

— À mon tour, fis-je en l'invitant à me suivre.

CHAPITRE 9

Barry était fier de son coup. Non seulement il venait de marquer un point dans la joute à laquelle lui et Werner se livraient depuis des semaines, joute consistant à surprendre l'autre à travers l'exploration de lieux pittoresques de la Grosse Pomme, mais en prime son cadeau avait profondément touché son ami.

Peu enclin à se laisser déstabiliser, Werner s'était vite ressaisi et paraissait bien décidé à diriger les opérations pour le restant de la nuit. Lui-même ne manquait jamais d'imagination pour choisir un spectacle, un musée proposant une nocturne ou même un endroit offrant sur la ville une vue privilégiée ou décalée.

En règle générale, il exposait d'emblée ses intentions, mais, ce soir, il entretenait le mystère avec soin et semblait moins flegmatique qu'à l'ordinaire. Le téléphone portable offert quelques minutes plus tôt ne pouvait à lui seul justifier une fébrilité si manifeste.

Habitué à satisfaire sans discuter les souhaits de son étonnant compère, moins par soumission que par goût de la découverte, le policier trouvait dans ses manières de comploteur un exutoire salutaire à cette rude journée. Encore ému par la réaction viscérale d'Abigayle confrontée à son premier infanticide, il acceptait de bon gré toute forme d'évasion et retardait le moment d'annoncer à Werner que les exigences de son enquête le contraignaient à écourter leur soirée. Une nuit de repos s'imposait avant d'affronter, dès l'aurore, les suites de cette affaire.

En moins de deux heures de marche, ils rejoignirent Greenwich Village dans le sud de Manhattan.

Werner s'arrêta devant l'entrée d'un immeuble situé au 15th Union Square West. Merveille architecturale à la façade entièrement vitrée soutenue par une fine et discrète structure en fonte, le bâtiment s'élevait sur douze étages dont les derniers constituaient un assemblage asymétrique.

— Ce que vous vous apprêtez à découvrir est une conséquence directe du pacte qui nous unit, déclara-t-il sur un ton inquiétant.

Il affichait un air sérieux à la limite de la gravité.

— Vous me faites peur, ironisa Barry.

— Et si telle était mon intention ? lâcha Werner sans laisser transparaître la moindre once de second degré dans ses propos.

De plus en plus intrigant... pensa le policier. Il força le pas pour ne pas se faire distancer par un Werner à la démarche conquérante.

Celui-ci pénétra dans le hall et passa devant le comptoir du concierge, un jeune homme dont le teint hâlé et les cheveux noirs gominés trahissaient les origines hispaniques. Werner répondit à son salut respectueux d'un simple signe de tête et se dirigea vers l'un des deux ascenseurs.

Barry trotta pour rejoindre son ami, lequel dégaina une carte magnétique qu'il fit glisser dans une fente placée au-dessus des boutons menant aux différents niveaux.

— L'immeuble date de 1870 et abritait à l'époque les locaux de Tiffany & Co, déclara-t-il tout de go alors que les portes de l'appareil se refermaient. Il a été transformé en condominium de haut standing et propose à ses résidents une piscine, un sauna ainsi qu'une salle de sport.

— C'est donc cela, votre surprise ? Vous entamez une carrière d'agent immobilier ?

Barry reçut pour seule réponse un regard réprobateur. Le reste de l'ascension s'effectua dans un silence pesant qui perdura jusqu'à l'arrivée au dixième étage.

Ils débouchèrent dans un couloir desservant une unique porte en acier qui s'ouvrit dès que Werner eut inséré sa carte dans une nouvelle fente.

— Soyez le bienvenu dans…

Werner pressa un interrupteur placé contre le mur à droite de la porte.

— … l'antre du mal ! conclut-il en parodiant un rire démoniaque qui rappela à Barry Vincent Price dans le clip *Thriller* de Michael Jackson.

L'amusement du lieutenant fit place à l'étonnement lorsqu'il découvrit l'appartement qui s'offrait à lui.

— Après vous, l'invita Werner.

Barry pénétra à pas de velours dans un vestibule à la lumière tamisée qui menait à un salon presque aussi grand que les locaux de la brigade criminelle. Quatre baies vitrées en forme d'arches hautes de trois mètres dominaient une table en chêne massif entourée de chaises finement ouvragées. Sur la droite, un comptoir en marbre donnait sur une luxueuse cuisine aux équipements dernier cri. À gauche, un coin salon composé de deux imposants canapés de cuir et de plusieurs fauteuils club n'attendait plus que ses invités.

La décoration mélangeait avec goût modernité et classicisme.

— Dans la mesure où je me suis engagé à ne plus recourir à mes pouvoirs, il m'est plus compliqué de rejoindre Manhattan depuis mon refuge du New Jersey, expliqua Werner. Voici donc ma solution à ce léger problème.

— Vous louez cet endroit ?

— Acheter me paraissait plus opportun.

— Un truc pareil coûte une fortune. Comment avez-vous fait… pour l'argent ? Et les papiers, et toutes les démarches administratives ?

— Je dispose d'une identité en règle, et même d'un permis de conduire, ce qui est d'ailleurs amusant, car j'ignore tout du fonctionnement d'une voiture. Quant à mes avoirs, je n'ai jamais cessé de les gérer et, dans ce domaine, je m'accorde, sans fausse modestie, un certain talent.

— Je vois l'idée. Rien de tel que l'hypnose pour simplifier toutes les menues tracasseries bureaucratiques…

— Je vous rassure tout de suite, j'ai respecté mes engagements à votre égard. Il s'agit là de mesures prises depuis bien des années. Elles font partie de ce que j'appelle « mon programme de confort et de protection ». La transaction s'est effectuée dans les règles de l'art.

— Quand avez-vous fait l'acquisition de cette… merveille ?

— Vous étiez encore à l'hôpital. Des travaux de décoration s'imposaient, et je ne doute pas que vous les trouverez à votre goût. L'aménagement s'est achevé avant-hier et, si vous me permettez un trait d'humour, je mourais d'envie de vous faire les honneurs des lieux.

— Les appartements d'exception ne manquent pas dans cette ville, et j'en ai visité quelques-uns au hasard de mes enquêtes, mais là…

— Selon l'expression consacrée : « *Mi casa es su casa.* »

— Hallucinant… Et en prime, c'est un duplex, s'étonna Barry en avisant un escalier sur sa gauche dont il n'avait même pas remarqué la présence en entrant dans le salon.

— Triplex, corrigea Werner, et le dernier niveau bénéficie d'un accès direct au toit-terrasse. Laissez-moi vous faire le tour du propriétaire.

Commença alors une visite à donner le tournis. Avec une satisfaction perceptible derrière un masque de calme, le vampire présentait les différentes pièces et commentait leur fonction : de la buanderie, dont il vanta l'équipement haut de gamme en insistant particulièrement sur la qualité du sèche-linge, au dressing déjà occupé par d'innombrables costumes, en passant par une pièce de la taille d'une chambre dédiée à ses seules paires de chaussures. Werner fit l'article de la cuisine dont il n'avait pas l'usage, mais qu'il espérait voir le policier s'approprier à l'occasion.

Ils grimpèrent ensuite un escalier de verre pour rejoindre le premier niveau, lequel proposait quatre salles de bains rutilantes et autant de chambres au confort digne des plus luxueux hôtels.

Le tour du propriétaire s'acheva par le troisième niveau, dédié aux appartements du maître des lieux, eux aussi pourvus de grandes baies vitrées.

— Vous jugez vraiment raisonnable de choisir un endroit avec autant de fenêtres ? demanda Barry en s'approchant de l'une d'elles.

— Me tiendriez-vous en si peu d'estime ? fit mine de s'offusquer le vampire.

Il pianota sur un écran tactile installé à côté de son lit. Aussitôt, un léger ronronnement de moteurs envahit la pièce, et de lourds volets obstruèrent les ouvertures jusqu'à plonger la pièce dans la pénombre.

— Impressionnant, admit le policier. Vous avez fait installer ce dispositif ?

— Même pas ! pérora Werner. Tous les appartements en sont équipés. Installation ultra-sécurisée, un élément capital dans mon choix final.

Les deux hommes regagnèrent le salon.

Barry s'amusait des efforts déployés par Werner pour contenir son excitation. Plus la visite avançait, plus son enthousiasme transparaissait, et plus il semblait évident qu'il espérait voir le policier le partager.

Nous ressemblons à un jeune couple investissant son premier logement, plaisanta intérieurement Barry.

— Puis-je vous offrir une boisson ou un en-cas ? Le bar et le frigo sont bien fournis.

— Ce sera avec plaisir, mais pas aujourd'hui. Je crains de vous décevoir, mais je ne peux pas rester trop longtemps.

— Je vous sentais préoccupé. S'agit-il de votre enquête ? Auriez-vous connu une journée agitée ?

— Plus de mille cinq cents meurtres sont commis tous les ans à New York. Les journées tranquilles n'existent pas.

— Je n'avais pas conscience d'un tel chiffre. Cela me paraît énorme.

— En 1995, le total s'élevait à près de quatre mille, souligna Barry.

Werner s'installa sur l'un des canapés blancs, jambes croisées et bras tendus sur le dossier, et invita le policier à prendre place dans le fauteuil crème face à lui.

— Je suis tout ouïe.

Barry ôta sa veste, la déposa sur un des larges accoudoirs et s'assit à son tour. Il narra l'intervention menée avec Abigayle et n'épargna aucun détail. Il évoqua également la pression médiatique et politique qui entourait l'affaire.

— Et qu'a donné votre interrogatoire avec ce Jimmy Lean ?

— Discussion, corrigea Barry, l'interrogatoire officiel n'aura lieu que demain matin en présence de son avocat.

— Soit, je suis peu au fait de vos procédures. Poursuivez, je vous prie.

— Cette histoire me met mal à l'aise.

— Les meurtres que vous m'avez décrits en ébranleraient plus d'un.

— Oui, mais… il n'y a pas que cet aspect qui me dérange. Le suspect prétend avoir pris un verre avec les victimes puis avoir vu les flics débarquer sans rien comprendre.

— Ne s'agit-il pas là d'un déni banal de la part d'un homme incapable d'assumer son geste ou désireux d'échapper à la sanction ?

— La majorité de mon département partage votre point de vue. Le hic, c'est que nous disposons d'un enregistrement dans lequel Lean prévient la police qu'il vient de commettre un assassinat.

— Effectivement, dans ce cas, nier se révèle peu utile, s'amusa Werner, une lueur badine dans les yeux.

— Je sais bien, et lui aussi devrait le savoir. Je lui ai diffusé la bande, et il a paru tomber des nues en s'entendant parler. Il a même reconnu qu'il s'agissait bien de sa voix.

— Au risque de passer pour un simple d'esprit, je crains de ne pas saisir ce qui vous trouble.

— Ce qui me trouble, c'est qu'une partie de moi pense qu'il se fout du monde. Et une autre partie a tendance à le croire quand il prétend ne pas comprendre ce qu'on lui reproche. C'est un peu comme si cinq ou dix minutes avaient disparu de son esprit.

— Je vois. Je pourrais toujours vous proposer mon assistance et recourir à l'hypnose…

Barry s'apprêta à protester, mais Werner l'en dissuada d'un signe de la main.

— … mais j'entends respecter les termes de notre accord. Je ne puis donc que vous conseiller de vous fier à votre instinct…

Une série de vibrations retentirent dans la veste de Barry, qui s'empara de son mobile et en examina l'écran.

— Le boulot, excusez-moi, fit-il en prenant l'appel.

— Donovan, on a trouvé l'arme…

Abigayle parlait d'une voix étonnamment sereine pour une nouvelle de cette importance.

— Bien joué ! la félicita-t-il en enclenchant le haut-parleur de son appareil. Où ça ?

— Dans une poubelle dans l'arrière-cour de l'immeuble. Je vais la déposer au labo pour le relevé d'empreintes, et j'aimerais que tu m'y rejoignes. Faut absolument que tu voies ce truc.

— Maintenant ?

— Oui, pas à Pâques !

Barry jeta un œil à sa montre.

— Je peux arriver vite.

— OK, on se retrouve là-bas.

— Attends ! Dis-moi quand même pourquoi tu veux que je… Je déteste quand les gens vous raccrochent au nez, conclut-il en regardant Werner.

— L'urgence justifie parfois l'oubli des bonnes manières. Au moins, si les empreintes de votre suspect se trouvent sur l'arme que je comprends fraîchement découverte, vos dilemmes se dissiperont. Donc : filez, et ayez-en le cœur net.

— Je suis vraiment désolé de vous abandonner de cette façon, s'excusa Barry en se levant, imité dans la foulée par Werner.

— Ne vous morigénez pas, le rassura celui-ci en se dirigeant vers la porte d'entrée.

Barry saisit sa veste et le suivit en gloussant.

— Qu'ai-je dit de si drôle ?

— Rien, rien. C'est juste que vous utilisez le terme « morigéner » là où mes facétieux collègues m'auraient dit de ne pas me mettre la rate au court-bouillon.

Hermétique à la plaisanterie, Werner haussa un sourcil interloqué.

— Oui… enfin. Bon, ce n'est pas exactement le même monde.

— J'en ai bien l'impression. Comment procédons-nous pour demain ?

— Je vous laisse un message. Vous pourrez le consulter à votre réveil, et nous conviendrons d'un rendez-vous selon le déroulement de ma journée.

— Excellente idée. La nuit est encore jeune, ce qui me donne le temps nécessaire pour appréhender le fonctionnement de l'appareil. À demain soir donc, et soyez prudent d'ici là.

— Comptez sur moi. À demain, Werner, et bonne chance avec le mode d'emploi, ces machins sont plus complexes qu'il n'y paraît !

CHAPITRE 10

Quelle soirée !

De mon vivant, cadeaux et surprises dont raffolaient mes congénères ne m'intéressaient guère. Je m'en délestais volontiers sur mes subordonnés et leur allouais les budgets nécessaires aux achats pour ensuite les remettre moi-même aux destinataires au cours de repas interminables ou de réceptions soporifiques. Noël, Thanksgiving et autres anniversaires représentaient à mes yeux d'intolérables pertes de temps, pour ne pas dire de vraies punitions. Mes responsabilités à la tête de l'aciérie et de la manufacture d'armes monopolisaient mes pensées. Il en fut ainsi jusqu'à ma rencontre avec mon épouse. À ses côtés, j'appris le plaisir d'offrir et de recevoir. Et, plus nous nous couvrions de bienfaits, plus je réalisais l'erreur qu'avait été ma vie.

Leçon bien retenue. Le cadeau de Barry, la surprise que constitua pour lui la découverte de mon appartement furent autant de satisfactions que je savourai avec délectation.

Et j'étais bien décidé à ne pas m'arrêter en si bon chemin.

À peine Barry parti, je me dirigeai vers le toit de l'immeuble et observai les rues depuis la terrasse. Je le vis en contrebas. Il héla un taxi et s'y engouffra afin de rejoindre sa collègue et poursuivre leur enquête.

Je repensai au récit de sa journée et aux doutes que suscitait en lui le « trou temporel » dont semblait souffrir ce Jimmy Lean.

Barry est un honnête homme, épris de justice et faisant montre de mansuétude.

Mon sens de la justice diffère du sien.

La mansuétude n'est pas mon fort.

Pour ma part, nulle place au doute.

Je lui avais promis de ne plus recourir à mes pouvoirs. Mais la promesse la plus importante à mon cœur était celle que je m'étais faite de le protéger en toutes circonstances, et ce quel qu'en soit le prix. Après tout, ce qu'il ignore peut-il vraiment lui nuire ?

Tandis que la voiture jaune emportait le seul ami que j'eusse jamais eu, je levai les yeux vers la lune, pleine et lumineuse, fermai les paupières et invoquai le faucon…

CHAPITRE 11

Office central médico-légal de la police de New York, quelques minutes plus tard

— Si vous pouviez vous calmer, ça m'aiderait à me concentrer. Je vous jure que c'est chiant d'être collé devant un ordinateur avec une excitée qui fait les cent pas dans son dos. En plus, je vous demanderai d'arrêter de vous ronger les ongles, vous allez tout dégueulasser. Ou alors, vous avalez les rognures !

Abigayle s'écarta du laborantin occupé à placer des marqueurs sur les empreintes numérisées qui s'affichaient à l'écran de son terminal. En d'autres circonstances, elle aurait balancé à l'homme hirsute et grincheux une réplique cinglante, mais un mélange d'impatience et de fatigue annihilait sa repartie.

— Voilà, ajouta-t-il, j'ai bientôt fini. Je vais lancer la recherche de correspondance.

Afin de ne pas être tentée de mâchouiller le dernier ongle qui lui restait, Abigayle glissa les mains dans les poches de son jean puis se détourna du poste de travail pour retrouver Barry. Arrivé dix minutes plus tôt, celui-ci manipulait avec précaution un sac en plastique transparent contenant l'arme supposée avoir servi au double meurtre. Il la tournait et la retournait pour l'examiner sous toutes les coutures, entre effarement et incompréhension.

À la question « Pourquoi désirais-tu que je vienne aussi vite ? », Abigayle s'était contentée de désigner l'objet dont Barry ne semblait plus pouvoir se défaire.

— Qu'est-ce que c'est que ce truc... ? souffla-t-il.

— Je ne voudrais pas m'avancer, mais je crois qu'on appelle ça une épée.

— Très amusant... Je vois bien que c'est une épée. Et, pour être précis, une épée courte. Je me demandais juste pourquoi une telle arme ? Je m'attendais plutôt à une feuille de boucher. On peut couper la main de quelqu'un avec ça ?

— On dirait. La lame porte encore des traces de sang. De toute façon, je la dépose au docteur Carvey dès qu'on a fini ici. Elle nous dira si c'est bien cette arme qui a servi aux deux crimes.

— Vraiment bizarre... Que foutait Lean avec cette antiquité ? Dis, tu as remarqué les gravures sur la lame ? Ça ressemble à du latin, mais c'est trop usé pour être lisible. Je distingue juste « *tis* » ou « *tatis* ».

— Je te croyais d'origine écossaise. D'où tu connais le latin, toi ?

— J'ai fait des études de littérature classique avant d'entrer dans la police, répondit-il distraitement. Tu sais, Cicéron, Virgile, Horace.

— Ah bon, ce sont des écrivains ? J'ai toujours pensé que c'étaient des joueurs de hockey de la NHL.

Barry laissa échapper un soupir de dépit.

— Je rigole, tu n'es pas le seul à être allé à la fac, frimeur !

— OK, je suis tombé dans le panneau, reconnut-il en déposant l'épée sur la table blanche devant lui. On en sait plus sur les victimes ?

— Le révérend Deshawn Willard, cinquante-deux ans, et son fils Joseph, onze ans. Rien à signaler du côté du gamin : aucun problème scolaire, inconnu de nos services, décrit par les voisins comme gentil et plutôt réservé.

— Si tu as commencé par le fils, c'est qu'il y a un loup du côté du père.

— Est-ce que « Deshawn le Fossoyeur » te rappelle quelque chose ? demanda Abigayle.

Barry réfléchit quelques instants. Son visage s'éclaira tout à coup.

— Ah oui, nettement ! La vache, c'est lui ?

— Ouais, m'sieur. Nous avons trouvé dans un placard une valise remplie d'affiches et de photos de ses combats, et même sa ceinture de champion intercontinental.

— Mon père me parlait souvent de lui quand je faisais de la boxe. C'était un des meilleurs poids lourds de l'histoire. Tout le monde l'annonçait comme le successeur de Mohamed Ali. Si ma mémoire est bonne, il s'est retiré sans crier gare. Je ne savais pas qu'il s'était tourné vers la religion.

— C'est la loi du sport : aussi vite oublié qu'encensé. Et, ce soir, il se retrouve sous le bistouri du docteur Carvey.

— Triste destin…

— Je ne te le fais pas dire.

— Quoi d'autre sur lui ?

— R.A.S. Tous ceux que nous avons interrogés dans son immeuble le dépeignent comme un homme gentil et serviable, très impliqué dans la vie de la communauté.

— Tu m'aurais annoncé qu'il se comportait comme un sale con et envoyait promener tout le monde, j'aurais trouvé ça surprenant pour un pasteur.

— Évidemment… mais je t'ai quand même gardé le meilleur pour la fin. Depuis l'année dernière, Willard donnait des cours de boxe au Possible Pardon, une institution pour la réinsertion des anciens détenus…

— … et c'est là qu'il a rencontré Jimmy Lean…

— Exact. Le lien entre les deux est fait.

— Super, mais ça ne nous dit pas pourquoi Lean a utilisé une épée. Ni où est passée la main coupée. Sans compter que nous n'avons pas non plus de mobile.

— Toi, je te connais assez pour sentir que tu as des doutes.

— Y a des trucs qui me dérangent. Reconnais qu'il reste quand même un paquet de questions en suspens et que toute cette histoire a un goût bizarre.

— Je ne suis pas loin d'être d'accord avec toi… mais les faits sont là. Et pour ce qui est de la procédure, le capitaine Stanton a discuté avec le procureur. Faute de mobile établi, il s'appuiera sur le passé de toxico de Lean. Il est persuadé qu'il n'aura aucun problème à convaincre un jury que Lean cherchait de l'argent pour se payer sa dose.

— C'est complètement con ! Jimmy prétend qu'il est *clean* et, si les analyses toxicologiques sont négatives, l'argumentation du procureur ne tiendra pas.

Sans vraiment s'en rendre compte, les deux enquêteurs s'étaient mis à chuchoter.

— Alors il se rabattra sur un banal crime crapuleux. Lean a égorgé un pasteur et son fils. Je suis prête à te parier que les jurés s'en contenteront.

— On n'envoie pas un mec en taule pour le restant de ces jours sur de simples suppositions !

— Ça, mon pote, j'ai bien peur que tout le monde s'en tape. Je pense que le discours de Stanton avait autant pour objectif de nous prévenir qu'on risquait d'avaler quelques couleuvres que de mobiliser la brigade.

Barry ne put réprimer un rictus de dégoût auquel la policière répondit par un haussement d'épaules dépité. Tous deux connaissaient les limites de leurs attributions. Tous deux savaient que, au final, par-delà les preuves et la vérité, le dernier mot reviendrait aux juristes et à une *vox populi* guidée par une campagne médiatique, elle-même orchestrée par des intérêts politiques et carriéristes. Un constat amer mais lucide auquel – Abigayle le comprit en lisant la détermination dans le regard de Barry – le lieutenant n'entendait pas se résigner.

La voix du laborantin retentit à l'autre bout de la pièce.

— Dites, Castle et Beckett, vous pouvez vous détendre, votre client est cuit. Ses empreintes se trouvent partout sur le manche.

— Ça s'appelle une garde, corrigea Barry en s'approchant à grands pas.

— Hein ?

— Laissez tomber… Envoyez un exemplaire du rapport à notre bureau avec copie au procureur, s'il vous plaît.

— Ce sera fait dans les dix minutes.

— Parfait, fit Abigayle en se saisissant du sac contenant l'épée.

Elle assena ensuite une tape appuyée sur l'épaule de Barry.

— Allez, Donovan, on descend voir Carvey, elle devrait achever de lever nos derniers doutes.

Ils quittèrent le laboratoire et prirent la direction de l'escalier.

— Tu sais qu'elle en pince à mort pour toi ? lança Abigayle.

— Qui ça ? demanda son coéquipier, perdu dans ses réflexions.

— Lana Carvey, qui d'autre ? Beau brin de fille, poursuivit la policière alors que Barry la regardait, ahuri. C'est juste dommage qu'elle soit dingue.

CHAPITRE 12

Assise à son bureau, Lana Carvey parcourait les résultats de l'analyse toxicologique des victimes et du suspect tout en avalant une gorgée du café froid qui stagnait depuis une demi-heure au fond de son gobelet en plastique.

Bourreau de travail, abonnée aux nuits marathon, la légiste avait assisté, impuissante, à la défection de ses collègues à peine le dernier cadavre recousu. Certains s'étaient défilés, invoquant leur vie de famille, d'autres avaient choisi les récriminations en expliquant que leur salaire ne justifiait pas d'en faire plus que le minimum légal.

Autant d'arguments qu'elle comprenait sans pour autant y adhérer. Issue de la bourgeoisie aisée de Philadelphie, baignée dans l'univers médical depuis sa plus tendre enfance, coincée entre une mère gynécologue et un père oncologue, elle n'œuvrait pas pour l'argent. Quant à la vie de famille, elle n'en avait tout simplement aucune. Ses seules motivations, Lana les tirait d'une conviction absolue que la science pouvait confondre les criminels et résoudre des mystères insolubles sans son intervention.

Elle s'engageait dans cette vocation avec une application et une méticulosité inégalées, dont elle savait parfaitement qu'elles lui valaient les surnoms colorés de « psychopathe du bistouri et de la propreté » ou, plus synthétiquement, d'« emmerdeuse de première ». Des sobriquets qu'elle jugeait moins dégradants que « bombasse », terme trop souvent employé à son propos par des médecins ou des flics engoncés dans un sexisme détestable et incroyablement tenace en ce début de XXIe siècle. Préférant inspirer une crainte justifiée qu'un désir malsain, Lana forçait légèrement ses traits de caractère dans le seul but de repousser les importuns.

Et puis, après tout, son amour de l'ordre et de la discipline n'avait rien de si extraordinaire…

Désormais seule au rez-de-chaussée du bâtiment, dévolu à la morgue et aux salles d'autopsie, Lana reposa son dossier et ramassa ses cheveux noirs en un chignon dont elle assura le maintien à l'aide d'un crayon à papier. Elle ôta ses lunettes et se massa longuement les paupières. Deux petits coups secs contre la porte la firent sursauter. Elle replaça sa monture sur son nez et invita d'un ton sévère son ou ses visiteurs à entrer.

Abigayle Raven apparut la première, suivie comme son ombre par Barry Donovan dont l'arrivée dérida Lana. La jeune femme retira le crayon de ses cheveux et se recoiffa à la hâte, attirant l'attention narquoise de la policière. Celle-ci se tourna vers son coéquipier en articulant un « Je te l'avais dit » muet, ponctué d'un clin d'œil moqueur. Le sourire figé, à la limite du psychotique, Barry arracha la pièce à conviction des mains d'Abigayle et la tendit au docteur Carvey.

— Bonsoir Lana, je crains que nous ne vous amenions du travail en plus.

— Bonsoir, je lisais justement des comptes rendus pour notre affaire. Intéressant, murmura-t-elle en refermant ses doigts sur une des extrémités du sac.

Abigayle s'avança et en profita pour bousculer au passage Donovan qui faillit percuter le bureau.

— Tout porte à croire que vous tenez l'arme du crime. Nous venons du département d'analyse des empreintes et nous avons un résultat positif correspondant à notre suspect. Il ne nous manque plus que la confirmation que le sang des victimes est sur la lame, et l'assurance qu'elle peut avoir causé les blessures mortelles.

— Si vous avez un petit quart d'heure devant vous, je pourrai vous dire si l'arme est compatible avec les incisions.

Les deux enquêteurs acquiescèrent d'un signe de tête, et aussitôt le médecin ramassa son dossier puis les invita à la suivre.

— Je parcourais les analyses toxicologiques des victimes et du suspect quand vous êtes arrivés, lança-t-elle en traversant le couloir et en poussant une double porte.

— Bilan des courses ? s'enquit la policière en maintenant un battant afin que Barry ne le prenne pas en plein visage.

— Résultats dans les normes, pour les trois.

— Même Lean ? Pas de traces de drogue ou d'alcool ? demanda Abigayle d'une voix qui laissait poindre une once de déception.

— Si cela avait été le cas, je vous l'aurais dit tout de suite, Raven.

— Vraiment charmante… chuchota Abigayle à Barry.

Lana releva du doigt une rangée d'interrupteurs. Les néons s'allumèrent un à un et éclairèrent violemment une salle tout en longueur. Trois tables d'autopsie en inox sur vérins pneumatiques, surplombées par des lampes orientables, en occupaient le centre. Des plans de travail métalliques étaient adossés aux murs de la pièce envahie par l'odeur entêtante des produits de nettoyage.

— Des nouvelles de la main coupée ?

— Négatif, répondit Abigayle.

— Si vous ne la trouvez pas, cela signifierait-il que votre suspect aurait eu un complice qui serait parti avec ?

— À ce stade de l'enquête, toutes les options restent ouvertes, confirma Barry.

Lana ouvrit une armoire, sortit une boîte de gants en latex et en enfila une paire. Elle s'empara ensuite de divers instruments, sortit l'épée de son sac, puis procéda à une série de mesures sur la lame et compara les résultats aux relevés inscrits sur le rapport d'autopsie.

L'opération s'accompagna de commentaires dont un enregistreur de poche, tout comme le duo de policiers, ne perdit pas une miette : « remarquablement aiguisée », « écriture latine sur la lame », « la garde ouvragée semble ancienne », « traces sombres, sans doute du sang séché ».

Le médecin éteignit son Dictaphone et rangea précautionneusement son matériel avant de replacer l'arme dans le sac puis de jeter ses gants.

— Je ne peux pas être affirmative à cent pour cent, mais sur un plan strictement physique ce pourrait être la bonne arme. La profondeur et la largeur des blessures sont compatibles. Je vais effectuer des analyses sur le métal, vous aurez les résultats tôt dans la matinée.

— Désolé de vous imposer une nuit blanche, Lana, s'excusa Donovan.

— J'ai bien conscience de l'urgence, Barry, ne vous en faites pas pour moi, j'ai l'habitude.

— Bon, eh bien je ne vois aucune raison de vous retarder, fit Abigayle, visiblement soulagée d'en finir avec cette interminable journée. Allez le rouquin, on file.

— Raven. J'aurais deux mots à dire au lieutenant, si vous n'y voyez pas d'inconvénients. Ce ne sera pas long.

— Pars devant, je te rejoins à la voiture, lança ce dernier à sa coéquipière.

— Traîne pas trop quand même, je voudrais dormir pour tenir le coup demain, et je n'ai pas envie que ma copine me fasse une crise à la maison.

Sur ces mots, elle quitta les lieux en pianotant sur le clavier de son téléphone portable.

Lana s'approcha alors de Barry.

— Je me demandais… si vous alliez bien.

Le policier, d'abord pensif, sourit à demi. Ses yeux exprimèrent une gaieté que Lana ne lui connaissait pas.

— Oui, souffla-t-il comme si la réponse le surprenait lui-même. Je crois que oui. En tout cas, mieux, si c'était le vrai sens de votre question. D'ailleurs…

— D'ailleurs ? répéta-t-elle avec une impatience mal dissimulée.

— Accepteriez-vous…

Barry s'interrompit. Son visage se ferma soudain. Sourcils froncés, il hocha la tête, en proie à un conflit intérieur dont Lana n'ignorait rien. Il est des fantômes contre lesquels toute lutte est impossible. Elle le considéra avec plus de tristesse que de déception. En dépit des sentiments qu'elle nourrissait pour ce garçon depuis le premier jour où ils s'étaient rencontrés, sur une scène de crime évidemment, elle ne désirait pas le brusquer et voyait, dans cette tentative d'invitation, une raison d'espérer. Pour lui comme pour elle.

— Réglons d'abord cette affaire. Nous en reparlerons après.

— Promis ?

— Juré, sourit-il. Encore merci… pour tout…

Il se pencha vers le médecin, déposa un baiser furtif sur sa joue, puis tourna les talons.

Lana regarda Barry s'éloigner, les pommettes empourprées par le contact des lèvres audacieuses du policier. Un geste simple et anodin pour beaucoup, mais qui bouleversa la jeune femme.

Pour la première fois de sa carrière, l'envie de faire le travail avec application n'était plus son unique motivation, et elle affrontait avec une énergie renouvelée la longue liste de tâches à accomplir en un temps record.

Elle retournait à son bureau, bien décidée à expédier la saisie des constatations effectuées sur l'arme, quand des piétinements sourds émanant du couloir attirèrent son attention. Alors qu'elle franchissait le seuil de son bureau avec l'espoir de voir Barry rebrousser chemin, elle aperçut dans le hall deux hommes grands et massifs vêtus d'un cache-poussière couleur cuivre boutonné jusqu'au col. La pâleur des visages taillés à la serpe rappelait les statues de marbre de l'Antiquité. Ils progressaient vers elle d'un pas lourd et implacable.

Une chaleur intense l'envahit. Sa respiration se bloqua. Elle tenta de lutter contre la poussée d'adrénaline, mais ses membres se tétanisèrent.

Lana demeura immobile alors que deux pistolets munis de silencieux la visaient.

Des coups de feu étouffés claquèrent. La jeune femme ferma les yeux puis s'écroula sur le carrelage froid. Un courant d'air lui caressa le visage puis s'évanouit soudainement.

Alors s'élevèrent dans le hall des cris haineux, dans une langue inconnue du médecin, qui s'éteignirent dans un fracas de tous les diables. Les murs autour d'elle tremblèrent à plusieurs reprises, comme sous l'effet d'un violent séisme.

Elle rassembla ses esprits et le peu de forces dont elle disposait encore. Elle envisagea deux options : localiser la blessure qu'elle avait subie et dont elle ne souffrait pas, certainement à cause de l'état de choc, ou feindre l'inconscience en espérant que ses agresseurs la laisseraient pour morte et se désintéresseraient de son cas.

Elle risqua finalement un œil en coin vers le couloir désormais vide. Rassurée, elle ouvrit grand les paupières et palpa nerveusement ses jambes, puis son abdomen, son torse, et remonta enfin vers son crâne. Elle ramena ses paumes devant ses yeux et ne vit aucune trace de sang. Lana soupira et, épuisée, reposa la tête contre le chambranle de la porte.

De nouveau, un courant d'air glissa sur ses joues. Lana frémit, puis sentit son cœur prêt à exploser au moment où elle avisa un homme accroupi à ses côtés. Elle aurait dû crier, mais aucun son ne sortit de sa bouche. Il dardait sur elle des prunelles bleu azur qui happèrent son regard.

— J'aimerais tellement nous épargner ce qui va suivre, murmura-t-il d'une voix mélodieuse et triste.

CHAPITRE 13

Los Angeles, quelques heures plus tôt

Le soleil déclinait sur les hauteurs de Malibu, mais inondait encore de sa lumière bienveillante la gigantesque demeure érigée sur le point culminant d'une colline.

Penché vers l'océan Pacifique en contrebas, ses mains puissantes appuyées sur le muret délimitant le sud de la terrasse, l'homme accueillait avec bonheur la chaleur dispensée sur sa peau par l'astre du jour.

Dans sa prime jeunesse, il s'accommodait aussi bien de la froidure que de la canicule. Était-ce dû à sa rugosité naturelle, à ses années d'entraînement dans des conditions extrêmes, ou simplement à la rigueur climatique de sa Moldavie natale, quittée depuis trop longtemps ?

Il n'aurait su le dire avec certitude. Mais il ressentait au plus profond de sa chair la nécessité d'un confort dont il n'avait eu que faire jusqu'alors. Il se reprochait cette faiblesse et la réprimait par d'épuisantes et impitoyables sessions de pratique du combat qui l'amenaient au bord de la nausée et, parfois, de l'évanouissement. Des sessions si dures et intenses qu'aucun homme ordinaire n'aurait pu y survivre.

Mais Nicolae n'était pas un homme ordinaire. Il ne l'avait jamais été.

Aujourd'hui, sa détermination demeurait inflexible.

Aujourd'hui se profilait l'aboutissement d'une quête séculaire à laquelle son existence était vouée. Des retrouvailles inespérées. Le repos, enfin.

Alerté par le bruit sourd des pas montant l'escalier de bois menant à la terrasse, Nicolae se ressaisit, résolu à ne rien laisser transparaître de sa lassitude. Il se redressa, se tourna vers l'arrivant puis adopta une posture martiale, jambes écartées et mains croisées dans le dos. Son visage se fit impassible.

Comme il s'y attendait, Jiles apparut.

— Quelles nouvelles des frères à New York ? lui demanda Nicolae en guise de bienvenue.

— Ils détiennent le premier composant, maréchal.

— Tout s'est-il déroulé comme prévu ?

— Oui… et non.

— Mais encore… ?

— L'opération a causé un dommage collatéral malheureux. Vous pourriez même le juger… déplaisant.

Le silence pour seule invitation à poursuivre.

— Un enfant est mort, ajouta Jiles, imperturbable.

— Déplaisant, pour le moins.

— La consigne était de ne laisser aucun témoin, rappela-t-il.

— Aucun témoin n'aurait dû se trouver là, corrigea Nicolae. Je tuerais de mes propres mains mille enfants si notre cause exigeait un sacrifice aussi immense. Mais, dans ce cas, je ne vois qu'une intolérable gabegie.

— La fin justifie les moyens. Tel est le prix de notre liberté.

— Cette conversation est terminée, décréta abruptement Nicolae. Sommes-nous prêts pour le départ ?

— La créature a été transférée dans le camion sécurisé, le matériel a été chargé, et nos frères patientent dans la cour.

— Alors je vous suis, inutile de les faire attendre.

Ils descendirent l'escalier et débouchèrent à l'arrière de l'imposante et vaste villa qui leur servait de quartier général depuis des décennies.

Une quinzaine d'hommes en tenue commando se dressaient au garde-à-vous, chacun avec un sac de toile plein à craquer déposé à ses pieds, sur une bande de gazon près de laquelle trois titanesques poids lourds noirs étaient garés.

Une immense fierté envahit Nicolae alors qu'il passait ses troupes en revue. Le temps n'avait en rien altéré leur allure. Il éprouvait un attachement sincère à ces vaillants soldats, fidèles parmi les fidèles, féroces guerriers, s'il en était.

Il recula de quelques pas.

— Mes frères, leur lança-t-il avec allant, notre quête touche à sa fin. L'heure est venue d'écrire les dernières lignes de notre glorieuse épopée. L'heure est venue de conquérir notre liberté. Prions en ce jour béni, mes frères. Prions ensemble pour le salut de nos âmes.

Tous mirent un genou en terre, têtes basses, mains jointes contre leur front.

Ils se recueillirent de longues minutes durant, avec ferveur et dévotion.

Jiles se releva le premier.

— Pour notre maréchal ! hurla-t-il.

— Pour notre maréchal ! reprirent en chœur les hommes.

Nicolae se redressa à son tour sans rien montrer de l'émotion qui l'étreignait.

— Vérification des armes lourdes dans dix minutes, départ dans trente, commanda-t-il.

Aussitôt, les hommes saisirent leurs bardas puis se précipitèrent vers les camions au pas de charge et dans un ordre impeccable.

— Le temps que nous arrivions sur la côte est, tous les éléments requis seront en notre possession, assura Jiles à Nicolae.

— Je le souhaite de tout cœur, mais je n'endurerai aucun nouvel échec.

— À ce propos…

— Par tous les saints, soupira Nicolae, quoi encore ?

— La police a mis la main sur l'épée utilisée pour la collecte.

— Fâcheux, lamentable, grotesque. Choisissez l'adjectif adéquat, ironisa Nicolae, plus contrarié qu'il ne le laissa transparaître.

— La méthode employée pour la collecte comportait des risques, maréchal. Si nous nous en étions occupés nous-mêmes, l'intervention n'eût posé aucun problème.

— Je n'édicte pas les règles, Jiles, je me borne à les appliquer. Nous sommes contraints à « sous-traiter », pour sacrifier au vocabulaire de cette maudite époque. Les termes du rituel nous interdisent d'effectuer la collecte nous-mêmes. Cependant, ils ne nous interdisent pas de l'encadrer avec sérieux et zèle !

Nicolae luttait contre le désir d'assener une gifle à son interlocuteur. Jugeant l'apaisement préférable à la réprimande, il plissa les yeux et inspira lentement.

— Je tancerai les frères chargés de cette mission lorsque nous les rejoindrons, reprit-il. D'ici là, concentrons-nous sur la suite des opérations. Laissez la police se démener avec cette arme. Je doute qu'elle en tire quoi que ce soit.

— Je pense néanmoins que nous devrions la récupérer, maréchal. Par précaution.

Nicolae fronça les sourcils et balaya la remarque d'un geste désinvolte.

— Faites comme bon vous semble, dit-il en congédiant son aide de camp.

Ce dernier inclina la tête avec déférence puis se mêla au reste de l'unité.

Nicolae connaissait les risques que comportait le rituel, dans son accomplissement comme dans sa préparation. Les erreurs commises le dérangeaient moins que la propension croissante de Jiles à distiller les informations au compte-gouttes et, pire encore, à contester à mots couverts les décisions de son supérieur. Une attitude certes excusable après de nombreuses années de bons et loyaux services, mais qu'il conviendrait de circonscrire au plus tôt sous peine de la laisser prospérer et se muer en véritable insubordination.

Vous estimez que la fin justifie les moyens, Jiles, pensa Nicolae en observant le ballet millimétré de ses frères, *vous n'imaginez pas à quel point...*

CHAPITRE 14

L'honnêteté m'oblige à l'admettre, je ne m'attendais à rien de ce qui s'est produit au cours de cette nuit. Je regagnai mon pied-à-terre new-yorkais l'esprit préoccupé par un tourbillon d'interrogations, au point de manquer de vigilance au moment où je renvoyai le faucon pour retrouver mon enveloppe charnelle sur la terrasse de mon appartement. J'annulai l'invocation sans prendre le temps de me poser et m'étalai de tout mon long sur le sol dallé.

Situation peu glorieuse, d'autant plus humiliante que, depuis mes seize ans, je ne me suis retrouvé à terre qu'en deux occasions.

La première, lors d'un assaut au sabre perdu face à un instructeur durant mes classes à l'académie militaire de West Point.

La seconde, le jour de mon assassinat.

Je restai allongé à scruter la pleine lune et massai de ma paume mon avant-bras gauche. Je grimaçai sous l'intensité d'une douleur dont j'avais tout oublié au fil des décennies. Une fois entré dans le monde de la mort et des ténèbres, je n'avais plus perçu ni la chaleur ni la froidure. Quant à l'invulnérabilité qui m'avait alors été accordée, si elle ne me préservait pas des tourments de l'esprit, elle m'interdisait toute souffrance physique.

Du moins, jusqu'à cette nuit.

Je fermai les yeux et déroulai à nouveau le cours d'événements encore impensables une poignée d'heures plus tôt...

J'avais suivi Barry lors de son trajet en taxi, mû plus par la curiosité et le plaisir de le voir évoluer avec ses confrères que par de réelles craintes pour sa sécurité. En outre, le survol des rues enfiévrées de Manhattan ne cesse de m'émerveiller, et je profitai du voyage pour me repaître de la profusion de sons, de lumières et de couleurs projetées vers les cieux par une ville qui ne dort jamais.

J'atterris sur un toit face au bâtiment des services scientifiques de la police de New York et observai ce qui se passait dans la pièce où se trouvait Barry. Si l'ouïe du faucon n'amplifie en rien mon audition naturelle, ses yeux perçants, en revanche, m'offrent une vision d'une acuité diabolique, à longue comme à courte distance. Je ne distinguai donc que les gestes et les expressions de mon ami. Je découvris par la même occasion sa coéquipière et mis un visage sur le prénom « Abigayle ». Ils passèrent de longues minutes à étudier un objet que je ne pus identifier depuis ma position. Ils discutèrent ensuite avec un homme en blouse blanche puis s'éclipsèrent.

Je guettai alors leur sortie. Je ne pourrais quantifier la durée exacte de mon attente, mais elle me parut trop longue, et, surtout, lorsque les portes s'ouvrirent, elles libérèrent la seule Abigayle. Celle-ci se dirigea vers une voiture contre le capot de laquelle elle s'appuya, tout en pianotant sur les touches d'un téléphone portable. Un détail m'amusa au plus haut point : à plus de vingt mètres en surplomb, je pus lire les messages envoyés et reçus par la policière. Loin de moi le désir de violer la sphère privée de cette femme, mais Barry ayant déjà subi la trahison d'un collègue[1]*, je préférai m'assurer qu'il n'y avait pas anguille sous roche. En apparence, il s'agissait d'un banal échange consistant pour l'une des parties à s'excuser de rentrer à la maison à une heure indue, et pour l'autre à entretenir un sentiment de culpabilité aux fins d'accélérer le retour aux pénates. Rien de bien folichon en somme, et je m'apprêtais à cesser mon ingérence lorsqu'un ultime texte promettant des ébats torrides apparut à l'écran, conclu par la formule : « Je t'aime. Lydia. » N'eût-ce été la forme de faucon, je me serais étranglé de surprise, avant d'éclater de rire devant mon étroitesse d'esprit.*

Je viens certes d'un temps où l'homosexualité ne s'affichait pas. Mais je viens également d'une époque où des humains en possédaient d'autres. Je disposais moi-même d'esclaves sur mes terres de Virginie, quand bien même les traitais-je avec le même égard que les ouvriers de mes aciéries nordistes. Aujourd'hui, des hommes et des femmes de couleur tiennent le haut du pavé dans tous les domaines, et je ne serais pas étonné de voir cette nation dirigée par un président, ou une présidente, noir. Impensable pour un homme du XIXe siècle. Alors, pourquoi s'étouffer parce qu'une femme en aime une autre et vit avec elle ?

Werner, il te reste des progrès à faire, *me reprochai-je au moment où Barry fit son apparition sur le perron*

1. Voir *Les Vestiges de l'aube*, tome 1, 10/18, n° 4750.

de l'immeuble. Il retrouva sa collègue, et tous deux s'engouffrèrent dans la voiture.

Je me disposais à les suivre lorsqu'un véhicule arriva à vive allure et se gara à la place laissée vacante par les policiers. Tout en prenant mon envol, j'aperçus deux hommes au physique patibulaire sortir et se précipiter dans les locaux des services scientifiques. Deux détails me frappèrent alors. Outre leur gabarit massif dans la lignée des commandos de marines glorifiés par les films hollywoodiens, ils portaient de longs cache-poussière semblables à ceux usités de mon temps. De plus, grâce à ma vue plongeante, je remarquai qu'ils tenaient chacun un pistolet dissimulé dans une des poches de leur manteau.

Une équation se fit jour dans mon esprit, simple et fulgurante : Barry, plus médico-légal, égale le docteur Carvey. En y ajoutant deux individus armés et à la dégaine plus que farfelue pour des représentants de l'ordre, le résultat s'imposait de lui-même : danger immédiat.

Soyons clairs : je n'ai ni la capacité ni la volonté de protéger la terre entière. Le prix à payer serait par trop élevé. À quoi bon intervenir et préserver une vie si, pour ce faire, il me faut en sacrifier une autre ? Ainsi n'influerai-je que sur les destins qui m'importent, au compte desquels figure justement celui de Lana Carvey.

J'avais aperçu cette délicieuse jeune femme à l'hôpital, dans les premières heures qui suivirent l'admission de Barry. Elle se représenta à de nombreuses reprises, sans jamais signaler sa présence à mon ami, se contentant de l'observer dans son sommeil à travers la lucarne de sa chambre. Peu au fait des jeux de séduction, totalement étranger à la lecture de ce que vous nommez aujourd'hui le « langage corporel », je perçus cependant l'affection et l'attachement qu'elle portait au policier. Sa retenue me charma tout autant que son allure stricte et son élégance sobre. La douceur de ses traits et son regard volontaire qui révélait un caractère insoumis me rappelaient ma chère Elizabeth.

Quand j'évoquai à Barry les visites de cette personne, il parut gêné, s'embourba dans de maladroites explications pour admettre, sous le feu croisé de mes questions insistantes, qu'il existait entre eux une attirance forte à laquelle il n'arrivait pas à s'abandonner.

Je n'ignore rien de la rage née de la perte des êtres chers ni de la douleur causée par leur absence. Cette rage et cette douleur ont fait de moi ce que je suis aujourd'hui. Mais Barry n'a qu'une vie, et je répugne à le laisser la gâcher pour, au final, sombrer dans les affres de l'autoapitoiement. Aussi l'encourageai-je à franchir le pas et à se rapprocher de Mlle Carvey.

Étrange sentiment que de souhaiter le bonheur d'un ami tout en redoutant l'immixtion dans notre relation d'une personne susceptible de l'accaparer.

Fi de mes craintes, l'heure était à l'action.

Je fondis sur l'entrée et j'adoptai ma forme brumeuse pour pénétrer à mon tour dans les locaux. Malgré mes sens altérés par cet aspect immatériel, j'avisai le docteur Carvey dans l'encadrement d'une porte au fond d'un long couloir. Au moment où les deux scélérats la menacèrent de leurs armes, je me ruai vers elle et reprenai une apparence humaine. Les coups de feu résonnèrent. J'en fus quitte pour une chemise perforée par deux projectiles stoppés par mon torse.

Irrité de voir mes vêtements ainsi dégradés et par le manque de galanterie déplorable du duo de malotrus, je décidai de leur infliger un châtiment expéditif, brutal et utile à la fois.

D'abord surpris par mon apparition, ils firent montre d'un calme déroutant là où d'autres avant eux avaient cédé à la panique, voire à la folie. Ils vociférèrent des paroles auxquelles je ne compris rien, mais dont le ton trahissait leur volonté d'en découdre. J'avançai vers eux avec décontraction quand ils dégainèrent chacun des dagues qu'ils pointèrent dans ma direction.

J'aurais pu recourir à l'hypnose et les achever sans heurt, mais leur agressivité m'avait mis de fort méchante humeur, et j'estimai l'affrontement barbare plus adapté au profil de mes adversaires.

Je me postai face à eux et dévoilai dans un sourire moqueur ma denture de prédateur. Las, ils ne parurent guère déstabilisés et se lancèrent à l'assaut avec une coordination éprouvée. Deux coups de taille me visèrent au niveau du visage. Avant l'impact, je me dématérialisai, et réapparus aussitôt dans le dos de l'un des hommes. Le temps qu'il se retourne, j'enserrai sa gorge et le projetai vers le mur. L'encastrai dans le mur, pour être tout à fait exact. La violence du choc ne sembla pas l'étourdir et, alors que je puis soulever un homme aussi aisément qu'une feuille de papier, j'endurai les plus grandes difficultés à le maintenir.

Le gaillard se débattait avec une force supérieure à celle de mes victimes habituelles, au point de mettre en péril ma prise. Interloqué par une telle résistance, je décidai d'en finir au plus vite et, avec la rapidité d'un fauve sautant sur sa proie, le mordis au cou.

J'aspirai goulûment le fluide vital. Un goût âcre, comme moisi, emplit ma bouche, m'obligeant à interrompre ma besogne.

À cet instant, une douleur insupportable envahit mon avant-bras resté libre. Un tisonnier chauffé à blanc ne m'aurait infligé pareille souffrance.

Je libérai ma victime et observai la blessure qu'elle venait de me porter avec sa dague, sans trouver la moindre coupure ni le moindre saignement.

Accroupi au sol, l'homme se mit à trembler de tous ses membres et, sous mes yeux incrédules, se mua tout à coup en un nuage de poussière grise qui s'éparpilla dans l'air. Confronté à une situation inédite, je demeurai interdit un court instant, mais ne m'accordai pas le temps de réfléchir plus avant. Le recours à la forme brumeuse s'imposait.

Sous cet aspect, je perçois les âmes des morts quittant leur enveloppe charnelle. Je puis même établir un contact, bien que cette opération se révèle tout à la fois périlleuse et épuisante. Mais, en l'espèce, point d'enveloppe charnelle, et, après une brève attente, point d'âme.

Profitant de ma distraction, l'acolyte, dont j'avais oublié jusqu'à la présence, s'était emparé de l'arme lâchée par ma victime et avait pris ses jambes à son cou.

Décontenancé, je décidai de ne pas m'attarder en ces lieux et retournai auprès de Lana, étendue à terre. Lorsqu'elle ouvrit les paupières, je plongeai mon regard dans le sien puis effaçai chez elle toute image des derniers événements.

Alors que je m'apprêtais à prendre le large, j'avisai au sol les douilles des deux projectiles interceptés plus tôt et les ramassai avant de disparaître.

Ainsi me retrouvai-je donc allongé sur cette terrasse, un bras indemne en apparence, mais dévoré par un feu invisible et l'esprit tourmenté par une cohorte de questions sans réponses.

Le début de soirée avait charrié son lot de symboles et de promesses en l'avenir.

Au milieu de la nuit, à l'instar de mon adversaire dans le couloir des services scientifiques de la police ou du souvenir de mon intervention dans la mémoire du docteur Carvey, il n'en restait plus rien...

CHAPITRE 15

Manhattan, brigade criminelle, le lendemain matin

Après un réveil pénible, conséquence d'une nuit trop courte, et un rapide, mais salutaire, crochet par le Starbucks à l'angle de la 42e Rue et de la 2e Avenue, Barry rejoignit les locaux de la brigade. Son arrivée au pied de l'immeuble coïncida avec celle de nombreux collègues. La plupart avaient au mieux des mines blafardes, au pire des masques de lendemain de cuite. Et pour certains piliers de bar patentés, il ne s'agissait pas d'une simple impression…

Le groupe d'une dizaine de policiers, gobelet de café à la main et parfois cigarette aux lèvres, amusa Barry. Pour un peu, il se serait cru devant un lycée le jour de la rentrée des classes.

Un brin décadent tout de même, le lycée, pensa-t-il alors qu'il intégrait l'attroupement dominé par l'immense Jim Steranko.

— Alors Spoutnik, il fait beau, là-haut ? lança le rouquin.

— Pas mal. Et au ras des pâquerettes, c'est comment ? rétorqua le géant avec son habituel sourire bon enfant.

Un concert de rires discrets salua l'échange, conclu par une bourrade amicale de Barry à son collègue.

— Raven est arrivée ? demanda le lieutenant à la cantonade.

— Elle prépare le briefing avec Stanton, lui répondit Tim Bauwen en lissant sa mèche de cheveux blancs. Carvey est aussi avec eux. T'as le droit de boire du kawa, toi ? C'est pas mauvais pour ton foie ?

— Ma rate, bordel ! C'est la rate qu'on m'a enlevée. Tu penses réussir à te fourrer ça dans le crâne ?

— Fais pas chier, c'est pareil, l'envoya promener Bauwen avec sa délicatesse légendaire.

— Pas vraiment, intervint Spoutnik. On peut pas vivre sans foie. Enfin, je crois pas…

Un débat hallucinant d'absurdité fit alors rage devant un Barry médusé, opposant d'un côté une bande d'incultes et de l'autre un ramassis d'imbéciles. N'importe quel chirurgien aurait *illico* mis fin à ses jours devant le tombereau de niaiseries et d'incongruités médicales déversées par les flics déchaînés.

L'apparition d'Abigayle sur le perron du bâtiment offrit un répit bienvenu à Barry, qui venait de renoncer à expliquer en détail les implications de son opération.

— C'est quoi le sujet de discussion ce matin ? demanda la jeune femme.

— Mon bide.

— Ah ! Remarque, ça change de la politique ou du sport. De toute façon, c'est tous les jours un grand n'importe quoi avec eux.

— Et tu sais que, le pire dans tout ça, c'est qu'ils m'ont manqué…

— Je ne peux plus rien pour toi, ça relève de la psychiatrie, mon pote. Bon, c'est pas le tout de rigoler, mais on a du boulot. Allez les enfants, fit-elle en frappant dans ses mains, tous en rangs par deux, et on entre dans la classe en silence !

Les policiers maugréèrent timidement. Les fumeurs aspirèrent une bouffée de tabac en catastrophe puis écrasèrent leur mégot dans le cendrier installé au pied de l'immeuble. Les gobelets de café se vidèrent en un clin d'œil et volèrent vers la poubelle placée de l'autre côté du perron, que les représentants de l'ordre grimpèrent au petit trot.

Barry monta en dernier et s'immobilisa face à Abigayle, restée en arrière pour barrer le chemin à d'éventuels tire-au-flanc.

— Il faudra que tu m'expliques comment tu fais…

— « *Girl Power* », p'tit mec, s'amusa la quadragénaire. Allez, roule.

Ils rejoignirent ensemble la salle de briefing située au rez-de-chaussée, dans le prolongement des bureaux dévolus à l'enregistrement des plaintes. Vestige d'une ère antérieure aux téléphones portables et à l'informatique, l'endroit servait aujourd'hui d'annexe pour les archives. S'y accumulait d'ordinaire un nombre incalculable de boîtes en carton remplies à ras bord de la joyeuse et débordante paperasse générée par les multiples règles et procédures en vigueur. Boîtes désormais empilées à la va-vite, et quasiment jusqu'au plafond, dans le couloir.

Abigayle et Barry entrèrent les derniers dans la pièce au milieu d'un nuage de poussière, nauséabond mélange de moisi et de renfermé. La quinzaine de chaises devant de minuscules tables avaient déjà trouvé preneurs, et le reste de l'assistance se tassait, telles des sardines en conserve, sur les côtés et au fond de la salle.

Au pied de l'estrade où trônait un pupitre digne des conférences de presse de la Maison Blanche, le capitaine Stanton devisait avec le docteur Carvey.

Barry s'attendait à retrouver Lana épuisée par une nuit blanche, mais elle semblait dans une forme éblouissante, et son teint lumineux tranchait avec celui du parterre de flics aux paupières bistrées et aux valises sous les yeux. Même le visage de Stanton, pourtant aussi jaloux de son apparence et de sa mise que Werner, portait les stigmates du manque de sommeil.

Le capitaine salua Barry d'un signe de tête furtif tandis que Lana, avec une totale décontraction, l'embrassa sur la joue.

Il la regarda, pantois, estomaqué de recevoir en public la monnaie de sa pièce. Avait-elle mal perçu son audace de la veille, ou au contraire avait-elle décidé de passer à la vitesse supérieure, histoire de lui forcer la main ?

Dans tous les cas, aurait-elle souhaité déclencher une émeute qu'elle ne s'y serait pas prise autrement. Pour preuve le tonnerre de sifflets et quolibets s'élevant de l'assistance...

— Oh ! Les comiques nous feraient-ils l'honneur de la mettre en veilleuse ? éructa Stanton avec une telle autorité que même les plus dissipés firent silence sur-le-champ.

— Pas trop fatiguée ? s'enquit le lieutenant en scrutant avec suspicion et méfiance la jeune femme qui lui souriait largement.

Il crut détecter une pointe de lascivité dans son regard habituellement dur.

— Je me sens en pleine forme, merci ! répondit-elle, énergique.

— Bien, bien, tant mieux, commenta Barry, dubitatif, en s'étayant contre le mur.

Abigayle prit possession de l'estrade, ouvrit le dossier que lui tendit le capitaine Stanton puis le déposa sur le pupitre face à elle.

— Je vais commencer par un court rappel des informations dont nous disposons, histoire que tout le monde suive. Hier, à 13 h 20, un coup de fil passé par un certain Jimmy Lean nous annonce un homicide commis dans un immeuble à l'ouest de Harlem. Lean s'accuse du crime et demande à parler au lieutenant Barry Donovan qui l'a interpellé trois ans plus tôt. Après vérification, Lean a bien été appréhendé en 2000 par Donovan. Le coup de fil a été enregistré, vous pouvez le réécouter sur vos ordinateurs. Depuis, notre suspect est revenu sur ses aveux et nous joue le trou de mémoire.

Tim Bauwen leva le bras. Abigayle l'autorisa à prendre la parole.

— Motif de l'arrestation à l'époque ?

— Lean faisait le guet pendant que ses complices attaquaient un bijoutier belge au nom alambiqué…

Elle parcourut son dossier.

— Ah voilà, Loevenbruck's. L'enquête a démontré qu'il avait été payé pour monter la garde et ignorait tout de l'opération. Notre homme est fiché par les narcotiques depuis 1995 pour possession et consommation de drogue. Il a été leur indic de 1996 jusqu'à son arrestation il y a trois ans. Dans l'affaire du braquage, Lean a coopéré avec les services du procureur et s'en est tiré avec quatre ans de prison à effectuer dans un pénitencier de basse sécurité. Détenu modèle, il est libéré au bout de deux ans et fait des petits boulots pour une institution spécialisée dans la réinsertion des anciens condamnés répondant au doux nom de Possible Pardon. Il n'a plus eu affaire à la justice depuis. Enfin… jusqu'à hier…

» C'est tout pour Lean. Maintenant, les victimes. Deshawn Willard, né à Chatham dans le Massachusetts le 18 septembre 1951. Ancien boxeur professionnel, devenu pasteur, Willard était très impliqué dans la vie associative, il enseignait la boxe à des jeunes en difficulté, et depuis peu œuvrait pour Le Possible Pardon. Le lien entre notre suspect et nos victimes s'est donc noué là-bas.

— Et le gamin ? demanda Steranko depuis le fond de la salle.

— George-Cassius Willard, né à New York le 2 décembre 1992, bon élève, sans histoire. Rien de ce côté-là.

À l'évocation du garçonnet, une chape de plomb s'abattit sur l'assistance. Plus rien ne subsista de la jovialité potache affichée par les policiers moins d'une demi-heure plus tôt.

Abigayle se replongea dans son dossier, autant à la recherche des informations à délivrer à ses collègues que d'une contenance.

— L'épouse du révérend participait à une campagne de levée de fonds au profit de l'institution. Elle était dans l'Illinois depuis le début de la semaine. Nous avons pu la joindre hier, elle rentre à New York en fin de matinée. Bauwen la récupérera à l'aéroport et la ramènera ici pour l'interroger. D'après ce que nous savons pour le moment, pas de problèmes particuliers au sein du couple. Le docteur Carvey va nous présenter les résultats des premiers examens scientifiques.

Lana prit la place laissée libre par Abigayle.

— Père et fils ont été assassinés à l'arme blanche. Nous estimons l'heure du décès entre 12 heures et 13 heures. Le père porte des marques de compression sur le front, ce qui nous incite à penser que le coupable se tenait dans son dos et lui maintenait la tête en arrière au moment où il a pratiqué l'incision à la gorge. Le mouvement, de la gauche vers la droite, tout comme la linéarité et l'importante profondeur de la blessure indiquent qu'elle a été infligée par un droitier. Un geste lent, d'une précision quasi chirurgicale, et ce pour les deux victimes.

— Jimmy Lean, pro de l'égorgement… c'est délirant, bougonna Barry à l'oreille d'Abigayle qui se fendit d'une grimace pour lui intimer le silence et l'inviter à garder ses observations pour plus tard.

Imperturbable, Lana Carvey continua son exposé.

— Je peux cependant vous assurer de deux choses : l'acte ne peut résulter que d'une volonté délibérée de tuer, et il a bien été commis avec l'arme retrouvée dans les poubelles de l'immeuble. Par ailleurs, la poignée est couverte d'empreintes appartenant à l'individu interpellé.

Un soupir de soulagement et de satisfaction traversa la salle, accompagné d'applaudissements timides.

— Les traces de sang séché présentes sur la lame coïncident avec ceux des victimes. La forme de la lame correspond aux blessures relevées sur les corps, y compris pour le poignet sectionné. À ce sujet, il est important de noter que les chairs et les os ont été coupés net, d'un seul coup.

Cette fois, Barry intervint.

— Donc un coup très puissant ?

Lana répondit sans détourner les yeux du gros de l'auditoire.

— Compte tenu du parfait aiguisage de l'épée, je dirais plus rapide que puissant.

— Et, d'après vous, insista-t-il, la section est volontaire ou accidentelle ?

— J'allais y venir. Volontaire sans le moindre doute, puisqu'elle a été pratiquée *post mortem*. Dernier point, les analyses toxicologiques ont livré des résultats négatifs.

Lana se décala pour rendre le pupitre à Abigayle Raven.

— Merci, docteur Carvey. Lean n'avait ni argent ni objet de valeur sur lui lors de son arrestation, et aucune trace d'effraction ou de fouille n'a été relevée.

— On élimine le crime crapuleux ? demanda un policier dans l'assistance.

— On n'élimine rien du tout pour le moment, mais cette thèse paraît effectivement peu probable. Le fait est que nous ignorons encore le mobile. Dans l'immédiat, la priorité absolue est de retrouver la main manquante ou de comprendre ce qu'il en est advenu. Personne dans le quartier n'a remarqué une activité suspecte dans ou devant l'immeuble en dehors de notre arrivée. Donc Lean aurait agi seul. Moralité, ce matin, reprise des recherches aux alentours de l'appartement. Wietzel et Zibine, vous vous y collez avec nos amis en uniforme.

Les deux enquêteurs manifestèrent leur exaspération en maugréant.

— Pas de protestations, c'est comme ça, point à la ligne. Le capitaine Stanton et moi-même procéderons à l'interrogatoire officiel de Lean en présence de son avocat. Le bureau du procureur nous a envoyé tard dans la nuit le mandat pour fouiller l'appartement de Lean. Donovan et Steranko, c'est pour vous.

Ensuite, vous faites un saut au Possible Pardon où officiait Willard. Dans le même temps, Werber et Giacco feront le tour des armureries pour en savoir plus sur l'épée utilisée, notamment où et comment Lean aurait pu se la procurer. Je coordonnerai les opérations depuis la brigade, alors je compte sur vous pour me tenir au courant de toute évolution. Capitaine, c'est à vous.

À son tour, Abigayle laissa la place à son supérieur et se posta entre Lana et un Barry de plus en plus bougon.

— Suite à l'emballement médiatique, le bureau du procureur a prévu un point presse à 18 heures, annonça Stanton. Nous disposons ainsi de moins de douze heures pour lui fournir un maximum d'informations en béton armé. Donc on ne faiblit pas. Si vous n'avez aucune question supplémentaire, vous pouvez disposer.

La salle se vida dans un silence de cathédrale. Seuls Lana et Barry restèrent en retrait après que Jim Steranko eut précisé à ce dernier qu'il filait chercher le mandat et le retrouverait au parking.

— Je vous trouve bien sombre, lieutenant, fit Lana à Barry tout en s'approchant de lui.

— Je suis mal à l'aise avec cette affaire, souffla-t-il.

— C'est notre cas à tous.

— Je ne parle pas des victimes… soupira l'enquêteur.

Il n'eut pas le temps d'aller au bout de sa pensée. Lana se jeta à son cou et l'embrassa à pleine bouche. Emporté par la fougue du médecin, Barry s'abandonna au baiser puis s'écarta tout à coup avec plus de brutalité qu'il ne l'aurait souhaité. Un recul qui ne sembla pas calmer les ardeurs de la jeune femme.

Ce n'est pas la Lana que je connais ! songea-t-il alors qu'elle le dévorait des yeux.

— Nous continuerons cette conversation très prochainement, j'en suis certaine, lui lança-t-elle en quittant la pièce.

Barry la regarda partir, effaré, oscillant entre la plus absolue perplexité, une pointe d'inquiétude indéfinissable face au changement d'attitude radical de Lana, et un désir qu'il n'imaginait pas ressentir à nouveau.

CHAPITRE 16

Jim Steranko conduisait comme il se comportait au quotidien, avec nonchalance et courtoisie. Tout le contraire d'Abigayle Raven pour qui les voitures s'apparentaient à des chars Patton lancés en pleine bataille de Manhattan. Alors que la jeune femme se frayait un chemin à force d'invectives et de brusques accélérations, Jim poussait l'empathie jusqu'à céder le passage aux autres véhicules en dispensant sourires et amabilités. La lenteur de ses mouvements et sa gentillesse jamais démentie lui valaient trop souvent d'être pris pour un benêt, y compris au sein du service. Pourtant, et Barry en avait été témoin à plusieurs reprises, Spoutnik était un enquêteur zélé et une force de la nature qu'il ne fallait pas trop titiller.

— Dis donc, on dirait que ça avance, toi et la petite, lâcha Jim abruptement tandis que Barry regardait défiler les rues du Bronx, la tête appuyée sur la vitre de sa portière.

À l'abandon depuis les années 1980, le quartier faisait l'objet d'un plan de rénovation et de réhabilitation titanesque qui se traduisait par une invasion de grues et d'engins de chantier. Démolitions et constructions s'enchaînaient à un rythme infernal pour redonner au district un lustre perdu depuis bien longtemps.

Ils roulèrent dans l'ombre du Yankee Stadium et s'orientèrent vers le nord.

— Moi, je trouve ça chouette, ajouta le géant devant l'absence de réaction de son collègue.

— Tant mieux, au moins ça vous fournira un nouveau motif de plaisanteries, grogna Barry.

— Pourquoi « plaisanteries » ? s'étonna Jim. Je ne vois pas ce qu'il y aurait d'amusant à ce que tu refasses ta vie. Touchant, oui, rassurant, oui, mais marrant, je ne vois vraiment pas.

— Écoute, je sais que tu ne penses pas à mal, bien au contraire, mais pour l'instant, je n'ai aucune envie de parler de Lana. Non, parce que, entre Raven et Werner qui me harcèlent à son sujet et elle qui grille un fusible ce matin, je ne m'en sors plus…

— Je suis désolé, mais je ne comprends pas. Quel fusible ? Et c'est qui Werner ?

— Un copain. Laisse tomber pour le reste et garetoi, on est arrivés.

Jim obtempéra, mais Barry n'en doutait pas, il reviendrait à la charge à la première occasion. Au moins pouvait-il compter sur le professionnalisme de son monumental collègue pour glaner un répit que lui-même ne s'accordait pas. Naviguer entre une amitié hors normes avec un mort vivant imprévisible, une soupirante enfiévrée, des confrères envahissants et une affaire détestable n'avait rien d'une sinécure.

Mais, alors qu'il se saisissait d'une mallette contenant les gants et sachets utilisés pendant les perquisitions et s'apprêtait à claquer la portière de la voiture, Barry s'immobilisa. Il réalisait qu'il n'avait plus pensé à Cindy et Maureen depuis la veille. Du moins, pas au point de fondre en larmes…

« Rien de tel que l'action pour oublier nos maux », répétait Werner à l'envi. Force était de constater qu'une fois de plus le vampire parlait d'or. La sagesse de l'expérience…

Barry retrouva Jim dans le hall de l'immeuble alors que ce dernier, plié en deux, brandissait sa plaque et sa carte de policier devant un petit homme chauve aux joues rondes et au ventre rebondi engoncé dans un bleu de travail dont la saleté contrastait avec la propreté irréprochable de l'endroit. Arrivant péniblement au niveau du plexus de l'inspecteur doublemétrique, balai en main, le sexagénaire promenait des yeux inquisiteurs au strabisme prononcé sur le mandat tendu par Steranko.

— Lieutenant, je vous présente M. Bale, le concierge. Monsieur Bale, voilà mon collègue, le lieutenant Donovan, il va vous montrer ses papiers.

Jim appuya sa requête d'un signe de la main vers Barry, qui s'exécuta sans discuter.

— Gardien, pas concierge ! corrigea l'homoncule avant de poursuivre. Lieutenant… vous êtes pas censé être dans les bureaux ?

— Je pourrais, mais j'ai choisi de faire du terrain.

— Pourquoi ?

— Parce que je… Non, mais ça ne vous regarde pas !

— Je demandais juste parce que je m'intéresse au travail de la police, faut pas monter sur vos grands chevaux, s'offusqua-t-il en rendant le mandat à Jim.

— Je ne monte sur rien du tout, protesta Barry, nous sommes venus effectuer une perquisition, pas taper la discute dans un hall d'immeuble !

— Venez avec moi, au lieu de gueuler, on va la faire, votre perquisition.

Les deux enquêteurs grimpèrent les étages à la suite du babillard concierge-gardien, lequel profita de l'ascension pour expliquer qu'il serait entré dans les forces de l'ordre sans son problème oculaire. Jim et Barry échangèrent des regards de plus en plus las à mesure que l'intarissable Bale les soûlait de paroles.

Jim écarta sa veste pour dévoiler le pistolet dans son holster.

— Si tu veux, je peux le descendre, on dira qu'il nous a attaqués avec son balai, proposa-t-il à voix basse.

Barry approuva l'idée par un pouce levé et un haussement de sourcils.

— Troisième, on y est, annonça Bale, essoufflé, en poussant la porte menant au couloir.

Il guida les visiteurs vers l'un des quatre appartements de l'étage.

— Vous connaissiez M. Lean ? demanda Jim au concierge occupé à choisir la bonne clef parmi la trentaine qui pendaient à son trousseau.

— Pas vraiment, non, mais remarquez, c'est mieux. Ceux que je connais sont les fauteurs de troubles. Ceux qui ne dérangent personne, je n'ai pas de raison de m'y intéresser.

— Y a une logique, admit Jim. Il lui arrivait de recevoir du monde ?

— Pas trop, non.

Bale fit tourner la clef dans la serrure à deux reprises.

— Voilà, c'est ouvert, pérora-t-il.

Barry abaissa la poignée et poussa la porte, libérant une odeur de graillon et de sueur mêlés.

— Merci. Nos services vous contacteront pour vous préciser quand vous pourrez remettre l'appartement en location.

— Vous bilez pas pour ça, le loyer est réglé pour l'année.

— Lean vous a réglé un an de loyer d'avance ?

— Lui ? Non, il n'en avait pas les moyens.

— Qui alors ?

— Ben… l'institution.

— Quelle institution ?

— Le Possible Pardon.

— Attendez, vous êtes bien aimable, mais si vous pouviez nous faire l'intégrale de la série au lieu de nous la diffuser par épisodes, ça nous arrangerait, s'impatienta Steranko.

— Votre type, Lean, il habite un appart loué à l'année par l'institution du Possible Pardon. Ils payent pour une dizaine de logements ici et dans d'autres immeubles du quartier.

— L'organisme de réinsertion qu'a intégré Jimmy et pour lequel travaillait Deshawn Willard, insista Barry en frappant le bras de Jim.

— Je me rappelle, merci, je ne dormais pas pendant le brief.

Le concierge remonta à la charge.

— C'est qui, Willard ?

— Par pitié, tirez-vous, sinon on ne s'en sortira jamais… Et d'ailleurs, qui pose les questions ici, à la fin ?

— Ben… vous ?

— Bonne réponse ! Alors maintenant, si vous n'y voyez pas d'inconvénients, vous retournez à vos tâches habituelles et vous nous laissez bosser en paix, proposa Barry d'une voix mielleuse à souhait.

Il empoigna le petit homme par l'épaule et l'accompagna vers la cage d'escalier où il l'abandonna avant de revenir vers Jim en signifiant, les mains crispées sous son menton, qu'il avait clairement les boules…

Débarrassés du fâcheux, Steranko et Donovan enfilèrent des gants de vinyle blanc puis pénétrèrent, enfin, dans l'appartement.

La pièce principale, dans laquelle ils débouchèrent, brillait par une absence totale de décoration et un ameublement minimaliste : des murs à nu, une table rectangulaire et deux chaises empilées sous l'une des deux fenêtres donnant sur la rue, un buffet bon marché et une kitchenette composée d'une simple plaque chauffante et d'un évier en inox surplombé par un placard.

Sur la droite du salon-salle à manger-cuisine, une porte ouverte révélait une chambre. Sur la gauche se trouvait un espace détente, ou une décharge publique, selon le point de vue.

Une multitude d'emballages de plats thaïlandais et chinois traînaient sur un canapé de velours rouge moucheté de taches douteuses. Sur la table basse au plateau de verre fendu s'accumulaient des magazines pornographiques aux pages visiblement collées qu'aucun des deux policiers n'osa manipuler, même avec des gants. Pour parfaire la porcherie, canettes de bière et de soda à demi broyées formaient un monticule dans un coin.

— La grande classe, le gars. Et un sens de l'hygiène remarquable, plaisanta Jim en examinant, avec un courage certain, les reliefs des derniers repas du locataire.

— Tu n'as pas vu le sous-sol où il vivait quand je l'ai coffré, il y a trois ans. À côté, c'est une suite du Waldorf, ici.

— Vaguement sordide, ton Waldorf. Au moins, nous n'allons pas perdre des heures à fouiller l'endroit, se félicita Jim. Dis-moi, c'était un méchant, Lean ?

— Ce n'est pas l'adjectif qui me viendrait à l'esprit. Pauvre type, paumé, simplet, oui, mais certainement pas méchant. C'est bien pour ça que tout ce merdier me trava…

— Mon Dieu, mais c'est dégueulasse !

Le cri strident dans le dos des policiers les fit sursauter, et ils portèrent par réflexe une main à leur arme. Barry et Jim ne se détendirent que partiellement en voyant le gardien dans l'encadrement de la porte du deux pièces. Bouche béante, les doigts pressés contre ses joues bien rondes, il balayait les lieux de son regard insaisissable.

— Vous êtes encore là, vous ? demanda Barry d'un ton suraigu qui trahissait son agacement.

— Non, mais matez-moi ce foutoir… Faut que je nettoie avant que des animaux sauvages ne s'installent ici et que l'odeur ne fasse fuir les voisins.

Illico presto, Bale attrapa une liasse de facturettes sur le buffet sous les yeux effarés des deux enquêteurs.

— Je le crois pas… soupira Steranko.

— Vous touchez encore un truc, vous prononcez encore un mot, et je jure que je vous coffre pour entrave à la justice ! Et reposez ce que vous avez pris, c'est un ordre ! éructa Barry, à bout de nerfs, en pointant un doigt menaçant vers le gardien.

Contrit, peut-être même effrayé par les menaces du lieutenant aux cheveux roux, il reposa la liasse de papiers, releva le menton puis sortit du salon à reculons, les mains levées.

— Bien joué, sourit Jim. Très beau format d'emmerdeur.

— Rarement vu ça.

— Tu as aussi réussi à me coller la frousse, alors il devrait nous foutre une paix royale. Occupe-toi du « living », je prends la « suite nuptiale »…

— Ça marche.

Spoutnik plia sa haute carcasse pour franchir le seuil de la chambre tandis que Barry posait sa mallette et se lançait déjà dans l'examen du contenu du buffet. Il y découvrit des classeurs regroupant divers documents issus des administrations judiciaires et pénitentiaires, des relevés de compte affichant des sommes ridicules et un minimum de mouvements, ainsi qu'un Polaroid jauni montrant Lean adolescent entouré d'un homme et d'une femme aux sourires trop figés.

Voilà à quoi se résumait la vie d'un junkie : famille brisée, taule, et un parcours d'une banalité désespérante qui trouverait son dénouement dans l'aile haute sécurité dédiée aux condamnés à perpétuité. Le cauchemar américain dans toute sa misère, et pour le policier un sentiment d'inutilité absolue.

Barry ouvrit le kit de perquisition et sélectionna un grand sac transparent dans lequel il rangea les papiers bancaires. Il saisit ensuite les facturettes manipulées par l'envahissant concierge puis les détailla. La plupart concernaient des achats de plats à emporter, mais deux d'entre elles attirèrent son attention. Elles émanaient d'un magasin au nom sibyllin, Le Monde caché, et portaient la seule mention « livre » pour un montant d'une trentaine de dollars chaque fois. Les dates correspondaient à deux journées consécutives le mois précédent.

Un coup d'œil à la ronde confirma la première impression de Barry : aucune trace de livres autres que les torchons pornos disséminés sur la table basse.

— Tu as des bouquins dans la piaule ? lança-t-il à son collègue.

— Pas franchement. Des fringues pourries, des bouteilles vides, mais pas de livres. Pourquoi ?

— Apparemment, il en a acheté lc mois dernier, mais je ne les trouve pas, expliqua Barry en pénétrant dans la chambre.

— À mon avis, il s'est offert des manuels pour parfaire ses talents de peintre. Mais vu son niveau actuel, il n'est pas près d'exposer. Ou alors dans une école primaire, sourit Jim en désignant un gigantesque dessin au feutre, style bâtonnets, sur le mur en plâtre : un cheval monté par deux cavaliers.

Steranko rigola de sa propre vanne, mais redevint sérieux devant l'air pensif de Barry qui contemplait le croquis, les mains sur les hanches.

— Un problème ?

— J'ai déjà vu ça quelque part…

Il fit claquer ses doigts et s'illumina tout à coup.

— Je sais ! Tu as le dossier préparé par Raven avec toi ?

— Ouais, dans la voiture, mais…

Barry ne laissa pas le temps à Steranko d'en dire plus. Il détala hors de l'appartement et se précipita dans la cage d'escalier.

Le géant le rejoignit deux minutes plus tard. Barry lui tendit deux clichés pris dans la chambre du fils Willard.

— Là, regarde, dans la chambre du gosse, sur le tableau noir.

— Ah oui, tiens, c'est le même gribouillis pourri.

— Ce n'est pas le petit qui a crayonné le cheval avec les deux types dessus, c'est Lean !

— Ou alors le gamin est venu le dessiner ici.

— Sur le mur de la piaule ? J'en doute.

— OK, si tu veux, mais tu m'excuseras de ne pas partager ton enthousiasme. Je ne vois pas en quoi c'est important pour notre enquête.

— Moi non plus, grommela Barry en mordillant l'ongle de son index gauche. Mais pourquoi dessiner un canasson et deux gus chez lui et sur le tableau du fils Willard ?

— Franchement, je ne sais pas. Je peux te poser une question ?

— Vas-y…

— Tu cherches à faire plonger ce mec ou à l'innocenter ?

— Je ne cherche ni à faire plonger ni à innocenter qui que ce soit. Il n'y a que la vérité qui m'intéresse. Je ne sais pas qui il est ni où il se terre, mais il y a un loup dans cette affaire. Je ne peux pas te dire pourquoi, mais je le sens.

— Oh putain, tu as vu une lumière blanche au bout d'un tunnel sombre, c'est ça ? Tu es revenu du coma avec des pouvoirs extrasensoriels ? Ma mère était rebouteuse, elle soignait les brûlures et le psoriasis par imposition des mains, alors tu peux tout me raconter.

— Abruti…

— Barry, on a les empreintes du mec sur l'arme du crime, plus un appel enregistré où il s'accuse lui-même. Tu te tritures les méninges pour que dalle, les faits sont là, et ils sont sans appel.

— Tu as raison, admit le lieutenant avec une déception palpable, c'est moi qui déconne. Je ne veux juste rien laisser passer, c'est tout. Contacte Raven et explique-lui ce qu'on a trouvé, on ne sait jamais, ça peut avoir son importance quand même.

Après, on file à l'institution où travaillaient Lean et le révérend.

Au moment où Jim dégainait son téléphone portable, Bale dévala le perron et accourut vers la voiture.

— Dites, j'ai repensé à un truc. Tout à l'heure, vous m'avez demandé si Lean recevait du monde, et je viens de me rappeler quelque chose qui pourrait vous intéresser. Y a une semaine, il est rentré avec trois types. Je m'en souviens parce qu'il y en avait deux qui étaient blancs comme des cachets d'aspirine et balèzes comme des stars de catch. On aurait dit qu'ils servaient d'escorte au troisième homme. Ah, et puis, ils portaient de longs manteaux, type cow-boys, comme Clint Eastwood dans *Pale Rider*.

— Vous pourriez les reconnaître ou les décrire avec précision ? demanda Barry.

— Sans problème, ils foutaient vraiment la trouille, dans le genre pas drôles, avec une démarche militaire. Et puis vraiment très pâles, c'était marquant.

— Et l'homme qu'ils semblaient accompagner ? insista Jim.

— Lui, je n'ai pas vu sa tête, il avait une capuche, mais il était plus petit que les autres, c'est sûr.

— Bon, on vous embarque.

— Hé, j'entrave pas la justice, j'essaye d'aider, vous n'allez pas me coffrer pour ça !

— On ne vous coffre pas, nous allons prendre votre déposition et établir un portrait-robot.

— Ah… cool ! Je ferme ma loge et j'arrive.

— Attendez, le siège du Possible Pardon se trouve loin d'ici ?

— Non, trois blocs vers le nord, hurla le gardien par-dessus son épaule.

Barry se tourna vers Jim.

— J'ai compris, soupira ce dernier. Je l'emmène au poste, portrait-robot, photos de mecs fichés et tout le toutim pendant que tu vas seul à l'institution. Merci du cadeau.

— Je te revaudrai ça. Mais dans l'hypothèse où Lean aurait eu un ou des complices, la piste mérite d'être explorée.

— Sur ce coup, au moins, je suis d'accord avec toi. Va falloir que je me coltine « Pot de colle », se lamenta Jim en suivant avec lassitude le retour de Bale.

— Chacun sa croix…

CHAPITRE 17

Institut du Possible Pardon, le Bronx, une heure plus tard

Sagement assis sur une chaise inconfortable à la stabilité douteuse et dont le bois craquait à ses moindres mouvements, Barry promenait son regard de la volumineuse secrétaire septuagénaire obnubilée par l'écran de son ordinateur à la multitude d'affichettes punaisées sur le panneau de liège qui lui faisait face. Ces dernières informaient des divers ateliers proposés au sein du Possible Pardon, des cours de cuisine à l'apprentissage de la mécanique automobile, en passant par des sessions de thérapie de groupe.

Le lieutenant poireautait depuis une demi-heure et commençait à connaître par cœur la liste pléthorique des activités. Il envisageait différentes stratégies – telles que siffler l'intégrale de Gershwin ou frapper des deux poings sur le bureau en hurlant « Police, y en a marre » – pour rappeler sa présence à la femme aux cheveux blancs frisés. Celle-ci n'avait pas levé les yeux de son moniteur depuis le coup de fil au directeur de l'institution et l'invitation faite à Barry d'attendre sa venue, annoncée à tort comme imminente. À en croire les grognements qui ponctuaient chaque clic sur sa souris, elle cherchait moins à ignorer le visiteur qu'à remporter un combat désespéré contre un engin dont elle ne maîtrisait visiblement pas le fonctionnement.

Le calme qui régnait dans l'établissement surprit Barry. À son arrivée, il n'avait croisé âme qui vive hormis l'insolite vieille dame. Baigné dans un silence de mort, l'immense bâtiment industriel recyclé en centre communautaire servant de siège au Possible Pardon avait des allures de vaisseau fantôme.

Barry manqua sursauter lorsque la secrétaire empoigna tout à coup le combiné de son téléphone en lui lançant un sourire édenté, auquel il répondit avec la timidité d'un écolier effrayé par son institutrice.

— Le policier vous attend ! tempêta-t-elle avant de raccrocher.

— C'est toujours aussi long ? osa Barry.

— Oh oui ! Je lui répète sans arrêt qu'il a tort de vouloir tout faire lui-même, mais il n'écoute jamais, reprocha-t-elle avant de s'intéresser de nouveau à son ordinateur. Saleté de machine…

— Si vous avez du mal à l'utiliser, je peux vous aider.

— C'est gentil, mais je vais finir par y arriver, mon petit-fils m'a montré comment ça marche.

— Ah, alors si votre petit-fils vous a montré…

Pas étonnant que le directeur de l'endroit décide de tout faire lui-même, pensa Barry en haussant un sourcil.

La porte du secrétariat s'ouvrit en grinçant sur un homme noir d'une cinquantaine d'années, à la silhouette mince et élancée soulignée par un jean bleu et un pull à col roulé gris. Un sourire engageant s'affichait sur son visage solide sillonné de nombreuses rides lui conférant une autorité perceptible au premier regard. Il pénétra dans la pièce comme si le diable lui collait aux basques et tendit sa main au policier qui la saisit en se levant.

— Lieutenant Donovan, professeur Jonathan Walters, se présenta-t-il en déposant une pile de documents sur le bureau. Je suis sincèrement désolé de vous avoir fait attendre.

— Ça commence à devenir une habitude, grommela la secrétaire.

— Je sais, Miranda, je vous promets de faire des efforts à l'avenir, s'excusa le directeur.

Il adressa une grimace contrite à Barry qui tapota le cadran de sa montre affectant une moue faussement sévère.

Walters joignit ses doigts devant sa bouche à la manière d'un moine bouddhiste, puis invita Barry à le suivre dans le couloir avant de refermer la porte du secrétariat derrière eux.

— La présence d'un policier en ces lieux est une première, lança-t-il, en dépit de nos démarches pour inciter les instances dirigeantes du NYPD à participer à nos travaux. Je crois aux vertus des liens de proximité entre la police et les citoyens.

— L'idée est séduisante, et certains d'entre nous essayent de s'engager dans la vie communautaire à un échelon individuel, mais nos effectifs sont notoirement insuffisants pour répondre aux besoins d'une ville comme New York. Alors je comprends vos difficultés à remporter l'adhésion de nos chefs pour développer une coopération à plus grande échelle. Cela dit, j'imagine que la majorité de vos pensionnaires ne portent pas les flics dans leur cœur et ne souhaitent pas forcément en croiser.

Walters pencha légèrement la tête en souriant.

— Doux euphémisme, lieutenant, mais cela n'est rien comparé à leur détestation de la société américaine dans son ensemble. Si cela peut vous rassurer, vous n'en incarnez à leurs yeux qu'une composante. Une partie du travail accompli ici consiste à rétablir un respect de l'autorité perdu depuis trop longtemps. À ce propos, lieutenant, que savez-vous du Possible Pardon ?

— Pour être honnête, pas grand-chose, hormis que votre secrétaire aurait bien besoin d'une formation pour utiliser convenablement les outils informatiques, plaisanta Barry avant de se rembrunir. Je sais également que Jimmy Lean travaillait pour vous, tout comme Deshawn Willard, ce qui constitue la raison de ma présence.

— Bien sûr… soupira Walters. Miranda est l'une de nos bénévoles, et, compte tenu de notre situation et de nos moyens financiers limités, toutes les bonnes volontés sont les bienvenues. Accompagnez-moi, je répondrai à vos questions en vous faisant visiter nos locaux.

Lassé par une attente interminable, Barry voulut protester pour aller droit au but, mais Walters ne lui en laissa pas le temps et fila au bout du hall d'un pas décidé. Il se tourna vers le policier et lui fit signe de le rejoindre. Comme s'il lisait dans l'esprit de l'enquêteur, il accompagna son invitation d'un « Je vous promets que ce ne sera pas long » qui acheva de décider Barry.

— Le Possible Pardon est un institut multiconfessionnel, expliqua Walters sitôt le policier à ses côtés.

Ils remontèrent un long couloir desservant des pièces dont des écriteaux précisaient la destination. Les deux hommes passèrent devant un atelier plomberie, une bibliothèque et même une salle informatique.

— Parmi nos intervenants, reprit le directeur, nous comptons aussi bien des laïques que des prêtres, des rabbins, des pasteurs ou des imams. Tout prosélytisme est prohibé, j'y veille personnellement. Nous œuvrons à la réinsertion d'anciens détenus en leur fournissant un logement décent et un travail. Mais notre objectif premier est de frapper le mal au cœur grâce à un programme préventif. Nous proposons à des femmes et des hommes en grande précarité une éducation, des formations professionnelles, un accès aux soins physiques et psychologiques, voire psychiatriques quand nécessaire. Nous tentons de combler des manques que nous jugeons vecteurs de criminalité.

— Je vois. Ambitieux projet.

— Titanesque projet, voulez-vous dire ! Nous nous battons au quotidien contre les préjugés, les contraintes administratives et une liste de problèmes tellement longue que je préfère vous l'épargner.

— J'imagine sans difficulté. Désolé si je vous semble abrupt, mais j'ai une enquête à mener et j'ai déjà perdu trop de temps.

— Je comprends, lieutenant, mais je vous emmène précisément dans un endroit qui répondra à certaines de vos interrogations, lâcha Walters au moment où ils atteignaient une double porte bleu électrique. Avant d'entrer, permettez-moi de vous poser une question. Qu'est-ce qui vous a poussé à devenir policier ? Le hasard ? Une vocation ?

— Devenir flic par hasard, c'est l'assurance de démissionner pour cause d'écœurement après quelques mois. Quant à la vocation, elle se forge avec l'expérience. La différence entre le travail de police tel qu'on l'imagine et sa réalité est colossale. Nous passons plus de temps à récolter des cadavres et à taper des rapports qu'à courir après les méchants. Dans mon cas, je pourrais invoquer une tradition familiale qui a cours depuis l'arrivée de mon arrière-grand-père aux États-Unis, mais pour être franc avec vous, ce n'est pas la principale raison.

— Quelle est-elle ? insista Walters en plissant les paupières comme pour mieux se concentrer.

— Je ne pense pas qu'il soit dans la nature de l'homme de vivre en paix avec ses congénères. Je me vois comme un rouage d'un mécanisme conçu pour protéger l'équilibre d'une société en faisant respecter ses lois.

— Et en retirez-vous une quelconque satisfaction ?

— J'appartiens à la brigade criminelle, professeur. Mon métier consiste à réprimer les crimes commis. Il n'est pas en mon pouvoir de les prévenir. Est-ce satisfaisant ? Non. Est-ce frustrant ? Oui. Mais une immense majorité d'entre nous se raccrochent à l'idée que le monde serait encore pire si nous n'existions pas.

— Faites-vous partie de cette majorité ?

— Je ne connais pas de médecin susceptible d'empêcher ses patients de se fracturer une jambe. Ils soignent les blessures mais ne peuvent les prévenir. Il en va de même pour nous.

Le visage de Walters s'illumina, et sa concentration laissa place à un enthousiasme inattendu.

— C'est précisément là que nous intervenons, afin de prendre les problèmes en amont. Vous parlez de soins, j'ai officié en tant que psychiatre dans les prisons pendant plus de quinze ans, lieutenant Donovan. J'ai vu des hommes broyés par le système carcéral, certains ont été convertis grâce à lui au grand banditisme, d'autres y ont nourri une haine viscérale, inextinguible, envers la société et les dépositaires de son autorité. Une part infinitésimale a pu bénéficier d'une formation. Dans tous les cas, le système se voulait répressif, jamais curatif. Je désirais changer les choses, par tous les moyens possibles…

Walters poussa la porte à double battant et pressa une série d'interrupteurs alignés sur le mur de droite. De puissants projecteurs installés à chaque coin de la pièce s'allumèrent un à un, dévoilant trois tribunes métalliques entourant un ring à la toile fatiguée. Les cordes avaient été retirées, laissant orphelins les quatre poteaux d'angle. Le directeur monta dans les gradins, suivi par Barry. Alors qu'il gravissait les marches, ce dernier avisa au milieu de l'aire d'affrontement un tabouret sur lequel était déplié avec soin un poster trop lointain pour être lisible.

— L'affiche annonçant l'ultime combat du « Fossoyeur », murmura Walters la gorge nouée en s'asseyant, mains jointes contre ses lèvres, sur le banc le plus en hauteur. L'hommage de nos pensionnaires. L'expression est trop souvent galvaudée, mais Deshawn était un homme bien, un exemple pour nous tous.

— Savez-vous pourquoi il a arrêté la boxe ? demanda Barry, debout, incapable de détacher son regard du ring.

— Il en parlait avec une grande liberté, tout particulièrement à nos membres. Deshawn était un gamin du quartier, et à l'époque le Bronx n'était pas le meilleur endroit pour grandir. Pour lui, le choix se limitait à la délinquance ou au sport, le principal ascenseur social, voire le seul pour un jeune Noir venant d'un milieu défavorisé. Il montait sur le ring pour régler ses comptes avec la société, pour détruire, pas simplement pour gagner et encore moins pour conquérir gloire ou fortune. Son surnom de « Fossoyeur » lui convenait à merveille. Il a gravi les classements un à un jusqu'à arriver à deux combats d'un titre mondial qui lui tendait les bras. L'avant-dernière échéance avant la marche suprême ne représentait qu'une formalité. Autant sur le papier que dans l'arène. Au troisième round, l'issue de l'affrontement ne faisait déjà plus de doute. À une minute de la cloche, son adversaire était KO debout. L'arbitre a trop attendu pour arrêter le match, et Deshawn a continué à marteler le pauvre type jusqu'à ce qu'il s'écroule. Résultat ? Un ticket pour la ceinture, et un boxeur dans le coma pendant trois jours.

— Ce genre d'accident était fréquent dans les années 1970.

— Vous vous intéressez à la boxe ?

— Oui, j'en ai fait moi-même, mais à un niveau beaucoup plus humble. Mon père me parlait souvent du « Fossoyeur », mais je ne l'ai jamais vu combattre.

— C'était impressionnant, croyez-moi. Toujours est-il que le garçon souffrit d'un œdème cérébral qui le priva de la vue et de l'usage d'un bras. Deshawn a mesuré les dommages causés par la haine, et il ne s'est pas dérobé à ses responsabilités. Il lui a versé l'intégralité de sa prime de match puis a fait en sorte qu'il reçoive les meilleurs soins.

— Noble geste.

— Insuffisant pour un homme de la trempe de Deshawn. Il a accompagné sa victime durant toute sa convalescence. Après plusieurs opérations, l'œdème s'est résorbé, et le blessé a recouvré toutes ses facultés. À dire vrai, ils ont guéri ensemble. Deshawn a compris ce qu'il pouvait apporter aux autres s'il leur vouait son existence.

— Voilà donc comment il est devenu pasteur.

— Oui, lieutenant. Un pasteur aimé et respecté dont l'absence laisse un vide abyssal au sein de notre communauté. Tout autant que la mort de George-Cassius, son fils.

Walters posa sur Barry des yeux embués de larmes qu'il essuya du revers de la main. Les deux hommes se regardèrent sans mot dire. Puis le sens du devoir du policier reprit le dessus. Il sortit de sa veste un petit carnet à spirale et un stylo à bille.

— Que faisait Jimmy Lean pour Le Possible Pardon ?

— Jimmy se pensait bon à rien et, comme beaucoup, il a été maintenu dans cette illusion une grande partie de sa vie. Personne n'est bon à rien. Nous avons exploré différentes pistes, à la recherche d'un métier susceptible de lui convenir, avec succès. Jimmy s'est découvert une réelle aptitude pour la plomberie et l'électricité. Ces derniers temps, il travaillait à l'entretien de notre siège, mais aussi à celui des appartements que nous louons pour nos pensionnaires.

— Avez-vous remarqué des changements ou des comportements inhabituels chez lui récemment ?

— Rien qui me vienne à l'esprit d'emblée.

Barry réfléchit un moment puis reprit.

— Était-il proche de quelqu'un au sein de l'institution ?

— Jimmy se montrait plutôt réservé et discret bien qu'affable et souriant envers tout un chacun.

Les deux personnes dont il était le plus proche ne sont… n'étaient autres que…

— Deshawn et George-Cassius ?

— En effet. Les liens se sont tissés il y a peu.

— Vous pourriez être plus précis ?

— Un mois environ. Nous avons un terrain de basket à l'arrière de l'immeuble. GC y jouait régulièrement avec nos pensionnaires, qui l'avaient tous adopté. Jimmy s'est aussi pris d'affection pour le petit avant de sympathiser avec Deshawn. Il leur arrivait de se voir pour un verre après la fermeture du centre.

— D'accord. Et Lean connaissait-il l'épouse de Deshawn ?

— Oui, comme tout le monde ici. Martha s'occupe des levées de fonds pour l'institution. Cette semaine, elle menait une campagne dans l'Illinois. La pauvre doit être anéantie. En quelques minutes, elle a perdu son mari, son enfant. Tout doit lui paraître…

— … irréel, murmura Barry.

— C'est le terme que j'avais en tête. Évidemment, avec votre profession, vous devez être fréquemment confronté à des situations aussi dramatiques.

— Avec ma profession, oui, confirma Barry les yeux rivés sur son carnet, sans rien laisser transparaître de l'émotion qui l'assaillait à l'évocation d'un état dont il avait traversé toutes les phases, depuis la sensation de se débattre dans un cauchemar sans fin jusqu'à l'envie d'en finir une fois pour toutes.

Le policier bredouilla quelques mots, tentative maladroite de formuler une question aux termes brouillés par une pensée de plus en plus confuse. Il ferma ses paupières et vida bruyamment ses poumons avant de reprendre sous le regard interrogateur de Walters.

— Des problèmes dans le couple ?

— Non, pas à ma connaissance.

— Encore deux petites choses et je vous libère. Accepteriez-vous de me remettre les photos des membres du Possible Pardon, personnel comme pensionnaires ?

— Si je refuse, vous reviendrez avec un mandat, et le résultat final sera le même, donc je n'y vois pas d'inconvénient. Miranda vous donnera ce que vous désirez. Pourquoi cette requête ? Dois-je m'attendre à d'autres mauvaises nouvelles concernant nos ouailles ?

— Je suis désolé, professeur Walters, mais je ne peux pas vous répondre. Non que je ne le veuille pas, mais pour l'instant j'explore toutes les pistes envisageables, et je n'ai que peu de certitudes.

— Je comprends.

— Une dernière question avant de vous quitter. Pourquoi n'y a-t-il personne ce matin ?

Jonathan Walters se leva puis épousseta vigoureusement l'arrière de ses cuisses.

— Les médias ont commencé à s'emparer de l'affaire. Les journalistes ne tarderont pas à s'intéresser au Possible Pardon. Nous serons montrés du doigt, stigmatisés, décriés. Je préfère ne pas jeter mes pensionnaires en pâture aux objectifs. Je leur ai donc demandé de ne pas venir pendant quelque temps. Autant les protéger d'un voyeurisme malsain. Les conséquences du crime seront suffisamment lourdes. Sous la pression populaire, nos donateurs nous retireront leur soutien, les politiques décréteront l'échec de notre démarche. Notre institution n'y survivra pas. Faute d'appuis et de financements, nous fermerons boutique d'ici trois mois, quatre tout au plus. Seuls resteront les appartements que nous louons à l'année. C'est déjà ça, soupira-t-il.

Il passa devant Barry et descendit les marches des gradins.

Dans un silence pesant, les deux hommes retournèrent au secrétariat pour récupérer auprès de Miranda les éléments que souhaitait Barry.

Au moment d'ouvrir la porte, le directeur s'immobilisa.

— Existe-t-il une possibilité, même infime, que Jimmy ne soit pas coupable ? s'enquit-il en se tournant vers le policier.

— J'en doute, professeur, mais, de vous à moi, je l'espère. Dans l'immédiat, nous nous bornons à collecter les preuves et à les relier entre elles. Pour l'instant, elles accablent Lean.

— Serait-ce trop vous demander que de me tenir informé d'éventuelles bonnes nouvelles ? Il y a tellement en jeu…

— Comptez sur moi, acquiesça Barry. Mais, à votre place, je ne me ferais pas trop d'illusions.

CHAPITRE 18

Brigade criminelle, une heure plus tard

Penché sur la table sombre de la salle d'interrogatoire, Spoutnik fourrageait distraitement dans un grand sac en plastique vert. Il en sortit un beignet couvert d'un généreux glaçage au sucre et le proposa à la ronde. Abigayle Raven, les yeux dans le vague, déclina l'offre et avala un peu du thé chaud restant dans son gobelet marron. John Stanton brandit la carotte crue qui lui servait invariablement d'en-cas depuis des années. Le refus de ses collègues contenta le géant qui enfourna la pâtisserie et la mâcha avec une délectation ostentatoire.

— Trois en vingt minutes, Steranko, se lamenta le capitaine Stanton. Si vous continuez à ce rythme, pensez à léguer votre corps à la science, histoire que votre diabète vous survive et profite aux générations futures.

— Quand je suis anxieux, je bouffe, se justifia Spoutnik, la bouche pleine. Et puis vous êtes gonflé, chef, vous en êtes à votre deuxième carotte.

— J'ai raté quelque chose ? demanda Barry en entrant dans la salle d'interrogatoire, un épais classeur gris sous le bras.

— Tiens, le héros nous fait l'honneur de sa présence, railla Stanton en avisant son lieutenant.

— En fait, vous n'allez jamais me lâcher avec cette histoire de médaille ?

— Jamais, confirma le capitaine comme s'il s'agissait d'une évidence.

— Au moins, je sais à quoi m'en tenir… Ça a avancé, de votre côté ?

— L'audition de Lean s'est achevée il y a une demi-heure. Il est en route pour la prison de Rikers Island.

— À vos têtes, j'imagine que l'entretien n'a pas été très productif ?

— C'est le moins que l'on puisse dire, ironisa Abigayle. Lean passe son temps à chialer depuis hier, et il a continué ce matin. L'avocat commis d'office lui a conseillé de se taire, sans résultat. Il maintient la version selon laquelle il s'est rendu chez les Willard pour prendre un verre avec Deshawn et GC. Ensuite, il a vu la police débouler. Il prétend ne pas comprendre comment ses empreintes peuvent se trouver sur une arme qui ne lui appartiendrait pas. Les mêmes conneries, quoi.

— De loin la ligne de défense la plus débile que j'aie jamais entendue dans toute ma carrière, et pourtant la concurrence est rude, commenta Stanton, laconique, avant de croquer dans sa carotte.

— Et du côté du concierge ? s'enquit Barry auprès de Spoutnik.

— Il est en train de visionner les photos de notre base de données, répondit ce dernier. Il y en a encore pour des plombes, même si nous avons réduit la sélection grâce au signalement, même vague, de deux des trois types qu'il a croisés chez Lean. Et toi ? Ça a donné quoi, à l'institution ?

— Rien de concluant, mais j'ai quand même obtenu les fiches de leurs pensionnaires. Dans la mesure où Lean ne fréquentait pas grand monde en dehors du Possible Pardon, j'aimerais que le concierge jette un œil aux portraits. On ne sait jamais, avec un peu de chance… Toujours pas de nouvelles de la main de Deshawn Willard ?

— Pas un coup de téléphone, pas une carte postale, la grossièreté incarnée, cette main !

Si la plaisanterie de John Stanton laissa Abigayle et Barry de marbre, elle fit mouche auprès de Spoutnik qui tenta de se contenir, mais partit dans un fou rire inextinguible.

— Elle est bonne, hein ? se félicita le capitaine en ricanant à sa propre blague.

— C'est juste une impression ou vous êtes tous sur les nerfs ? demanda Barry.

— Depuis hier midi, le chef de la police, le maire et le bureau du procureur me harcèlent sans arrêt, répondit Stanton. Les journalistes font le siège de mon secrétariat, j'ai dormi trois heures, et mon épouse a attendu ce matin pour me présenter le devis pour sa prochaine intervention de chirurgie esthétique. Soit je verse dans l'humour, soit je me défoule sur vous à travers une série d'actes d'un autoritarisme aveugle et totalitaire. À vous de choisir.

Spoutnik, qui commençait à retrouver son sérieux, repartit de plus belle.

D'un signe de la tête, Barry invita Abigayle à effectuer un repli stratégique hors de la pièce. Il tira la porte derrière eux.

— Je ne les avais jamais vus aussi énervés, commenta-t-il pour lui-même. Donc, pour en revenir à ma question ?

— Pas de résultat jusqu'ici, répondit Abigayle. Pour ne rien négliger, j'ai fouillé dans les archives au cas où on aurait des cas similaires de mains coupées au cours d'un crime : *nada*. J'en suis à un stade où j'ai même cherché cette nuit sur Internet si le mode opératoire correspondait à un rituel vaudou ou satanique. Enfin merde, il ne l'a pas bouffée, cette main !

— Cela nous arrangerait presque et ajouterait du piment à cette histoire !

Abigayle et Barry pivotèrent tous deux vers la voix de baryton qui s'élevait sur leur droite. Ils se retrouvèrent face à un Apollon moderne, doté de grands yeux émeraude, d'une bouche fine et de dents blanches dignes de la plus retouchée des photographies pour dentifrice. Le tout distribué avec une symétrie parfaite sur un visage au teint pur et au menton arrogant. Ses cheveux clairs et courts coiffés en arrière accentuaient encore sa beauté plastique. Cet individu consacrait un soin tout particulier à son apparence, pour preuve l'élégant costume gris anthracite taillé sur mesure et les chaussures dont le prix à l'unité excédait à lui seul les salaires mensuels des deux policiers.

L'espace d'un instant, Barry se demanda s'il ne se trouvait pas devant une version rajeunie de Werner, tant ils partageaient les mêmes goûts en matière vestimentaire.

— Harry Ziegler, substitut du procureur en charge du dossier Lean-Willard, annonça la caricature de *golden boy* du troisième millénaire sans ôter les mains des poches de son pantalon.

— Détective Raven et lieutenant Donovan, rétorqua Abigayle en croisant les bras sur son torse.

— Un de vos confrères m'a dit que le capitaine Stanton était dans le secteur.

— Il est ici, acquiesça Barry en poussant la porte.

John Stanton se présenta avec un calme retrouvé.

— Harry, content de vous voir, lança-t-il. Je vous attendais plutôt dans l'après-midi.

Habitués au mode de fonctionnement de leur supérieur, Abigayle et Barry devinèrent immédiatement l'hostilité cachée derrière le ton emphatique employé par ce dernier. À l'expression de Ziegler, ils comprirent que le substitut n'était pas dupe d'un comportement usuel dans les hautes sphères.

— J'ai besoin d'informations fraîches. La pression monte, et je tiens à garder le contrôle de la situation pour en tirer le meilleur parti.

— Allons dans mon bureau, et vous trois vous nous accompagnez, ordonna Stanton à Abigayle, Barry et Jim, chez qui il ne restait plus de l'hilarité passée qu'un front et des joues congestionnés.

La colonne s'ébranla, Stanton en tête, puis Ziegler et les trois officiers. Ils pénétrèrent dans le repaire du capitaine qui abaissa les stores et ferma la porte après avoir exigé de ne pas être dérangé. Puis il s'installa dans son fauteuil pour marquer son autorité sur son territoire. S'ensuivit un débriefing des faits avérés, un rapide résumé des conclusions remises par Lana Carvey puis un rappel des opérations en cours. Le tout en moins de cinq minutes, montre en main. Le substitut prêta une oreille attentive aux propos de Stanton sans poser la moindre question. Le monologue s'acheva sur un silence tendu brisé par Abigayle que personne n'avait sollicitée.

— Il nous faudrait plus de temps pour explorer certaines pistes, affirma-t-elle.

— Vous les explorerez plus tard. Ma priorité est de livrer un coupable à temps pour les journaux télévisés de 18 heures. Et, d'après ce que je constate, je dispose de tout ce dont j'ai besoin dans l'immédiat. Le public se passionne déjà pour le dramatique destin de Deshawn et George-Cassius. Qui donnerait un prénom aussi ridicule à son fils ? ironisa Ziegler.

— Un boxeur qui voudrait rendre hommage à George Foreman et Cassius Clay, expliqua Raven, mâchoires serrées.

Le substitut se fendit d'une grimace interprétée par les policiers comme le signe d'une absence totale d'intérêt pour le monde de la boxe, légendes universelles comprises.

Côte à côte, Barry et Spoutnik observaient les échanges sans rien dire, moins par lâcheté que par respect de la règle édictée par le capitaine la veille : Abigayle dirigeait l'enquête et, à ce titre, elle seule était habilitée à communiquer avec les instances judiciaires, quand bien même le caractère irascible de cette bombe à retardement pourrait entraîner certains dérapages, notamment face à un animal politique semblable à celui qui se tenait devant elle…

— Si je peux me permettre, vous allez trop vite en besogne, monsieur.

— Vraiment ? Et pourquoi donc ? détective Raven.

— Donovan pense possible que Lean ait pu avoir des complices. Plusieurs éléments troublants étayent sa théorie et méritent que l'on s'y attarde. D'abord ce trou de mémoire qui ne lui est d'aucune utilité pour se défendre…

— Il ne fera même qu'aggraver son cas, moqua Ziegler. Continuez, je sens que votre analyse va être capitale.

Stanton fit signe à Abigayle, dont l'ulcération se lisait sur le visage, de passer outre la provocation.

— ... ensuite, poursuivit la jeune femme en prenant sur elle pour ne pas gifler l'arrogant, il y a les hommes aperçus par le concierge. Leur description nous incite à suivre cette piste également. Enfin, l'emploi d'une épée ancienne pour commettre un crime n'est pas courant et soulève aussi des interrogations. Sans parler de la main coupée toujours introuvable. Tout ça pour vous dire qu'il reste beaucoup d'éléments à éclaircir.

— L'hypothèse des complices me plaît assez. Fouinez de ce côté-là autant que nécessaire. Cela pourrait me servir dans un second temps médiatique.

Cette fois, c'en était trop pour la policière qui laissa libre cours à son énervement.

— L'hypothèse des complices vous plaît assez ? Un second temps médiatique ? Qu'est-ce que c'est que ces conn...

Le capitaine ne lui laissa pas le loisir d'aller au bout de sa question en l'interrompant avec fermeté.

— M. le substitut souhaite certainement utiliser la découverte de complices pour garder le plus longtemps possible l'affaire à la une des médias.

— Et depuis quand c'est notre boulot de satisfaire aux seules ambitions politiques d'un tas de m...

John Stanton se leva brusquement de son siège et frappa des deux mains sur la table.

— Raven ! éructa-t-il. Un mot de plus et je vous colle à un carrefour pour réguler la circulation !

Ziegler s'approcha de la porte, s'arrêta au niveau de l'enquêtrice puis se pencha vers elle. Un sourire de satisfaction étirait ses lèvres et creusait une fossette dans sa joue droite.

— Voici comment fonctionne notre système, détective. Je suis la formule 1, et vous les mécanos dans les stands. Vous changez les pneus, faites le plein et nettoyez les rétroviseurs. Moi, je gagne la course. Une affaire d'un tel retentissement ne se présente qu'une fois dans une carrière, et encore, en étant chanceux. Comble du bonheur, la victoire est assurée grâce aux éléments dont nous disposons. À 18 heures, je livre Lean à la foule en colère. Je lui offrirai le lynchage public qu'elle réclame. Avec l'appel téléphonique, la présence sur place de Lean, ses déclarations absurdes et ses empreintes sur l'arme, la défense sera contrainte de plaider coupable. À moi les honneurs, à vous le sale boulot. Blâmez le système autant que vous le souhaitez, ma chère. Je n'édicte pas ses règles. Je joue avec. Sur ce, je vous salue bien, conclut Ziegler par-dessus son épaule en quittant la pièce.

Stanton contourna son bureau, lança un regard noir à la policière puis se précipita pour raccompagner le visiteur jusqu'à l'escalier.

— J'en reviens pas que le British prenne le parti de ce connard, se plaignit Abigayle.

— Il t'a surtout empêchée de faire une énorme bêtise, corrigea Barry. Les types de la race de Ziegler tueraient père et mère pour leur carrière. Et si tu ne veux pas qu'il détruise la tienne, tu as intérêt à te tenir à carreau. Cela dit, j'ai rarement vu un mec aussi détestable.

Abigayle leva les yeux vers Spoutnik qui confirma le point de vue de Barry.

— Le pire, ajouta le géant, c'est que ce merdeux finira par écrire un bouquin qu'Hollywood s'empressera d'adapter. Dans la foulée, il briguera la mairie. Et nous, pendant ce temps-là, nous trimerons, les mains dans la fange, pour un salaire risible en comparaison de ce que lui va engranger. Bienvenue en Amérique, les enfants…

— On se tire une balle dans la tête tout de suite ou on pousse les investigations ? demanda Barry à ses collègues.

— Vous continuez à bosser, mais vous repassez en mode normal, annonça John Stanton en retrouvant ses troupes, il n'y a plus d'urgence. On n'arrivera pas à freiner ce petit con, de toute façon. Quant à vous, ma chère Abigayle, toutes mes félicitations pour votre doigté, une longue et belle carrière politique vous attend. Je ne donne pas une heure avant qu'un ponte n'exige que je vous retire la direction de l'enquête.

— Et merde…

— Laissez-moi gérer ça. Vous terminez la matinée et vous rentrez vous reposer ce midi. Vous me transmettez tout nouvel élément avant de partir. Et ce soir, je vous emmène tous prendre un verre à 19 heures au O'Connels. Vous méritez une bonne cuite, et c'est moi qui régale.

— Je suppose qu'un verre ou deux ne me feront pas de mal, admit Abigayle en se massant les tempes du bout des doigts.

— Sur le principe, je n'ai rien contre, mais j'ai un rendez-vous avec un ami, expliqua Barry.

— Il ne s'agit pas d'une invitation, précisa Stanton. Je ne me rappelle pas avoir dit « s'il vous plaît ». Décalez votre ami ou amenez-le avec vous, mais soyez à l'heure.

La sonnerie du téléphone mit fin à la discussion. Stanton décrocha et congédia d'un geste le trio.

— Tant que je n'ai pas été virée, on ne change rien, affirma Abigayle une fois sortie du bureau.

— Moi, je file voir où en est notre concierge, annonça Spoutnik.

Sitôt reçue l'approbation de Raven, il abandonna ses collègues.

— Et moi, je vais parcourir les éléments dont nous disposons, histoire de réfléchir à tête reposée.

— Tout est sur mon bureau, tu peux t'y installer.

Abigayle regarda sa montre.

— Merde, je dois descendre à l'accueil.

— Pourquoi ?

— Ah oui, j'ai oublié de te dire. J'ai rendez-vous en bas avec un mec de l'inspection des services. Apparemment, il enquête sur un incident dans les locaux de la médico-légale après notre visite la nuit dernière. Comme si je n'avais que ça à foutre…

— Que s'est-il passé ?

— Une histoire de mur défoncé dans le hall sans que personne ne remarque rien. Je n'ai pas tout compris, mais bon, c'est une formalité, je vais juste lui confirmer que tout était en ordre quand nous sommes partis.

— Lana est impliquée ?

— Oh, Roméo s'inquiète pour sa Juliette, comme c'est mignon… minauda Abigayle en clignant des paupières.

— J'aime autant ne plus réagir, ça ne sert qu'à vous encourager, et je vais finir par devenir vulgaire.

— Laisse ce registre à tes collègues machos, je t'aime comme tu es. Et ne te bile pas, apparemment ta petite amie n'a rien vu. D'ailleurs, je l'ai trouvée très en forme lors du briefing de ce matin, badina-t-elle.

Barry prit place au bureau d'Abigayle tandis que cette dernière disparaissait dans l'escalier. Il étala devant lui tous les éléments du dossier. Il en était convaincu, la réponse à ses questions se trouvait là, sous ses yeux. Il suffisait d'adopter la bonne logique, de suivre la juste ligne de pensée, et les pièces s'emboîteraient pour former une image claire de la vérité. Interroger Lean n'avait rien donné jusqu'ici et ne donnerait certainement rien à l'avenir. Le fondateur du Possible Pardon s'était montré coopératif au point de remettre des documents sans y être contraint. Quant à la femme de Deshawn, Barry doutait de dénicher une quelconque piste de son côté. Alors, sur quoi s'appuyer ? Les trois hommes décrits par le concierge ? L'étrange épée ayant servi pour les deux meurtres ? Le dessin découvert chez Jimmy et reproduit par ce dernier dans la chambre du gamin ?

À ce propos…

Barry alluma l'écran de l'ordinateur et lança un moteur de recherche sur Internet. Il saisit les mots « deux hommes sur un cheval ». La première page de résultats s'afficha. Il en parcourut chaque entrée dans l'espoir de détecter une correspondance, même lointaine, même minime. Alors qu'il cliquait pour faire apparaître la page suivante, le bureau et les cloisons se mirent à trembler. Spoutnik déboula aussi vite que sa taille et son poids le lui permettaient.

— Ça va te plaire, lâcha-t-il entre deux respirations lourdes.

— Le concierge a reconnu quelqu'un ? demanda Barry.

— Pas pour l'instant, mais on a reçu un appel de Zibine et Wietzel qui fouillent encore l'appartement des Willard. Deux gamins se sont présentés à eux en disant avoir vu des gens sortir de l'immeuble aux alentours de l'heure de l'assassinat. Vas-y, devine.

— Deux types grands et baraqués, blancs comme des linges, et un plus petit au visage masqué par une capuche ?

— Ouais, mon pote, confirma Spoutnik en tendant une paume à Barry.

Ce dernier se leva de son siège et frappa dans la main de son collègue, un large sourire aux lèvres.

— On tient notre piste !

CHAPITRE 19

Attica, prison de haute sécurité, État de New York

La cour du pénitencier dédiée aux prisonniers les plus surveillés grouillait d'une activité inhabituelle. Quatre énormes tout-terrain noirs encadraient un fourgon gris, semblable à ceux utilisés pour les transports de fonds. Ses portes arrière ouvertes révélaient d'étroites cages à parois transparentes. Chacune d'entre elles renfermait un banc métallique sombre fixé au plancher et au pied duquel se dressait un anneau d'acier, lui aussi boulonné au sol.

Pour la troisième fois de la matinée, deux hommes en jean et blouson bleu frappé dans le dos des lettres « FBI » inspectaient les quatre clapiers jusque dans leurs moindres recoins.

Leur besogne achevée, ils descendirent du véhicule et confirmèrent à leur chef l'intégrité des installations en joignant pouce et index.

L'imposant géant à la crinière blonde et à la barbe de trois jours soigneusement entretenue les observait sans broncher derrière ses Ray-Ban noires Aviator. Il balaya du regard la dizaine d'autres agents fédéraux, bardés de leur gilet pare-balles, regroupés autour des tout-terrain, puis se tourna vers les portes du pénitencier qui s'ouvraient, libérant la marchandise à transporter.

Casquettes bleu nuit vissées sur le crâne, les doigts crispés sur leur fusil-mitrailleur, les gardes disposés de chaque côté de l'allée grillagée posèrent des yeux méprisants sur la colonne de détenus qui défilaient devant eux, la démarche grotesque. De lourdes chaînes enserraient le cou des prisonniers, descendaient jusqu'à leurs poignets, puis entravaient leurs chevilles, les contraignant à se dandiner de gauche à droite à la manière d'un cortège de manchots empereurs sur la banquise.

Si l'image traversa l'esprit de Sven, elle ne l'amusa pas.

Depuis vingt-quatre heures et l'ordre qui lui avait été donné de superviser le transfert de quatre des plus dangereux criminels incarcérés dans l'État de New York, l'agent spécial du FBI Sven Tenderson n'avait pas envie de rire. Le caractère exceptionnel du convoi et l'absence de droit à l'erreur signifié par son supérieur hiérarchique le soumettaient à une pression écrasante. Mais Sven n'était pas homme à se laisser impressionner, et il entendait bien se montrer à la hauteur de la mission qui lui incombait.

Il abandonna le 4 × 4 noir contre lequel il était adossé et se dirigea vers le directeur de la prison, un individu quelconque, parfaite illustration de l'administratif inodore, incolore, insipide.

— Un vrai rassemblement de poètes, déclara l'homoncule en essuyant la sueur de son front à l'aide d'un mouchoir en papier déjà passablement humide. Les pires dossiers psychiatriques que j'aie jamais vus. Irrécupérables. Pas fâché de leur transfert…

L'agent spécial assena une tape dédaigneuse sur l'épaule du directeur puis se concentra sur la seule chose qui importait à ses yeux : sa cargaison. Du haut de son mètre quatre-vingt-dix, il observa les quatre criminels alignés devant lui.

— Hey, toi, le fédéral de mes burnes, tu sais ce qu'on fout ici ? l'apostropha le plus âgé de la bande, un quinquagénaire au teint hâlé et aux cheveux noir de jais, sorte de caricature de l'Italo-Américain.

Sven parcourut les fiches fournies par l'administration pénitentiaire jusqu'à découvrir celle de l'homme qui venait de l'interpeller puis en lut les premières lignes à voix haute.

— Stephen Lorca, condamné à cent soixante-dix ans de prison pour triple homicide avec préméditation, annonça-t-il sur un ton glacial.

— Ouais, c'est moi ! Plus que cent soixante-cinq ans à tirer, et à moi Miami et les cocotiers, lança Lorca, déclenchant l'hilarité de ses trois coreligionnaires.

Sven avança vers le plaisantin, puis se posta face à lui en dodelinant la tête.

— Content que tu aies des plans pour l'avenir, péquenaud. Juste une question, en passant. Comment tu m'as appelé ?

— Fédéral de mes burnes, je crois, confirma l'homme en promenant à la ronde un sourire satisfait. Si t'as les portugaises ensablées, je peux te les nettoyer avec mon gros coton-tige.

Il empoigna ses organes génitaux à deux mains et mordit ses lèvres avant de se tourner vers ses compagnons, le corps agité de déhanchements obscènes.

— Classe et spirituel, murmura Sven.

— Ben tiens, c'est pas pour rien qu'on me surnomme Stephen la blagu…

Nul ne vit le coup de poing partir tant il fut décoché vite. La brutalité de l'impact contre son abdomen expédia Lorca au sol, souffle coupé. Les rires des prisonniers cessèrent sur-le-champ, remplacés par un tonnerre de protestations véhémentes, émaillées d'insultes imagées dont Sven n'avait que faire. Pris à témoin d'une violence jugée inacceptable, les gardes demeurèrent impassibles. De discrètes grimaces exprimèrent juste ce qu'il fallait de satisfaction pour couper court à toute velléité revendicative.

Sven s'accroupit puis saisit le bras de Lorca avec précaution et l'aida à se relever en répétant : « Tout va bien. » Une quinte de toux secoua le boute-en-train, faisant cliqueter ses entraves.

— Au cas où vous ne l'auriez pas compris, déclara l'agent Tenderson d'une voix grave et autoritaire en dépoussiérant de la paume l'uniforme de Lorca, vous m'appartenez jusqu'à l'arrivée dans votre nouvel établissement. Je me contrefous de vos droits constitutionnels. À mes yeux, vous n'êtes pas des êtres humains mais des moutons, et je serai votre berger pour les heures à venir. Quelqu'un a des remarques ou des critiques à formuler ?

Silence prudent, regards inquiets.

Message bien reçu, se félicita intérieurement Sven.

— Bien, je vais procéder à l'appel. Vous répondez « Oui, monsieur », puis vous montez dans votre carrosse. Nous connaissons désormais tous le sieur Lorca, que j'invite donc à s'installer en premier.

Deux gardiens encadrèrent Stephen Lorca. Ce dernier se dirigea vers le fourgon sans se faire prier, tout en conservant un œil sur la brute qui venait de le frapper. Les gardes l'enfermèrent dans une cage, assis sur le banc, chaînes reliées à l'anneau fixé au sol.

— Lee Rapy, condamné deux fois à perpétuité pour viol et actes de barbarie, reprit Sven.

— Oui, monsieur, hurla un homme malingre, aux joues rugueuses constellées d'une myriade de petites crevasses et aux rares cheveux filasse disséminés sur le crâne.

Sven se retrouva ensuite face à un colosse noir qui le dépassait d'une bonne dizaine de centimètres et dont l'uniforme orange semblait prêt à craquer sous la pression d'une musculature délirante. Ce type aurait fait passer un bloqueur de la NFL sous triple dose de stéroïdes pour un enfant de maternelle.

— Leroy Jenkins, soixante ans de réclusion pour assassinat.

— Oui, monsieur, répondit la baraque d'une voix traînante et caverneuse.

— Et notre dernier gagnant du jour, Juan Hugo Campavila, soixante-dix-huit ans de réclusion pour trafic de drogue et association de malfaiteurs.

— *Si, gringo.*

— Arrête ton numéro tout de suite, le prévint Sven. Ta fiche précise que tu es natif de Boston. Alors, le sketch du gros dur de la Mafia sud-américaine, tu le gardes pour toi ou je te fracasse les rotules. *Entiendes, cabrón ?*

— Oui, monsieur.

— Et sans accent ! ironisa Sven à l'intention d'un auditoire tout acquis à sa cause.

L'agent spécial accompagna Campavila jusqu'au fourgon où il fut installé à son tour. Deux membres du bureau armés de pistolets-mitrailleurs montèrent à sa suite et prirent place sur des bancs installés entre les box.

Sven leva un index et effectua un mouvement circulaire pour signifier le départ. Obéissant au doigt et à l'œil, ses troupes grimpèrent dans leurs 4×4 et démarrèrent les moteurs. Tenderson se dirigea vers son véhicule sans un regard pour le personnel pénitentiaire dont il imaginait l'admiration devant la discipline et le décorum du prestigieux, mythique, et pour tout dire fantasmé, FBI. Il s'assit sur le fauteuil passager, puis s'adressa au conducteur, un bleu d'une vingtaine d'années frais émoulu de l'académie de Quantico dont Sven inaugurait le tutorat en ce jour. Atteignant péniblement le mètre soixante-dix, le garçon au teint pâle et à l'air poupin compensait sa petite taille par une musculature sèche et tonique.

— Récapitulatif de ton ordre de mission, Soroca.

La sobriété brutale de la question déstabilisa le jeune homme. Il cligna des paupières nerveusement, caressa de sa main gantée le duvet châtain clair couvrant son crâne puis récita sa leçon d'une voix monocorde.

— Deux véhicules lourds en tête de convoi, suivis par le fourgon, puis encore un véhicule lourd et enfin le nôtre qui ferme la marche et surveille les arrières. Vitesse maximale : quatre-vingt-dix kilomètres-heure, distance moyenne entre les voitures de cinq mètres.

— C'est bien, jugea Sven.

— Nous partons, monsieur ? demanda le jeune homme.

— Dans une seconde, lâcha Tenderson les yeux tournés vers le ciel. J'attends le clou du spectacle pour finir d'impressionner les péquenauds. Et voilà !

Les rotations des pales d'un hélicoptère résonnèrent soudain, puis se rapprochèrent à grande allure. L'appareil surgit au-dessus du bâtiment principal et survola la cour avant de prendre de l'altitude.

— Modèle ?

— UH-60 Black Hawk, répondit Soroca du tac au tac.

— Deux sur deux, pas mal, le bleu. Maintenant, survis à cette mission et tu seras vraiment des nôtres, annonça Sven sans sourciller.

Il s'empara du micro relié au tableau de bord.

— À toutes les unités, *go !* ordonna-t-il.

— Vous pensez qu'il existe un risque ? s'inquiéta le jeune homme en débrayant.

— Notre job, c'est d'envisager le risque en permanence. Bienvenue à Paranoland, agent Socora !

CHAPITRE 20

Le convoi avalait les kilomètres depuis deux heures avec une monotonie soporifique. Sven chiquait sans discontinuer depuis le départ de la prison. Une fois le goût du tabac passé en bouche, il abaissait sa vitre teintée et crachait au vent une soupe immonde. Afin de cultiver la réputation de dangereux maniaque qui le précédait dans toutes les succursales du FBI, il serrait son fusil-mitrailleur contre son cœur comme s'il s'agissait d'un enfant assoupi. Le musculeux agent sentait le regard de Soroca s'arrêter sur lui par intermittence et s'amusait par avance du compte rendu que ferait cette bleusaille à ses collègues, la mission terminée.

Après les attentats du 11 septembre 2001 et la remise en cause des compétences de la CIA comme de celles du FBI, les hommes tels que Sven, écartés du fait de leur rugosité jugée excessive par une direction timorée, avaient été ressortis du placard et retrouvaient droit de cité. Et Tenderson entendait bien profiter de chaque seconde d'un retour en grâce inespéré.

— Pourquoi avoir frappé Lorca ? demanda abruptement Soroca sans quitter la route des yeux.

— Parce que ces mecs ne respectent que ce qu'ils craignent, répondit Sven en enfournant une nouvelle portion de tabac brun. Ça te pose un problème ?

— C'est vous le chef, vous menez les opérations comme vous le souhaitez. Mon rôle se borne à obéir.

— T'as tout pigé, fiston.

— Fiston, siffla Soroca entre ses dents.

Visiblement contrarié, il murmura quelques mots dans une langue à laquelle Sven ne comprit rien.

— Qu'est-ce que tu baragouines ?

— Je me disais que je n'avais pas survécu jusqu'à ce siècle impie pour me faire appeler fiston par un homme bien plus jeune que moi…

Éberlué tant par l'audace de la recrue que par ses paroles saugrenues, Sven fixa son chauffeur quelques secondes, puis, devant son impassibilité, rit à gorge déployée.

— Écho à Viking, barrage de police repéré à l'horizon.

Le pilote de l'hélicoptère affecté à la surveillance aérienne du convoi réitéra sa transmission, le temps que Sven canalise son hilarité et s'empare du micro posé sur le tableau de bord devant lui.

— Viking à Écho, aucun barrage prévu. Effectuez un survol de contrôle, je contacte les autorités locales pour éclaircissement.

— Bien reçu.

— Les flics de la cambrousse, continua de rire Sven en parcourant le plan de mission déplié sur ses genoux, toujours là pour emmerder le monde. C'est un des problèmes de ce siècle impie. Putain, celle-là on ne me l'avait jamais faite !

Il essuya du revers de la main les larmes qui coulaient sur ses joues puis isola la page sur laquelle étaient notées les fréquences des différentes zones de police traversées pendant le trajet. À cet instant, un mouvement à la périphérie de son champ de vision attira son attention.

Sven jeta un œil à travers sa vitre et aperçut au loin une traînée blanche partant du sol qui s'élevait à la verticale à une vitesse vertigineuse. Le panache laiteux se fondit avec les nuages, puis, arrivé à haute altitude, vira brusquement à l'horizontale avant d'accélérer encore. L'agent spécial sentit son estomac se nouer. Il pressa le bouton de transmission d'un doigt tremblant.

— Écho, roquette sur vous à 6 heures ! cria-t-il.

— Négatif, Viking, le radar n'indique aucune signature hostile, répondit le pilote.

— On a bien une roquette au cul ! hurla le tireur d'élite assis sur le siège gauche de l'appareil.

— Libération des contre-mesures. Accrochez-vous !

Aussitôt, une myriade de fusées jaillirent de l'hélicoptère et cascadèrent autour de lui. Le missile percuta un des leurres. Le souffle de l'explosion, trop proche, projeta l'aéronef sur son flanc droit, nez vers le bas. Le sniper bascula dans le vide et s'écrasa sur la route quelques mètres derrière la voiture de Sven. Le Black Hawk ne put redresser sa trajectoire. Il dériva sur le côté tel un oiseau blessé. Ses pales se brisèrent en gémissant contre le sol d'une prairie voisine. Au son sinistre du métal froissé succéda une déflagration assourdissante avant qu'une immense boule de feu n'embrase l'épave.

Le haut-parleur de la radio déversa un brouhaha incohérent de questions et d'onomatopées hurlées par les agents situés dans les autres véhicules du cortège. Abasourdi par la soudaineté et la violence de l'attaque, Sven ne réagit pas immédiatement. Il fallut une bourrade de Soroca, cramponné à son volant, pour que le chef de l'opération recouvre ses esprits.

— À toutes les unités, embuscade, je répète : embuscade. Pied au plancher, on se tire de là ! Quand vous arriverez au barrage de police, ne vous arrêtez pas, forcez-le !

Ses ordres donnés, il changea de fréquence afin de demander des renforts, mais ne capta que des grésillements. Il tenta de recontacter le reste du convoi, sans résultat. Sven jura puis balança le micro contre le tableau de bord.

L'accélération brutale des voitures confirma cependant la bonne réception de ses consignes. Son jeune chauffeur suivit le mouvement sans laisser transparaître le moindre stress, jusqu'à amener le compteur de vitesse dans le rouge. Sven descendit sa vitre et appuya son fusil-mitrailleur sur la portière, doigt sur la détente, prêt à allumer toute menace potentielle.

— Bordel, mais c'est quoi encore ?

Sur un chemin de terre, à une centaine de mètres plus loin sur sa droite, il avisa trois motos alignées. Devant elles, autant d'hommes pointaient des bazookas sur le convoi. Sven cala son œil contre son viseur. Si la stabilité était insuffisante pour assurer un tir précis, au moins glanerait-il de précieuses informations sur ce qui l'attendait, et, arrivé à la distance adéquate, il viderait son chargeur. Ce qu'il vit dans sa lunette l'effara encore un peu plus. Les armes que les motards portaient à l'épaule émettaient un rayon laser vers les voitures de tête. Le temps qu'il comprenne la situation, trois sifflements retentirent au loin, suivis par trois traînées blanches. Deux frappèrent de plein fouet les deux 4 × 4 ouvrant la voie. La troisième explosa à terre, à côté du fourgon, le couchant sur le flanc.

Soroca pila d'un coup sec, les deux pieds sur le frein. Les pneus crissèrent, et la gomme brûlée par la friction contre le bitume dégagea une épaisse fumée grise. Sven lâcha son fusil-mitrailleur qui tomba par la fenêtre. Il fut projeté vers le pare-brise avec tant de force que sa ceinture de sécurité lui écrasa la cage thoracique, lui coupant le souffle, avant de le rabattre sur le siège. Un craquement accompagna le choc de sa nuque contre l'appui-tête.

Au milieu du crépitement des flammes, des débris métalliques et des hurlements, Sven Tenderson crut entendre des moteurs vrombir à proximité. La joue contre son épaule, un sifflement continu résonnant dans son crâne, luttant contre la détermination de ses paupières à se fermer, il vit défiler au pas une dizaine de motos chevauchées par des hommes en tenue de cuir et casque intégral. Puis le jeune Soroca apparut, penché sur lui. Il arracha le bloc de la ceinture de sécurité et saisit Sven à bras-le-corps. Il le tira hors de la voiture, l'allongea délicatement sur la route, puis s'éloigna.

Les yeux au ciel, Tenderson luttait de toutes ses forces contre la douleur qui lui vrillait le sternum et les côtes. Des paroles incompréhensibles montèrent autour de lui, dans une langue rappelant celle employée par son collègue quelques minutes plus tôt.

Bientôt, trois fédéraux furent déposés près de lui par les mystérieux motards. Il étira son cou en arrière. Les hommes en noir extrayaient du fourgon, dont les portes pendaient sur les côtés, deux agents inconscients ainsi que les quatre prisonniers hagards. Sven aperçut Lorca qui se précipita tout sourires vers l'un des motards en hurlant « Merci ! » à deux reprises. Joie de courte durée. L'un des assaillants s'approcha dans son dos et lui enfila une cagoule sur le crâne avant de lui assener un coup de coude au visage. Les autres détenus connurent le même sort puis furent emmenés sans ménagement vers une camionnette sombre qui venait d'arriver et dans laquelle on les poussa comme du bétail.

Sven bascula sur le ventre. Le mouvement lui arracha un cri de douleur. Il chercha Soroca au milieu du chaos, s'attendant à le trouver gisant à terre. Au lieu de cela, il l'aperçut au garde-à-vous discutant avec un homme qui tenait son casque sous le bras. Au moins aussi grand que Sven, ses cheveux noués en queue-de-cheval balayée par le vent, ce dernier débitait avec calme et autorité ce qui ressemblait à des ordres. À peine la tirade de l'inconnu terminée, il enfourcha sa monture, imité par Soroca qui s'installa derrière lui.

Grimaçant, Sven porta sa main à sa ceinture et fit sauter le bouton-pression de son holster. Le temps qu'il saisisse son arme de poing, les roues d'une moto s'immobilisèrent devant son visage. Le conducteur, visière relevée, posa sur lui un regard intense, mélange de détermination froide et de tristesse insondable. Derrière lui, Soroca pointa un pistolet sur l'agent qui lâcha son arme et leva ses paumes.

— Vos prisonniers sont désormais sous ma responsabilité. Ils serviront une noble cause. Sven Tenderson, je recommande votre âme à Dieu. Frère Soroca priera pour votre salut et celui de vos hommes.

» Bonne nuit, fiston, ajouta Soroca.

Le canon cracha son projectile.

CHAPITRE 21

Le même jour, sud de Manhattan, quelques heures plus tard

La journée ne m'apporta aucun repos. Je jouis habituellement d'un sommeil sans rêves, ou du moins ne m'en reste-t-il aucun souvenir au réveil. Cette fois, il en alla autrement. L'image d'Elizabeth m'avait assailli. Notre histoire avait défilé devant mes yeux clos en une sarabande de tableaux furtifs, depuis le premier soir où nos regards s'étaient croisés, jusqu'à ce jour honni où j'avais découvert sa dépouille au pied de notre demeure en flammes.

Lorsque mes paupières s'étaient enfin ouvertes, je nourrissais l'espoir d'être libéré de mes tourments. Las, il n'en fut rien. Je repris conscience, dévoré par le chagrin, dépossédé de la force d'âme indispensable pour tolérer plus longtemps l'infâme torture de me trouver loin d'Elizabeth et de m'être vu refuser la chance de m'éteindre avec elle.

Un cœur n'a pas besoin de battre pour saigner.

Le mien saigne depuis un siècle et demi.

Je m'assis sur le bord de ma couche et j'appuyai mon visage entre mes mains à la recherche d'une contenance et d'un courage qui me faisaient soudain défaut. Que n'aurais-je sacrifié en cet instant pour entendre de nouveau le rire de mon aimée, plonger dans son regard étincelant de vie, sentir encore une fois son souffle sur ma peau !

J'aurais mis le monde à feu et à sang pour partager ne fût-ce qu'une seconde avec elle.

Alors se réveilla la douleur éprouvée la veille lorsque la lame de l'agresseur de Lana Carvey avait pénétré ma chair. La souffrance, oubliée durant mon sommeil, résonna si profondément dans mes os que mes jambes se dérobèrent.

Je me retrouvai agenouillé, recroquevillé, à serrer mon bras contre mon torse. S'il m'avait été donné de respirer, nul doute que mon souffle eût été coupé. Finalement, la morsure s'atténua et m'accorda un répit bienvenu.

Mais un nouvel élancement me fit perdre connaissance. Quand je revins à moi, j'étais étendu sur mon lit, que je quittai d'un bond.

Une demi-heure fut nécessaire pour que s'impose à moi la certitude de ne plus évoluer dans un monde onirique. Je préférai cependant cette inquiétude à la vulnérabilité éprouvée plus tôt. Une vulnérabilité dont je me pensais à l'abri depuis mon décès. Une vulnérabilité qui s'effaça lorsque, cherchant un baume consolateur à cette journée difficile, l'image de Barry jaillit dans mon esprit telle une évidence.

Je descendis à mon salon et m'emparai du téléphone portable offert par mon ami. Le message promis m'attendait sagement. Je me délectai par avance de son contenu, et me retrouvai fort marri à sa lecture.

« Bon réveil Werner, pas mal de soucis au travail. Mon patron nous emmène prendre un verre avec des

collègues vers 19 heures. Je vous appelle dès que j'en aurai terminé. Barry. »

Contrariété...

Que Barry fréquente les mortels ne me dérange pas, j'y vois même un signe encourageant pour sa resocialisation. Pour autant, dois-je me trouver réduit au rôle dégradant de relation honteuse ? Et pourquoi pas d'amant caché ! Très peu pour moi. Empereur de mes pulsions, responsable de mes actes par-delà ma nature prédatrice, je n'entendais pas me tenir à l'écart plus longtemps, et si notre amitié devait perdurer, elle le ferait au grand jour. Enfin... en pleine nuit en ce qui me concerne. Et s'il était un soir où j'avais plus que jamais besoin de la présence de ce policier aux origines gaéliques, c'était bien celui-là.

Je filai à mon ordinateur et recherchai les coordonnées du service dans lequel œuvrait Barry. Dix minutes plus tard, j'achevais un nœud Windsor à une cravate pourpre puis ajustais le col d'une chemise noire. Je sortis de mon appartement en enfilant un long manteau noir et fonçai vers l'ascenseur.

Les miroirs qui recouvraient les parois de la cabine me permirent de vérifier la perfection de ma mise. Je quittai l'immeuble et hélai un taxi jaune auquel j'ordonnai sans ménagement de rejoindre l'adresse du pub transmise par la secrétaire du capitaine Stanton après que j'eus prétendu appartenir au bureau du maire.

Détermination inflexible, humeur joueuse et impatience à l'idée de retrouver mon ami. Pas de doute, j'étais redevenu moi-même, et j'adorais cela !

CHAPITRE 22

Le chauffeur du taxi me déposa sur Wall Street à quelques mètres de la Bourse de New York. Guadeloupéen, il parlait un anglais pour le moins approximatif, ce qui me donna l'occasion de m'exprimer en français, la langue de ma mère. J'en appréciais les nuances et la richesse de vocabulaire. Adolescent, j'éprouvais même une fierté orgueilleuse à l'idée d'une filiation avec une culture qui avait offert au monde le siècle des Lumières et la Déclaration des droits de l'homme. La fougue de la jeunesse m'empêchait de comprendre l'utopisme de cette dernière. Ce n'est qu'une fois devenu homme que je mesurai vraiment le gouffre séparant l'intention de la réalité...

Toujours est-il que, après des débuts hésitants, les affres d'un trop long manque de pratique, je pus soutenir une conversation fluide et, ma foi, plus instructive qu'attendu.

Alors que je m'étonnais de trouver un francophone dans un taxi new-yorkais, il m'expliqua les raisons de sa venue. Avec un taux de chômage sur son île de presque vingt-sept pour cent, il avait opté pour l'émigration et s'était lancé à la poursuite du rêve américain, rêve dont il revenait un peu plus chaque jour, mais auquel il s'accrochait encore pour les siens.

À la fin de son exposé, il me jeta, avec un sourire narquois :

— Nous sommes toujours des esclaves, monsieur, rien n'a changé.

Le constat me frappa de plein fouet, sans nul doute plus violemment qu'il ne l'escomptait. Il me souvint alors que, au XIXe *siècle, je circulais sur les pavés de la 5*[e] *Avenue, véritable allée des nababs, dans une calèche conduite par un cocher noir. Celui-là était rémunéré et se satisfaisait de ne plus travailler dans les champs du Sud avec pour seule récompense coups de fouet et privation de sa dignité. Mais nous vivions encore bien loin du rêve américain et du droit, conféré par notre Constitution, à la recherche du bonheur.*

À l'époque, j'avais l'espoir que les mœurs et usages évolueraient vers plus d'humanité. Aujourd'hui, en 2003, je réalisais, comme l'Antillais venait de me l'assener, que peu de choses avaient changé. Pauvreté, expatriation, séparation d'avec sa famille pour pourvoir à ses besoins. Une survie. Rien d'autre. Il ne fit que confirmer ce que mon cynisme de chef d'entreprise me susurrait à l'apogée de mon pouvoir et de ma fortune. Le rêve américain n'est qu'un arbre cachant une forêt. Les réussites dans la plus pure légende du self-made man *sont exhibées dans les médias, exaltées par le cinéma, vouées aux gémonies par une masse bêlante alignée en file indienne, guettant son tour. Des réussites derrière lesquelles nul ne souhaite voir la multitude d'êtres contraints à des tâches ingrates. Non par choix, mais pour se loger et se nourrir, pour glaner une dignité distillée au compte-gouttes par la ploutocratie toute-puissante de mes héritiers spirituels...*

Non, rien n'avait changé. Le système ne s'était pas modifié. Tel le loup du conte, il s'était simplement grimé pour satisfaire son insatiable appétit.

— Nous sommes tous des esclaves, commentai-je enfin. Esclaves de nos passions, de nos désirs, de notre pouvoir ou de nos frustrations. Ce n'est qu'à la fin de la route que tout s'égalise.

Et d'ajouter pour moi-même :

— Même si, parfois, la route semble ne jamais vouloir finir...

Comble de l'ironie, la conversation s'acheva devant le temple de l'argent roi. J'aurais aimé expliquer à cet homme que Wall Street tirait son nom du mur d'enceinte qui s'y élevait, seulement quatre siècles plus tôt, à l'époque où la ville s'appelait New Amsterdam. La capitale mondiale de la finance n'était alors qu'un comptoir de la Compagnie des Indes sous influence hollandaise, peuplée d'ivrognes et de prostituées pour marins. J'aurais aimé croire avec lui que de basses entreprises pouvaient éclore les plus grandes réalisations de l'humanité.

J'étais issu d'un monde de visionnaires et de bâtisseurs tombé en désuétude sous les assauts impitoyables des spéculateurs.

Ils mèneraient la société à sa perte.

Ils étaient nos enfants. Une progéniture folle, incompétente, dépourvue de toute vision, incapable de bâtir, prospérant à la manière d'un parasite.

Je préférai me taire et doublai le prix de la course. Quelques billets n'exonèrent pas le coupable, mais s'ils peuvent alléger le fardeau de sa victime...

Ainsi me retrouvai-je sur le trottoir, entouré de la foule mêlée des touristes en quête de clichés nocturnes et des employés libérés de leur travail. La morosité me saisissait de nouveau, sans que j'en comprenne la raison. Car, après tout, ce que m'avait dit le chauffeur ne constituait en rien une révélation à mes yeux. J'avais suffisamment exploité d'immigrants européens dans mes aciéries pour ne pas jouer les vierges effarouchées ou les pères la vertu.

Alors pourquoi me sentais-je accablé, aussi plein de tristesse et de désespérance ? Était-ce une conséquence de mes cauchemars aux accents trop réels ? Était-ce l'inquiétude, légitime, causée par l'invisible mais douloureuse blessure subie la veille ? Et devais-je évoquer à Barry ces épisodes, quitte à dévoiler le coup de griffe porté à notre contrat moral ?

Je me raisonnai et puisai au plus profond de mon expérience. Elle me soufflait de ne pas envisager les problèmes dans leur globalité, mais de leur tordre le cou un par un.

Je ne me réfugiais pas dans le déni. J'attendais mon heure.

Et, pour le moment, je me trouvais devant le pub où se rassemblaient Barry et ses collègues, sans avoir rien vu du chemin m'y ayant mené...

CHAPITRE 23

Pub O'Connels, à proximité de Wall Street

La porte du pub s'ouvrait et se refermait sans interruption, poussée par le flux et reflux des amateurs de cigarettes. Dos à l'entrée, Barry mesurait les conséquences de l'interdiction de fumer dans les bars et restaurants mise en vigueur quelques mois plus tôt. Si l'air ne charriait plus senteurs nauséabondes ni particules cancérigènes, les allers-retours incessants favorisaient les vents coulis. Un désagrément d'autant plus mordant en hiver.

Barry releva le col de sa veste afin de protéger sa nuque. Devant lui s'étirait la masse compacte des clients qui emplissaient l'assommoir attitré de tous les flics de Manhattan. John Stanton prétendait d'ailleurs que, lorsque les particuliers composaient le 911, les appels se voyaient automatiquement redirigés vers un standard dissimulé dans la cave de l'établissement.

Depuis les années 1970, les vétérans traînaient les bleus en ce lieu, autant pour entretenir un esprit de corps immarcescible que pour opérer un passage de relais entre générations. Un relais dont le témoin pesait chaque jour un peu plus lourd, lesté de la somme des illusions broyées. On entrait ici à la vingtaine, avec la volonté de changer le monde. On en ressortait à la retraite, usé d'avoir passé sa vie les mains dans les caniveaux d'une société schizophrène, tout à la fois indifférente à ses ordures et avide de leur exposition.

Une vérité illustrée, ce soir-là, à la une des journaux télévisés de 18 heures. Fidèle à ses déclarations à la brigade, le substitut Ziegler s'était adonné à un exercice de communication parfaitement huilé, s'érigeant en défenseur du citoyen, exhibant la culpabilité de Lean dans un double homicide odieux. Et le tout sans attendre le bouclage d'une affaire qui, Barry et ses collègues le savaient désormais avec certitude, était loin d'avoir livré ses secrets.

Les nouveaux éléments apparus en fin de matinée renforçaient leur conviction. Les deux témoins qui s'étaient signalés à la police avaient mentionné trois hommes quittant l'immeuble où résidait la famille Willard. Non seulement l'heure à laquelle ils affirmaient les avoir vus correspondait à celle à laquelle Lean avait appelé les flics, mais, en plus, la description des trois personnages recoupait trait pour trait celle donnée précédemment par le concierge : deux grands gaillards à la démarche rigide et martiale, au teint de marbre, encadrant un individu plus petit au visage dissimulé par une capuche.

Revigorés, Abigayle, Jim et Barry avaient passé la journée avec leurs témoins dans l'espoir que ceux-ci identifieraient ne serait-ce qu'un de ces individus dans la base de données de la police. Ce qui, hélas, ne fut pas le cas. Restait à souhaiter que le tour des armuriers apporte quelques éclaircissements sur l'arme du crime…

En attendant, le programme de la soirée des enquêteurs ne se bornerait pas à enchaîner les verres dans l'espoir d'y noyer la nuit. En parcourant les preuves accumulées au cours des dernières vingt-quatre heures, ils s'étaient arrêtés sur les facturettes émises par la librairie Le Monde caché. Une rapide recherche sur Internet s'était soldée par l'évocation de l'échoppe sur de nombreux forums consacrés aux littératures ésotériques. Les commentaires les plus sérieux mentionnaient la disponibilité d'ouvrages de grande valeur introuvables ailleurs. Barry s'était attardé sur des messages à première vue plus saugrenus. À en croire certains adeptes du surnaturel – apparemment légion à New York –, Le Monde caché fournissait également ingrédients et formules nécessaires à l'élaboration de philtres aux propriétés magiques. Spoutnik et Raven n'y avaient prêté aucune attention, mais eux ne partageaient pas leur temps libre avec un homme assassiné cent quarante ans plus tôt et dont les pouvoirs surnaturels n'avaient absolument rien de farfelu ou d'illusoire.

Les horaires de la librairie collaient au profil des clients tels que les policiers se les imaginaient : 21 heures-4 heures du matin. Parfait pour des oiseaux de nuit férus de mystère. Au prétexte d'explorer tous les endroits où Lean aurait pu rencontrer les trois inconnus aperçus chez lui et sur les lieux du crime, Barry avait convaincu Abigayle « d'y faire un saut » dès l'ouverture, histoire d'éliminer la boutique de l'équation.

Pour le moment, il rongeait son frein et jugulait tant bien que mal son impatience et le mauvais pressentiment qui le taraudait.

Instinct du flic ou fruit d'une expérience impossible à dévoiler à ses confrères, il le découvrirait bien assez tôt. Au moins était-il soulagé d'avoir appris par Abigayle que l'incident au service médico-légal se limitait à un mur endommagé sans raison et que Lana se portait bien. À supposer que l'on pût résumer ainsi son inexplicable comportement au cours du briefing le matin même.

Une volée de hourras et d'acclamations arracha Barry à ses questionnements.

Avec toute la dextérité acquise grâce à une pratique intensive, Tim Bauwen approchait à pas précautionneux de la table ronde autour de laquelle l'attendaient ses camarades. Chacun admira l'art consommé du placement des doigts du vétéran de la brigade à travers les anses des quatre énormes bocks de bière brune dont il assurait la livraison depuis le comptoir du pub. Il traçait son chemin parmi les clients agglutinés sur son passage, enchaînant esquives et rotations du bassin. Abigayle Raven et John Stanton applaudirent à tout rompre lorsque Tim déposa devant eux le précieux ravitaillement sans en renverser la moindre goutte.

— Deuxième quart-temps, annonça Bauwen sitôt délesté de son fardeau.

— Deuxième et dernière mi-temps pour nous, corrigea Barry en pointant Abigayle de son index. Nous avons encore du boulot ce soir, et je ne parle même pas de demain. Donc pas question de nous mettre la tête à l'envers.

— Messieurs dames, prenez exemple sur deux représentants intègres et consciencieux des glorieuses forces de l'ordre de notre belle métropole ! pérora Stanton en s'emparant de sa bière. Que le ciel nous garde de la sobriété de ces hurluberlus !

Son prêche achevé, il engloutit d'une traite la moitié de sa pinte, bientôt imité par Spoutnik ainsi que par

Bauwen, dont la résistance à l'alcool repoussait toutes les limites connues. À l'instar de Barry, Abigayle se montra raisonnable et se contenta de tremper les lèvres dans sa boisson.

— Soyez sages si ça vous chante, moi, j'ai un excellent motif pour me prendre une muflée historique cette nuit, affirma Tim.

— Depuis quand une arsouille irlandaise de ta catégorie a-t-elle besoin d'une excuse ? s'étonna John Stanton.

Le capitaine ne s'autorisait des familiarités que dans ce seul pub. Une façon pour lui de poser l'armure et d'établir des liens plus intimes avec ses troupes, invitées elles aussi à mettre de côté les codes hiérarchiques. Gare, cependant, à qui se risquait à recourir au même langage dans le cadre de la brigade.

— J'ai passé la moitié de la journée à me coltiner une mère et une épouse éplorées, rétorqua Tim, les yeux fixés sur sa bière. Je compte bien tout faire pour oublier la crise de nerfs de sa femme quand nous sommes allés voir les corps à la morgue. Putain, c'est la partie que je déteste le plus dans ce boulot de merde.

Barry aurait voulu se taire, laisser couler pour ne pas plomber l'ambiance, mais les mots jaillirent malgré lui.

— Au moins a-t-elle pu leur faire ses adieux, souffla-t-il d'une voix blanche. Faire son deuil est encore plus compliqué quand on n'a personne à enterrer…

Stanton posa un regard lourd de reproches sur Bauwen, également ciblé par Raven.

— Tu ne sauras vraiment jamais quand fermer ta grande gueule, lança le capitaine.

— Donovan, je ne pensais pas… enfin je ne voulais pas… je comprends que tout ça te… Oh, et puis merde, je vais picoler, ça m'empêchera de dire des conneries.

— Tu vas encore en dire, je te fais confiance, sur ce point. La seule différence, c'est que tu ne t'en souviendras pas, plaisanta Stanton.

À court d'arguments, et avec un malaise perceptible, Tim Bauwen avala d'un coup ce qui restait dans son verre.

— C'est moi qui suis désolé, mais depuis hier, il fallait que ça sorte, reprit Barry en rajustant le col de sa veste alors qu'un nouveau courant d'air s'engouffrait derrière lui. Excusez-moi, John, je ne voulais pas ruiner l'ambiance.

— Alors je ne vois qu'une solution pour corriger le tir, jeune homme.

Le capitaine fit tournoyer un index au-dessus des chopes vides et entamées sur la table, puis désigna le comptoir du pouce.

Barry se fendit d'une parodie de salut militaire accompagné d'un « À vos ordres, chef » qui ramena un peu de bonne humeur. Lui-même sourit en se dirigeant vers le bar. Il en revint triomphant, quatre verres dans la main gauche et une bouteille de whisky dans la droite.

— J'espérais plutôt une mousse, se lamenta Bauwen. Boire écossais sera ma punition.

John Stanton arracha la bouteille des mains de Barry et en détailla l'étiquette.

— Punition ? Un Aberfeldy douze ans d'âge ? Que Dieu me punisse tous les jours ! ajouta-t-il en retirant le bouchon.

Il ferma les paupières et promena le goulot sous ses narines.

— Vous y trouverez des notes fumées et un arôme de cerise tout à fait remarquable. Une touche citronnée apparaîtra en bouche après quelques instants.

Les cinq policiers se tournèrent vers le propriétaire de la voix grave et mélodieuse qui s'élevait derrière eux. S'ils ne parurent pas surpris par son intervention, Barry, lui, s'était figé sur place, bouche bée.

— Werner Vonlow, pour vous servir, je suis un ami de Barry, se présenta l'individu aux tempes grisonnantes. Vous êtes certainement John Stanton. Il m'a beaucoup parlé de vous.

Il tendit sa main au capitaine qui la serra de bon cœur face à l'air avenant affiché par le nouvel arrivant. Il passa ensuite à Abigayle dont il prit délicatement les doigts avant de se fendre d'un baisemain dans les règles de l'art, non sans l'avoir gratifiée d'un « miss Raven » enjôleur et suave qui souleva un murmure railleur parmi ses collègues masculins. Une réaction soulignant moins la nature peu commune et désuète du geste que l'attitude de la policière dont les joues s'empourpraient à vue d'œil. Jim Steranko et Tim Bauwen eurent également droit aux salutations de ce personnage à l'aisance communicative et au charisme indéniable.

Stanton s'adressa à Barry tombé en catatonie.

— Donovan, vous allez bien ?

— Hein ? Non… je ne sais pas… oui. Si vous voulez bien nous excuser une minute, fit le lieutenant en entraînant Werner à l'écart.

Les deux hommes s'éloignèrent en direction d'un coin reculé du pub encore déserté par l'abondante clientèle.

— Pourriez-vous m'expliquer ce que vous foutez ici ? demanda Barry, à la fois énervé et effaré par la présence de Werner.

— Permettez-moi d'attribuer votre vulgarité subite à l'expression de votre joie suite à nos retrouvailles, ironisa Werner, sans faire cas de l'irritabilité de son ami.

— Vous vous rendez compte des risques que vous nous faites prendre ? Et comment saviez-vous que je me trouverais dans ce pub ? Ne me dites pas que vous m'avez suivi en faucon ou en forme brumeuse…

— Rassurez-vous, un simple canular téléphonique a suppléé l'usage de mes pouvoirs. Et de quels risques parlez-vous donc ? J'ai élaboré une histoire imparable pour mieux me fondre parmi vos convives et désamorcer tout faux pas éventuel.

— Eh bien, votre histoire a intérêt à être aussi imparable que vous le prétendez, parce que, au cas où vous ne l'auriez pas remarqué, il y a dans ce bar une forte densité de flics au mètre carré, et ils ne sont pas du genre à lâcher un os quand ils en tiennent un.

— Compareriez-vous vraiment leur denture à la mienne ? poursuivit Werner, pince-sans-rire.

— Désespérant, soupira Barry avec la moue de ceux qui admettent leur défaite. Soit, vous l'aurez cherché, mais un dernier avertissement : vous ne vous asseyez pas à une tablée de poètes.

— Visiblement, vous ignorez à quoi j'étais confronté lorsqu'il m'arrivait de frayer avec mes ouvriers et contremaîtres. Détendez-vous, très cher, tout se passera bien et, particulièrement ce soir, j'entends partager de bons moments en votre compagnie et celle de vos acolytes.

— Que voulez-vous dire par « particulièrement ce soir » ?

— Nous en parlerons en temps et en heure, mon ami, répondit Werner, énigmatique, avant de tourner les talons et de fendre la foule.

Barry progressa dans son sillage. Ils rejoignirent vite la table et son agitation. John Stanton achevait de remplir un verre qu'il tendit en souriant à Werner sitôt celui-ci à sa hauteur. Spoutnik discutait avec Abigayle, tandis que, à quelques mètres de là, Tim Bauwen se faisait éconduire par une jeune femme guère plus âgée que sa propre fille cadette.

Au milieu du brouhaha des conversations, de l'écho des verres et des chopes entrechoqués, Barry se surprit à apprécier le tableau que lui offraient ses camarades réunis. En d'autres temps, il se serait éclipsé pour retrouver Cindy et Maureen. Il aurait embrassé son épouse, accompagné sa fille dans les bras de Morphée. La tristesse aurait dû le submerger, son cœur aurait dû se nouer. Et pourtant, même en pensant aux amours de sa vie, une autre personne lui manquait en cet instant précis, Lana Carvey…

CHAPITRE 24

Hudson Valley, au même moment

Les motos se garèrent en quinconce devant l'usine désaffectée transformée en quartier général provisoire. Alors que ses troupes mettaient pied à terre et que la camionnette déversait sa cargaison humaine, Nicolae mesurait à quel point cette époque ne proposait guère plus que des ersatz de grandeur. La haute façade de brique rouge n'égalait pas les frontispices majestueux d'antan, et les montures d'acier ne possédaient pas le charme des destriers.

— Opération menée à la perfection, maréchal.

Ce dernier répondit à Jiles par une inspiration sonore, façon très personnelle de marquer sa désapprobation. Certes, le succès du raid contre le convoi pénitentiaire n'avait été entaché d'aucune anicroche, mais pouvait-il en être autrement ? L'efficacité n'offrait pas matière à pérorer. L'échec seul méritait que l'on s'y intéresse. Et l'échec était inenvisageable, et, plus encore, intolérable.

Le maréchal méprisait la propension de son aide de camp à se féliciter d'un rien. Si la dernière pièce du plan imposé par la gabegie des soudards du colonel Quantrill un siècle et demi plus tôt se mettait effectivement en place, elle ne justifiait aucune autosatisfaction. Selon la logique de Nicolae, remporter une bataille ne prenait sens que si la guerre était gagnée. Le panache, la beauté du geste, la noblesse du sacrifice n'étaient que des écrans de fumée supposés grandir les vaincus en les exonérant de leur incompétence. Depuis ses premiers pas dans l'Ordre, il honnissait la défaite et entendait ne jamais dévier de cette ligne.

Il tendit le casque de moto calé contre son flanc à Jiles sans quitter des yeux la colonne des prisonniers escortés par ses soldats vers leur nouvelle, et ultime, geôle. Toujours entravés, la tête couverte d'une cagoule noire, ces hommes de peu de foi lui évoquaient le bétail en route pour l'abattoir. L'analogie lui arracha un sourire, tout autant que les circonvolutions d'un destin moqueur.

Malgré une longévité extraordinaire et un entraînement aux armes sans égal, survivants de batailles homériques à la sauvagerie impensable, victorieux d'ennemis cent fois supérieurs en nombre, ni lui ni ses fidèles compagnons ne pouvaient conclure le combat à venir. Leur seule chance de l'emporter dépendait de la lie de l'humanité, d'esprits malades et pervertis. Une honte supportable au vu de l'enjeu.

— Quelles nouvelles du rituel ? demanda-t-il à Jiles.

— Il produit ses premiers effets, maréchal. Ceux-ci ne feront que s'accentuer durant les heures à venir pour atteindre leur apogée cette nuit. Nous touchons au but, se réjouit l'aide de camp avec l'excitation des faibles.

— La morsure de la déception se veut plus cruelle quand l'issue, en apparence favorable, nous échappe, rétorqua Nicolae. Qui plus est, l'anticipation génère le relâchement. Je n'en tolérerai aucun et en réprimerai les signes avant-coureurs avec une fermeté inflexible. Me fais-je bien comprendre ?

Jiles acquiesça. Nicolae savait l'irritation que son admonestation provoquait chez son bras droit, qui, au fil des dernières décennies, était devenu rétif à l'obéissance aveugle. La sagesse empêchait le subalterne de se rebeller ouvertement. À moins que la duplicité ne fût à l'origine de sa docilité. Une seconde hypothèse plus crédible, et plus problématique que la première. Suite à cette réflexion, une question se fit jour dans l'esprit du maréchal. Un point auquel il n'avait accordé jusqu'ici qu'une attention limitée, mais dont il s'étonnait de ne plus entendre parler.

— Dites-moi, reprit-il d'un ton plus amène, peu avant notre départ de Los Angeles, vous aviez évoqué votre volonté de subtiliser l'épée entrée en possession de la police de New York.

Voir blêmir un homme déjà pâle surprit Nicolae, pourtant peu impressionnable.

— En effet, maréchal.

— Puis-je espérer des informations sur cette opération ?

— Naturellement. J'ai dépêché deux frères dans les locaux du service médico-légal où l'arme se trouvait, mais un seul d'entre eux est revenu. D'après son rapport, l'intervention du vampire a rendu la situation incontrôlable. Il a jugé plus profitable de se replier.

Se replier... Intéressante litote pour figurer la fuite pathétique d'un lâche.

— Tiens donc. Et que faisait Werner sur les lieux ?

— Nous l'ignorons.
— Et l'épée ?
— Elle n'a pu être retrouvée.
— Les deux frères étaient bien ceux chargés de la récupération de la main sur l'homme de foi ? Il s'agit de ceux dont la légèreté a entraîné la mort d'un enfant en rien concerné par nos projets ?
— Oui, maréchal.
— Alors, que le survivant se présente dans mes quartiers dans les cinq minutes, ordonna le maréchal.
Jiles s'inclina et obtempéra sans attendre.
Nicolae le regarda se glisser ventre à terre hors de la pièce à la manière du serpent qu'il était devenu.
Point de sagesse, uniquement la duplicité. La vôtre, Jiles, pensa-t-il tristement, *et la mienne...*
Il dévala les marches menant au sous-sol, véritable dédale de galeries et de pièces aménagées pour satisfaire aux exigences du plan dont la dernière étape se profilait enfin. Une salle revêtait une importance cruciale pour les heures à venir. Sa confiance en Jiles fondant à vue d'œil, il décida de l'inspecter lui-même avant de regagner son bureau. Il se dirigea vers l'extrémité du complexe souterrain et atteignit une porte gardée par deux hommes en treillis noir, fusils-mitrailleurs au poing. À la vue de leur chef, ils se mirent au garde-à-vous, s'inclinèrent puis s'écartèrent d'un pas alors qu'il approchait. Nicolae rendit le salut en silence et se posta devant une lucarne vitrée à travers laquelle il entrevit une pièce obscure et nue.

Des symboles ésotériques dont certains brillaient par intermittence d'un halo blanc, puis rouge, recouvraient les murs. Assis en tailleur au milieu d'un cercle de bougies noires, trois hommes en toges pourpres, capuches rabattues sur le crâne, psalmodiaient une incantation païenne dont Nicolae ne capta que des bribes. Devant les inquiétantes silhouettes, une main noire tranchée net flottait dans les airs. Il observait le rituel avec un mélange de dégoût et de crainte. Mais, pour détestable qu'il le trouvât, le maréchal ne parvenait pas à détourner son regard du spectacle. Des murmures désincarnés gagnèrent graduellement en force jusqu'à se muer en un chant strident. Des volutes de fumée se formèrent autour de la main. Elles virevoltèrent, s'agrégèrent en une sphère instable avant de plonger vers l'un des individus encapuchonnés. Celui-ci leva une paume parcheminée en leur direction. Elles déviérent brutalement leur course, comme bloquées par une muraille invisible. Le chant cessa, remplacé par un hurlement soudain et éphémère. Tel un chien fou rappelé à l'ordre par son maître, les volutes se tapirent à terre puis s'agglomérèrent à nouveau. Peu à peu, elles prirent la forme spectrale, presque fantomatique, d'un oiseau de proie. Un faucon…

Nicolae en avait assez vu. Cette scène aurait dû le satisfaire. Mais si cette diablerie servait sa cause, elle ne lui laissait pas moins un goût âcre dans la bouche et lui remémorait encore un peu plus les raisons de son entrée dans l'Ordre. Tant d'illusions brisées et de sacrifices pour finalement trahir ses serments et pactiser avec l'ennemi de toujours…

Il déserta les lieux à marche forcée et regagna son bureau, situé à l'autre bout du bâtiment. Il se réjouit de retrouver dans son sanctuaire la table en chêne massif et le petit buffet ouvragé qui, comme les trois grands coffres posés sur un épais tapis persan, l'accompagnaient au cours de ses campagnes.

Nicolae s'approcha de la tapisserie qui décorait le mur faisant face à l'entrée et y posa une paume hésitante.

Des bruits de pas dans son dos l'obligèrent à se reprendre.

Fidèle à ses habitudes, le maréchal se campa au milieu de la pièce, façon pour lui de s'approprier l'espace et d'indiquer sans ambiguïté qu'il régissait tout et tous.

Face à lui, Jiles réprimait sans succès les tics révélateurs de son anxiété. Des battements de cils sporadiques, des contractions de sa mâchoire. Il en avait toujours été ainsi.

Le soldat, lui, restait parfaitement immobile et ne faisait montre d'aucune crainte.

Des siècles plus tôt, cet homme figurait parmi les plus féroces combattants de l'Ordre. Il n'appartenait pas au cercle des plus intelligents, ni des plus cultivés, mais, doté d'une musculature massive et d'une force considérable, il était l'un des plus redoutables. Les guerres ne se gagnent pas avec des poètes.

— Je tenais à vous présenter mes excuses, maréchal. Je ne désire pas m'absoudre de mes échecs, mais la mauvaise fortune s'est acharnée contre nous.

— Détaillez-moi donc cette mauvaise fortune.

— Nous avons collecté sans difficulté la main de l'homme de foi comme exigé par le rituel, mais le criminel désigné pour accomplir cette tâche n'a pas respecté toutes les consignes. La mort de l'enfant et la dissimulation de l'épée en furent les conséquences. Nous avons tenté de fouiller les lieux, mais l'arrivée des forces de l'ordre nous a contraints à la retraite.

— Je comprends. Poursuivez.

— Après que le frère Jiles nous a ordonné de récupérer l'épée, nous avons surveillé les policiers et les avons suivis lors du transfert de l'arme vers le service médico-légal. Nous avons attendu le départ des inspecteurs pour passer à l'action. Las, le vampire nous a pris par surprise. Il s'est interposé alors que nous nous apprêtions à éliminer une femme témoin de notre présence. Puis il a tué mon compagnon. Jugeant le combat perdu d'avance, j'ai préféré me replier.

— Vous dites que Werner a d'abord sauvé cette femme avant de détruire notre frère ?

— Oui, maréchal.

D'après ce que je sais de notre cher vampire, il n'est guère du genre à s'ériger en sauveur. À l'instar des hommes de sa lignée, Werner est plus préoccupé par le pouvoir et sa personne que par le sort des petites gens. Je doute que ces années de réclusion l'aient changé en profondeur. À moins bien sûr...

— Connaissez-vous le nom de cette femme ?

— Une plaque sur la porte de son bureau indiquait « Docteur Carvey ». Je suppose que c'est d'elle qu'il s'agit.

Voilà qui pourrait se révéler utile...

Nicolae contourna le soldat, l'examina de pied en cap puis vint se placer à un pas face à lui.

— À ses dires, il semble évident que les choix de notre frère se justifient, intervint Jiles.

— Cher Jiles, quelle est ma devise ?

— Un pouvoir perçu est un pouvoir reconnu, maréchal.

— Absolument.

Sitôt le mot lâché, Nicolae fit jaillir entre ses doigts la dague dissimulée dans la manche de sa chemise et la plongea dans le cœur du guerrier. Son aide de camp tressaillit, alors que la victime dardait sur son commandant un regard incrédule et suppliant. La lame pénétra plus profondément les chairs. L'homme se noua, des spasmes secouèrent son corps, puis il tomba en poussière aux pieds de son bourreau.

— La contestation, comme la faiblesse d'âme, mène inexorablement à la sédition, déclara Nicolae d'une voix au calme démenti par les flammes qui dansaient dans ses prunelles.

— Maréchal, je ne me permettrai jamais… protesta ce dernier, visiblement ébranlé par le châtiment délivré sous ses yeux et dont il saisissait parfaitement la destination.

— Silence, de grâce ! Ne testez pas ma mansuétude à votre égard, pas aujourd'hui. Ma patience est grande, mais pas infinie.

Jiles baissa la tête tel un enfant pris en flagrant délit de chapardage.

— Pardonnez mes offenses. Nos frères et moi-même nous languissons de nous voir enfin libérés de la malédiction qui nous tient sous son joug.

Pauvre fou, se lamenta intérieurement Nicolae.

Cette pensée raviva la culpabilité qui le rongeait parfois et le fit revenir à de meilleurs sentiments.

Un traître ne peut en juger un autre…

— Je comprends, soupira-t-il. Mettons cela de côté, mon vieux compagnon. J'ai encore une mission pour vous.

— À vos ordres, maréchal.

— Je veux que vous trouviez le docteur Carvey dont parlait notre malheureux frère. Amenez-la-moi.

— Puis-je vous demander à quelle fin ? Le rituel n'exige rien que nous ne possédions déjà.

— Oh si, cher Jiles. Il exige la présence de Werner, et si je vois juste, détenir cette femme pourrait simplifier l'ultime phase des opérations.

— Ce sera fait, maréchal.

Un salut respectueux. Un ton sincère. Aussi cruelle et injuste fût-elle, la démonstration semblait avoir porté ses fruits.

Nicolae considéra Jiles avec une bienveillance nouvelle. Le temps usait tout. La fidélité, l'amitié, la foi, même. Dans un geste d'apaisement, il raccompagna son aide de camp jusqu'à la porte, qu'il referma sur lui.

Le maréchal se dirigea ensuite vers la tapisserie et tira sur la corde tressée qui pendait à la gauche de cette dernière. L'ornement se souleva, révélant une cage de verre baignée dans la pénombre.

Une paume monstrueuse dont la peau rouge carmin ne demandait qu'à exploser s'abattit contre la vitre. De longs doigts griffus labourèrent la paroi dans un crissement sinistre.

Nicolae abaissa les paupières. Les coups se multiplièrent à un rythme infernal, ponctués de grognements bestiaux. Il fourragea ses cheveux noirs. Le cœur au bord des lèvres, il lutta contre la tentation d'ouvrir les yeux, de contempler son unique raison de vivre. Il savait la souffrance et l'accablement qui s'emparerait de son être s'il se confrontait de nouveau à ce spectacle dégradant. Et aujourd'hui plus que jamais, Nicolae avait besoin de toute sa force, de tout son courage.

Après tant de siècles dans les ténèbres, vingt-quatre petites heures le séparaient de l'objectif d'une vie.

Vingt-quatre petites heures.

Une éternité.

Il appuya son front contre la vitre blindée qui, seule, le protégeait. Sans elle, même un guerrier tel que lui se verrait réduit en charpie.

— Si proche et pourtant si loin, murmura-t-il avec, dans la voix, les accents du désespoir. Je n'en puis plus de t'attendre…

CHAPITRE 25

L'embarras que ma venue impromptue causa à Barry m'amusait et me rassurait à la fois. La trivialité inhabituelle de son langage, d'ordinaire plus soutenu lorsqu'il s'adresse à moi, trahissait une familiarité dont je lui savais gré. J'avais déjà constaté qu'il n'employait pas en ma présence le même registre lexical qu'avec ses collègues. Or je n'attends de lui ni déférence, ni crainte, ni je ne sais quelle retenue absurde dont la manifestation aurait pour seul effet de m'ostraciser. La franche formulation de sa question quant à ma présence en ce lieu – qu'est-ce que vous foutez ici ? – m'incluait comme un élément du quotidien et non plus comme une curiosité à prendre avec des pincettes.

Ainsi n'étais-je donc plus pour lui de l'ordre de l'anomalie. Je me fondais dans son histoire et y occupais toute ma place.

Pour preuve, il ne s'inquiétait que de la découverte de mon état. Non de qui j'étais, mais de ce que le destin avait fait de moi à mon corps défendant. Révéler le vampire l'effrayait – comment ne pas le comprendre ? –, mais présenter l'homme ne paraissait pas lui causer souci. Et j'en éprouvais une sincère fierté.

Le premier contact avec Abigayle Raven, John Stanton ou Jim Steranko, surnommé Spoutnik avec un humour dont le sens m'échappait, se trouva facilité par le fait que j'en avais déjà observé certains au cours de mes sessions de « protection rapprochée ». Par ailleurs, Barry m'avait abondamment parlé d'eux lors de précédentes conversations. Bien sûr, il ne se doutait nullement que lesdites conversations visaient à me préparer à les rencontrer.

Calculateur un jour...

Une inclination naturelle me porta de prime abord sur le capitaine Stanton. Je décelais chez lui l'homme de goût, cultivant une élégance seyant tant à son physique qu'à sa position. Chaussures anglaises cousues main, costumes impeccablement coupés flattant sa silhouette longiligne, et soin remarquable du détail dans sa façon d'assortir sa pochette à son écharpe. Si je me voyais difficilement arpenter les magasins avec Barry, plus attentif à l'aspect pratique de ses vêtements, je nous imaginais parfaitement, le sieur Stanton et moi-même, fréquenter ensemble les tailleurs. De plus, il émanait de sa personne le charisme du chef de meute, maître dans l'art d'imposer le respect de la fonction en établissant un solide lien de confiance. La marque des vrais meneurs, un trait de caractère dans lequel je me reconnaissais. En somme, j'évoluais avec lui en terrain familier.

Il en allait de même avec Jim Steranko, mais pour des raisons diamétralement opposées. Ce colosse au regard empli de tendresse et de douceur me rappelait un contremaître d'une de mes manufactures implantées à Baltimore. Doué d'une force herculéenne, dur au mal, cet homme serviable passait pour un benêt aux yeux de tous, ce qui est souvent le drame de la gentillesse, et subissait les lazzis de ses semblables en silence. J'éprouvai de la sympathie pour ce contremaître, au point de lui octroyer responsabilités et subsides supplémentaires. Par cristallisation ou par nostalgie, je me pris d'emblée d'affection pour Spoutnik et sa bonhomie souriante.

Quant à Abigayle Raven, au-delà de la curiosité éveillée par son orientation sexuelle, j'appréciais son caractère trempé. Une qualité déterminante pour un homme tel que moi, rebuté par les esprits timorés. Mais, par-dessus tout, je goûtais l'évidente bienveillance dont elle faisait montre envers Barry. Attitude idéale pour atténuer la méfiance induite par la précédente enquête menée par mon ami, et la trahison de son collègue de l'époque, John Sanderson.

La soirée s'annonçait donc sous de bien meilleurs auspices que mes cauchemars – ou l'étrange blessure reçue la veille – ne me le laissaient craindre. Du moins avais-je la naïveté de le croire en regagnant la tablée des policiers.

Le capitaine Stanton m'offrit un verre de whisky dont je humai le bouquet à défaut de pouvoir l'ingurgiter. Je promenai le breuvage sous mes narines, à portée de mes lèvres, prêt à subir un feu nourri de questions. Le géant et la jeune femme me prêtèrent une attention distraite, engagés dans une conversation portant sur leur affaire dont je ne saisissais pas les détails à cause du bruit ambiant.

Au moment où Barry, un rien pâlot, s'accoudait face à moi, et alors que John Stanton allait me parler, la voix tonitruante de Tim Bauwen retentit dans l'établissement. Dans un état éthylique avancé, il se donnait en spectacle auprès d'une donzelle visiblement peu attirée par ses charmes. La tentative de séduction s'acheva sur une gifle décochée par ladite demoiselle, puis une altercation virile et ridicule entre l'alcoolisé Bauwen et l'énervé petit ami de sa cible. Interrompant sa discussion avec Abigayle Raven, Spoutnik s'interposa entre les belligérants et les maintint éloignés avec une aisance déconcertante. S'ensuivit une mêlée confuse ponctuée à égales proportions d'invectives – Tim Bauwen – et de paroles d'apaisement – John Stanton, épaulé par Abigayle Raven. Comme souvent dans les conflits de bar, les esprits se calmèrent aussi vite qu'ils s'étaient échauffés, et les groupes se reformèrent sans nouveaux heurts.

Je haïssais les tragi-comédies de ce genre, mais trouvais dans celle-ci une source de distraction salutaire.

— Votre camarade me semble déjà très fatigué. La sagesse ne commanderait-elle pas qu'il modère sa consommation ? murmurai-je à l'oreille de John Stanton alors que le sieur Bauwen entamait un nouveau voyage vers le comptoir comme si rien ne s'était produit.

— Tim ? Oh, ne vous laissez pas abuser par ses paupières mi-closes et son équilibre instable, il vient juste d'atteindre sa vitesse de croisière. Vous pensez qu'il va s'effondrer à tout moment, et au final il résiste des heures dans cet état. Ce type est indestructible. Je vais vous raconter une petite anecdote. Lui et moi sommes issus de la même promotion et, dans nos jeunes années, il m'a lancé un défi au cours d'une soirée bien arrosée. Le principe était le suivant : je pouvais l'affronter n'importe quand dans n'importe quelle épreuve sportive, et ce durant une année entière. Si je remportais la moindre victoire, il me devait une caisse de champagne, et pas du bas

de gamme, je vous l'assure. Croyez-le ou non, je n'ai jamais réussi à le battre. À rien. Jamais. Pourtant, je l'ai affronté après qu'il n'eut dormi que trois heures, voire pas du tout, et avec deux grammes d'alcool dans chaque poche. Indestructible, je vous l'ai dit.

— Je vous crois sans peine. J'ai moi-même connu en mon temps quelques très intéressants spécimens d'individus inoxydables. Pardonnez ma curiosité et mon ignorance, mais, puisque vous êtes de la même promotion, comment se fait-il que vous ne bénéficiiez pas du même grade ? Un problème de compétence, de sens politique ?

— Plutôt votre seconde hypothèse. Tim ne sait pas quand la fermer devant un supérieur ou un élu, et il ne le saura certainement jamais. Si je n'étais pas là pour couvrir ses frasques et ses dérapages, il pointerait au chômage depuis longtemps. Me permettez-vous à mon tour de vous poser une question, monsieur Vonlow ?

— Faites.

Arrivait enfin le moment crucial tant redouté par Barry, à en juger par son regard inquiet et ses discrets et spasmodiques clignements de paupières.

— Si je me fie à votre élocution, votre connaissance du whisky et votre apparence, vous êtes un homme plutôt raffiné. Alors, par quel sortilège vous retrouvez-vous affligé d'un policier roux attifé comme un adolescent attardé, dont il partage par ailleurs le quotient intellectuel ?

Un sourire narquois à son subordonné accompagna les propos du capitaine.

— Ça fait plaisir ! s'écria Barry en feignant l'indignation.

— Pas un sortilège, un maléfice, plaisantai-je, ajoutant avec délectation au trouble de mon ami.

Une vérité impensable passera toujours pour une boutade, aussi funestes soient ses fondements.

Je me fis plus grave et repris :

— Nous avons vécu un drame similaire. Nous nous épaulons mutuellement pour surmonter l'épreuve. Dois-je en dire plus ?

Sans se départir de son apparente bonne humeur, John Stanton hocha la tête et se plongea dans son verre. Le coup se voulait définitif, il le fut. Il existe une communauté de la souffrance à laquelle ne peuvent adhérer que ceux qui l'ont endurée. Le capitaine ne chercha pas à jouer les impétrants. Telle était ma parade, susciter le malaise pour repousser le spectre d'une curiosité excessive, voire dangereuse lorsqu'elle s'appliquait à ma personne. Cet homme empathique n'y reviendrait pas. Pour autant, je ne souhaitais pas le rabrouer, et je fourbissais mes armes pour alléger la discussion quand Tim Bauwen se distingua de nouveau.

Il se tenait à côté d'un piano – disons plutôt que l'instrument le soutenait – dont je n'avais pas remarqué la présence en ce lieu bondé, et réclamait maintenant l'attention de tous.

— On devrait rendre hommage au père et au fils assassinés hier, et pas à la manière des bouffeurs de panse farcie que sont ces lourdauds d'Écossais, hurla-t-il en saluant Barry de sa chope qui, beau joueur, fit de même, mais à celle de gens civilisés et raffinés, j'ai nommé nous autres, les Irlandais.

La proposition rencontra un écho favorable dans l'assistance.

— Qui pour m'accompagner au piano ?

Une réponse me fit l'effet d'un coup de poignard dans le dos.

— Il va nous jouer les faux timides, mais mon ami ici présent est un violoniste accompli et un non moins remarquable pianiste.

Barry acheva sa bravade sur un sourire de défi porteur d'un message évident : « À malin, malin et demi. Vous m'avez joué un tour, je vous en joue un en retour ! »

Et, comme il le pressentait certainement, je ne me dérobai pas.

— Votre perfidie ne restera pas impunie, mon cher, mais ne vous en déplaise, je relève le gant ! déclarai-je.

John Stanton s'accouda à la table tandis que Spoutnik demandait au barman de couper le son de la chaîne hi-fi.

Le volume des discussions baissa d'un cran à l'arrêt de la musique assourdissante.

Je franchis les quelques mètres me séparant du piano et m'assis sur le tabouret. Je me fendis ensuite de quelques assouplissements ostentatoires afin d'amuser la galerie, avec succès à en croire les rires des clients les plus proches, puis je fis courir mes doigts sur le clavier pour tester la justesse de l'instrument. La pureté des premiers accords et la dextérité avec laquelle je les frappai soulevèrent quelques sifflets admiratifs, mais encore moqueurs.

— Pour avoir longtemps côtoyé vos compatriotes, monsieur Bauwen, je connais vos rites funèbres plus festifs que tragiques. Mais il est un chant qui me vient à l'esprit. Ce n'est certes pas le plus gai, pourtant je l'estime approprié à l'occasion, et je ne doute pas que vous en identifierez aisément les premières notes.

Je reculai vers Barry qui m'avait rejoint et se tenait derrière moi et murmurai : « Quand bien même ce chant aurait été composé un demi-siècle après ma mort... »

— Tessiture ? demandai-je à Bauwen.

— Baryton.

La musique monta alors, douce et mélancolique.

Tim Bauwen, ainsi que l'assistance, reconnut immédiatement l'air choisi et, sans se concerter avec son accompagnateur improvisé, entonna le premier couplet du classique Oh Danny Boy. *Adoptant sa voix la plus profonde, le policier chanta avec une émotion que nul n'aurait anticipée chez un être aussi bourru. Plus encore, la pureté de son timbre surprit son monde, à commencer par Abigayle Raven, qui regardait son bouillonnant collègue comme si elle était témoin d'un phénomène surnaturel. Spoutnik, fidèle à lui-même, demeurait impassible en apparence, mais se balançait d'un pied sur l'autre au rythme de la chanson.*

Passé le refrain, Barry prit le relais mais, ne bénéficiant pas d'un organe similaire à celui de son aîné, se retrouva bien vite secondé par l'ensemble de l'auditoire. Le chœur s'éleva avec une ferveur qui ne se démentit pas jusqu'à la dernière note, puis mourut dans un silence de cathédrale.

Tim Bauwen porta alors un toast à la mémoire du « Fossoyeur » et de George-Cassius, repris partout dans le pub.

De tels moments de communion, esquivés de mon vivant, tant frayer avec mes congénères me semblait dispensable, car peu favorable à la bonne marche des affaires et peu convenable à un homme de rang, me comblèrent d'aise.

L'instant parut propice à ma douleur pour se rappeler à moi. Un élancement insoutenable remonta le long de mon bras et m'enserra l'épaule. Je serrai les mâchoires, réprimant un râle pour ne pas attirer l'attention.

Je me tournai alors vers Barry et voulus me relever.

Mais, sitôt sur mes pieds, mes forces m'abandonnèrent, et les ténèbres m'enveloppèrent.

CHAPITRE 26

Wall Street, Manhattan, au même instant

Une foule dense emplissait les rues du sud de Manhattan à la faveur d'un début d'hiver d'une douceur inhabituelle. Touristes et autochtones mêlés battaient le pavé à un train de sénateur, la tête tournée vers les illuminations au sommet des gratte-ciel du quartier d'affaires ou les yeux rivés aux vitrines chatoyantes des magasins parés des décorations annonciatrices des fêtes de fin d'année. Entre les sacs remplis des achats de la soirée, les gobelets de café, les bretzels ou les appareils photographiques, rares étaient les passants aux mains vides.

Barry remontait le courant humain à contresens avec comme seule idée de ne pas se laisser distancer. Le souffle court, il se contorsionnait afin d'éviter les promeneurs entravant sa route. À trois mètres de lui, Werner ne s'embarrassait pas de ce genre de considération et percutait tous ceux qui croisaient sa route. Mutique depuis son départ précipité du pub, il progressait à marche forcée, les prunelles inexpressives, indifférent aux multiples appels de Barry comme aux protestations des personnes qu'il bousculait.

Le policier ne comprenait ni comment ni pourquoi, mais un changement s'était opéré chez son ami immédiatement après la fin de la chanson entonnée à la mémoire de Deshawn et de GC. Werner avait joué une dernière note avant de se tourner vers Barry, un franc sourire accroché aux lèvres. Ils avaient échangé un regard complice et bienveillant, puis, dans un souffle, un voile noir s'était insinué entre eux. Quand il fut dissipé, un masque mortuaire s'empara des traits du vampire, ses rides se creusèrent, son teint se ternit, et la flamme de ses yeux s'éteignit.

Le lieutenant le perçut au tréfonds de son être : Werner, tel qu'il le connaissait, s'était volatilisé.

Et depuis cinq minutes, Barry pourchassait l'ombre de son ami sans jamais réussir à la rattraper. Il arrivait parfois à son niveau, mais, dans un battement de cils, se retrouvait plusieurs mètres en retrait.

La traque se poursuivit jusqu'aux abords de Trinity Church, à l'intersection de Wall Street et de Broadway. La haute flèche néogothique de l'église dominait la rue et semblait indifférente aux gratte-ciel qui la cernaient de toute part.

Werner longea les grilles séparant le trottoir du dernier cimetière encore utilisé à Manhattan. Là, il bouscula un couple de touristes sexagénaires occupés à admirer la façade du majestueux édifice. La femme tomba lourdement en avant et lâcha un cri étouffé au moment où la main qu'elle tendait par réflexe pour amortir sa chute percuta le sol. Un bruit sec d'os brisés accompagna l'impact. L'homme vacilla, mais conserva ses appuis. Il s'accroupit pour relever ce que Barry, toujours à bonne distance, supposa être son épouse. Celle-ci sanglotait et maintenait le poignet meurtri collé à son torse.

Werner s'arrêta. Il considéra le couple, tête penchée, avec dégoût et dédain.

Décidé à rappeler le savoir-vivre au grossier personnage, l'homme l'apostropha avant de le saisir par la manche de son manteau. Pour la première fois depuis son départ du pub, le vampire parut prendre conscience de son environnement. Il observa les doigts cramponnés à son avant-bras d'un air interrogateur. Avec la vitesse d'un cobra prêt à délivrer sa morsure, sa main plongea vers le cou du mari qui ploya sous la puissance de la poigne implacable. Sans relâcher sa prise, Werner fracassa d'un coup de pied la grille du cimetière, puis y emporta sa proie, à l'écart de la foule, sous les hurlements de la femme.

Poussé par l'urgence, Barry ne chercha plus à esquiver les passants. Il fonça, jouant des coudes et des épaules, convaincu du drame qui se profilait. Il rejoignit le passage ouvert par Werner quelques instants plus tôt et s'y engouffra en ignorant la peur qui lui nouait les entrailles. Le policier eut l'impression qu'une force invisible aspirait les lumières de la ville, voilant l'arrière de l'église d'une pénombre surnaturelle. Il manqua s'affaler quand, progressant à tâtons, son pied heurta une stèle funéraire.

Soudain, un éclat carmin brilla dans les ténèbres. D'abord ténu, il gagna en intensité jusqu'à se muer en un large halo rouge vif au milieu duquel se dressait Werner, dos à Barry. Il soulevait d'un bras l'homme dont les pieds battaient dans le vide. Le lieutenant plissa les yeux pour mieux distinguer la scène et, machinalement, dégaina son pistolet avant de le pointer vers l'improbable duo. S'il savait l'arme inefficace contre celui qu'il ne considérait plus en cet instant que comme un mort vivant, Barry n'envisageait pas d'assister les bras croisés à un massacre. Et ce, autant pour sauver la vie d'un innocent que pour empêcher le vampire de sombrer dans une sauvagerie gratuite à laquelle leur amitié ne survivrait pas.

Pas plus que moi, s'il ne retrouve ses esprits, pensa le lieutenant en raffermissant ses doigts autour de la crosse de son arme.

— C'est moi, Barry ! Posez cet homme, osa-t-il avec le peu de fermeté dont il se sentait capable.

Werner lâcha sa proie, laquelle tomba à genoux et enserra sa gorge meurtrie, puis se retourna vers le policier. Celui-ci abaissa son pistolet en signe d'apaisement.

On va peut-être éviter le drame, se dit-il en identifiant l'origine de la lumière rouge qui nimbait les trois hommes.

Klaue, la chevalière portée par Werner à l'index de sa main gauche, brillait de mille feux écarlates qui pulsaient à la manière d'un battement de cœur. Mais l'attention de Barry ne s'attarda pas longtemps sur la bague familiale frappée d'une serre de rapace.

Werner fixait désormais le policier.

Oubliée, la complicité des dernières semaines ; évanouie, la bienveillante amitié. Le rictus qui tordait les lèvres du vampire exhalait la perversité, le mal dans son état le plus brut. La parodie de sourire s'accentua, puis, tout à coup, l'enveloppe charnelle de Werner se mua en une brume opaque et dense à la forme humanoïde qui recouvrit le sexagénaire toujours agenouillé à la recherche d'un second souffle.

Un pressentiment macabre s'empara de Barry, trop tôt confirmé. Le brouillard s'insinua par les narines, les oreilles et la bouche du malheureux qui suffoqua derechef et se redressa, mû par la volonté d'un marionnettiste sans pitié.

Des boursouflures coururent le long de ses mains, de son cou, remontèrent sur son visage dont la peau se déforma, comme traversée par des vers de terre. Les gémissements étouffés qui s'échappèrent de sa gorge trahissaient une douleur inconcevable. Les veines de son front saillirent, prêtes à exploser. Les vaisseaux sanguins de son œil gauche éclatèrent. Poussé par une force invisible, le globe oculaire menaça de quitter son orbite.

Barry lâcha son pistolet, inutile, et, les bras ballants, attendit la mort de l'innocent.

Une mort qui précéderait la sienne et dont il se sentait responsable pour avoir ignoré la véritable nature de Werner.

Pour avoir cru en l'incroyable.

CHAPITRE 27

L'homme flottait dans les airs, écartelé, le torse bombé, ses bras en croix étirés vers l'arrière.

Incapable du moindre mouvement, Barry ressentait dans sa chair les supplices infligés par Werner au malheureux. Lui aussi suffoquait. Lui aussi souffrait, muscles tendus au bord de la rupture, le cœur déchiré par son impuissance à circonscrire un mal qu'il avait encouragé à quitter sa tanière.

La bouche ouverte à s'en décrocher la mâchoire, la victime poussait un cri muet. Soudain, un pleur proche de la complainte, semblable aux vagissements d'un nouveau-né, jaillit de la gorge comprimée. Un retour à la vie inespéré, accompagné par l'expulsion de la brume intrusive qui se déversa en cascade hors de son hôte.

Werner se matérialisa à proximité du sexagénaire, retombé lourdement sur le gazon du cimetière. La chevalière du vampire scintilla une dernière fois avant de retrouver la teinte noire de l'onyx. L'obscurité se dissipa aussitôt, libérant les lumières de la ville qui inondèrent le jardin de leurs couleurs chaleureuses.

Délivré de son apathie, le policier ramassa son pistolet et se précipita vers l'inconnu. Il s'accroupit à ses côtés puis pressa délicatement deux doigts sur sa carotide. Il releva la tête en expirant profondément lorsqu'il perçut le pouls, doux et régulier.

Vivant, constata-t-il avec soulagement.

Il sortit son téléphone portable et, tout en composant le 911 pour appeler les secours, se tourna vers Werner, dont il avait, l'espace d'un instant, oublié la présence. Un opérateur prit l'appel. Barry déclina grade, identité et matricule sans quitter des yeux le vampire, vers lequel il pointa machinalement son arme.

— Ambulance demandée d'urgence au cimetière de Trinity Church, à l'angle de Wall Street et Broadway suite à une agression. La victime est âgée d'une soixantaine d'années. Respiration et pouls stables, dit-il en approchant de Werner d'un pas méfiant.

Paupières closes et mâchoires contractées, celui-ci était agenouillé et poussait sur ses mains tremblantes afin de se redresser, sans y parvenir. Ses gestes imprécis et mal assurés lui donnaient l'aspect d'un vieillard. Une faiblesse qui contrastait avec l'aplomb habituel du personnage et, plus encore, avec la puissance dont il avait fait démonstration quelques minutes auparavant. Il leva péniblement la tête vers Barry et ouvrit les yeux dans lesquels le policier retrouva la flamme qui s'était éteinte juste avant leur départ du pub. Mais cette flamme n'exprimait plus la vigueur ni l'assurance caractéristiques de Werner. Au contraire, elle vacillait, chancelait, à l'instar de son hôte.

Le pistolet regagna son holster. Barry offrit son épaule en soutien à son ami, de nouveau maître de lui-même.

— Laissez-moi vous aider, lui souffla-t-il.

— Où sommes-nous ? Que s'est-il passé ? Et qui est-ce ? demanda Werner en désignant sa victime inconsciente.

Des sirènes hurlèrent au loin et se rapprochèrent à vive allure.

— Trop de questions pour le moment. Nous allons prendre les problèmes dans l'ordre. Pour l'instant, restez dissimulé dans l'ombre de l'église, le temps que je gère l'arrivée des secours.

Le policier servit de béquille au vampire dont les appuis étaient encore incertains jusqu'à l'angle formé par le bras du transept et le déambulatoire. Ce dernier s'étaya à l'édifice, paumes sur les cuisses.

— Ça va aller ? s'enquit Barry.

Werner acquiesça d'un discret hochement de tête peu convaincant. Au moins ne semblait-il plus représenter de menace immédiate, ce qui, vu l'affluence autour du cimetière, rassura le jeune homme.

L'ambulance rouge et blanc dépêchée par le nypd se gara aux abords de l'église. Plaque en main, Barry se rendit à la rencontre du médecin et de l'infirmier sortis en trombe de la porte latérale du véhicule et les guida auprès du blessé. Pendant qu'ils procédaient à un premier examen physique, leur chauffeur prenait en charge la femme renversée un peu plus tôt. Les verdicts tombèrent presque simultanément. Fracture simple du poignet pour l'épouse, multiples élongations pour le mari, qui reprit connaissance alors qu'on l'étendait sur une civière. Les deux en seraient quittes pour une batterie de tests complémentaires, une grosse frayeur et un traumatisme somme toute léger comparé au sort qui aurait pu, qui aurait dû, être le leur.

Un bilan miraculeux, soupira intérieurement Barry en signant les documents que lui soumettaient le chef de l'équipe d'intervention et le policier qui l'accompagnait.

— Je dépêcherai un agent pour enregistrer leur déposition demain matin, annonça-t-il distraitement à ce dernier en jetant un œil en coin à Werner dont il distingua la silhouette parmi les ombres où il s'était réfugié.

L'ambulance repartit comme elle était venue, en trombe, et se faufila dans la circulation encore dense à cette heure tardive.

Problème numéro un, réglé, se félicita Barry en suivant le véhicule du regard. Les passants se dispersèrent, et bientôt la grille arrachée témoigna seule de la folie qui s'était abattue sur ce lieu d'ordinaire paisible.

En route pour le problème numéro deux.

Le policier puisait dans cette hiérarchisation des tâches une force et un courage qui, il le sentait, pouvaient lui faire défaut à tout moment.

Werner sortit de sa cachette.

— C'est moi, n'est-ce pas ? demanda-t-il, sa superbe recouvrée. Suis-je coupable des blessures infligées à ces gens ?

— Vous ne vous rappelez vraiment pas ? s'étonna Barry en s'appuyant à son tour contre le mur de l'église, les mains dans les poches de son pantalon.

— Je me souviens de vous avoir cherché du regard une fois la chanson terminée. Ensuite, plus rien, le néant, jusqu'à ce que je me retrouve accroupi sur cette pelouse.

Barry sonda les yeux de Werner à la recherche de certitudes assez fortes pour lui accorder de nouveau sa confiance. Une seule s'imposa au policier. Si le vampire avait souhaité massacrer tous ceux qui se trouvaient à proximité de l'église, nul ne l'en aurait empêché. Barry le savait pour en avoir été témoin, Werner pouvait se montrer brutal, impitoyable même, mais jamais sans raison, du moins jusqu'à ce jour. Donc, soit il feignait l'amnésie, et rien ne le justifiait, soit il disait vrai, ce qui, au final, n'était guère réconfortant.

— Parole de gentleman, Barry, celle d'un ami sincère. C'est tout ce que j'ai à vous offrir, décréta Werner comme s'il percevait les doutes du lieutenant. De grâce, éclairez ma lanterne…

Mû par une curiosité naturelle et le désir de tirer l'affaire au clair, le policier répondit favorablement à la requête et narra par le menu le déroulé des événements.

— Votre récit a de quoi faire frémir, jugea Werner une fois le rapport terminé.

— Je vous assure que c'était encore plus choquant le jour où j'ai découvert ce que vous étiez en réalité, affirma Barry[1].

— Les circonstances étaient différentes. Tout d'abord, votre vie était en danger, ou du moins le pensais-je. Et cela, je ne le tolère pas. Ensuite, j'étais parfaitement conscient de mes actes, au contraire de ce soir.

Ce disant, il détailla la chevalière à son doigt.

— Vous dites que Klaue n'a cessé d'émettre un halo lumineux rouge sang durant ce malheureux épisode ?

— Oui, elle scintillait par intermittence, comme au rythme d'un battement cardiaque. Vous avez déjà assisté à ce phénomène ?

1. Voir *Les Vestiges de l'aube*.

— Non.

— Peut-être serait-il plus prudent de l'enlever, suggéra Barry. Au cas où…

— Je ne peux pas, admit Werner. Je ne peux plus depuis que je suis devenu… ce que je suis. En me la remettant lors de mon cinquième anniversaire, Père m'avait ordonné de ne jamais l'ôter. Je ne la quittais guère que le temps de ma toilette et à de rares occasions afin d'en adapter l'anneau au cours de ma croissance. Et, même en ces circonstances, il me fallait rester avec le joaillier. Aujourd'hui, depuis mon assassinat, elle fait partie intégrante de mon être.

— J'ai une question qui va vous paraître dingue, mais je m'en voudrais de ne pas vous la poser.

— Faites. Après ce qui s'est produit, je doute d'y voir une quelconque folie.

— Connaissez-vous à Klaue des vertus surnaturelles ? Je n'arrive pas à croire que je puisse demander un truc pareil…

Le sourire de Werner marquait son adhésion au commentaire et eut le mérite de détendre les deux hommes.

— Si vous pensez que je faisais cas du surnaturel avant d'y être moi-même confronté… ajouta-t-il, son ironie retrouvée. Bref, pour répondre à votre interrogation : non, pas à ma connaissance. Klaue m'accompagne depuis bientôt deux siècles et n'a jamais fait montre du moindre pouvoir. Cela dit, votre question en soulève de nombreuses autres, car si elle se révèle magique…

— … comment votre père est-il entré en sa possession, et pourquoi vous l'a-t-il remise avec les exigences qu'il a formulées ?

— Ce sont précisément mes interrogations.

— Nous devons comprendre ce qu'il vous est arrivé, depuis la réaction de votre chevalière jusqu'à votre perte de conscience.

— Je vous rejoins, mon cher, à un détail près.

— Lequel ?

— Je n'étais pas inconscient quand ces gens ont été attaqués. J'étais mort.

CHAPITRE 28

Je tentai de décrire à Barry cette douce renonciation qu'est la mort. Comment elle annihile les tourments, oblitère les craintes et les désirs qui aliènent les vivants. Durant mon absence, je m'étais abandonné à l'oubli absolu. Libérée de mon corps, mon âme reposait en paix. Réintégrer mon enveloppe charnelle fut d'autant plus brutal et douloureux. Il ne s'agissait en rien d'une souffrance physique, mais bien d'une souffrance psychique, comme si toutes mes angoisses, toutes mes frustrations, tous mes chagrins s'étaient ligués pour envahir mon esprit et le mettre au supplice. Les plaies d'une existence rouvertes en un clin d'œil, additionnées à l'effroi suscité par la perte de tout empire sur moi-même.

Aussi succinctes et confuses furent-elles, mes explications trouvèrent écho chez mon jeune ami. Nous savons tous deux le fardeau de la peine. Il ne pouvait qu'imaginer le soulagement d'en être délivré.

Je lui mentis en soutenant m'être repris et cachai ma fragilité derrière l'assurance de façade développée tout au long de ma vie d'homme. À l'héritier d'un groupe industriel, sous-officier de West Point, puis entrepreneur zélé au royaume du capitalisme, le doute, la peur et même la pondération étaient proscrits. Toutes ces choses qui participent de l'alliage précaire qu'est l'intelligence étaient perçues de mon temps comme des signes de faiblesse qui auraient immanquablement attiré les prédateurs. Aussi excellais-je, par obligation, dans l'art de masquer mes sentiments. Un chef chancelant est un chef en lequel personne ne croira, que nul ne suivra et qui mourra seul sur le champ de bataille.

Et en cet instant, ce cimetière noyé dans l'ombre protectrice de la maison de Dieu, confrontés à un mystère dont nous ne maîtrisions pas les causes, mais mesurions les possibles conséquences, ni Barry ni moi ne devions vaciller. Quand bien même notre courage ne serait qu'une posture.

Devant notre incapacité à démêler cet écheveau d'énigmes, nous décidâmes d'un commun accord de regagner le pub afin d'y retrouver ses collègues. Il désirait rétablir un semblant de normalité et sauver les apparences au cas où je serais amené à les revoir ultérieurement. Nous envisagerions plus tard un plan d'action, ardu à concevoir tant nous évoluions dans un flou total.

La faute m'en incombait pleinement.

Par peur de ma condition de mort vivant, je n'avais jamais entamé quelconque démarche pour mieux la comprendre et m'étais drapé dans la certitude, illusoire, que rien ne changerait, jamais. Je me pensais puissant, éternel, sans doute unique, et m'accommodais finalement fort bien de cette politique de l'autruche qui ne m'agréait guère de mon vivant. Mais voilà, une même loi inexorable s'appliquait aux mortels et à moi, une loi parfois bénéfique, souvent cruelle. Une règle enseignée au fil de nos vies, depuis le couple qui s'était promis monts et merveilles mais se sépare dans l'indifférence, jusqu'à l'employé licencié alors qu'il imaginait sa route professionnelle linéaire ; de l'innocence perdue aux chemins de la rédemption, de notre éclosion à notre putréfaction. Rien n'est permanent, tout n'est que transitoire.

Ni Barry ni moi ne pouvions désormais le nier, d'autres pouvoirs existaient, supérieurs aux miens, qui mettaient en danger le fragile édifice de notre relation érigé ces derniers mois et dont je ne pouvais imaginer l'effondrement. Je me souciai comme d'une guigne du supplice infligé à l'homme traîné dans ce cimetière. Je n'en portais pas la responsabilité. Tout juste déplorais-je que la force qui s'était emparée de mon corps ne se fût pas nourrie de son sang. Un surplus d'énergie pourrait se révéler utile dans les heures ou les jours à venir.

Maintenant, je devais une nouvelle fois éprouver notre amitié en lui avouant l'entorse faite à notre accord, la nuit précédente, lorsque je l'avais suivi avec Abigayle Raven. La blessure infligée par l'épée de l'homme tué dans le couloir du service médico-légal avait peut-être un lien avec ma perte de conscience. Il m'apparaissait désormais indispensable de partager les informations dont je disposais, quand bien même elles m'obligeraient à dévoiler mon intervention auprès de Lana Carvey.

Intervention dont je doutais que le policier la trouvât à son goût. Aussi décidai-je de passer aux aveux, comptant, je le confesse à ma grande honte, sur la foule et l'urgence pour atténuer son courroux...

CHAPITRE 29

Barry s'immobilisa devant la vitrine d'un magasin d'électroménager rempli d'écrans plats de télévision qui projetaient sur les piétons empruntant cette portion du trottoir des couleurs criardes et saturées.

— Vous avez quoi ? explosa le policier saisi par une colère exacerbée par l'angoisse qui le rongeait depuis que lui et Werner avaient quitté le cimetière.

Le hurlement attira sur lui les regards effrayés de trois adolescentes surprises par l'éclat de voix soudain.

Il calma leur inquiétude par un sourire crispé, puis réitéra sa question, un ton en dessous, en se tournant vers Werner qui l'observait, impassible, les mains dans les poches de son manteau. D'un hochement du menton, il invita Barry à s'écarter de la foule. Les deux hommes s'approchèrent de la devanture.

— Je disais que je vous avais suivi hier soir, après votre départ de mon nouvel appartement. Je vous rassure, je me suis astreint à un usage limité de mes capacités. Pour ne pas réveiller ma soif de sang, vous comprenez.

— Oh, je comprends, ça ne me rassure pas, mais je comprends. Au fait, dites-moi, en passant,

Werner, dans le mot « promesse », quelle syllabe vous échappe, au juste ?

— Amusante plaisanterie, cependant…

— … cependant rien du tout, s'insurgea Barry. Comment voulez-vous que je vous fasse confiance si vous n'en faites qu'à votre tête ?

— J'admets des entorses à notre contrat moral, mais en ce qui me concerne, votre sécurité prime toute autre considération.

— Je ne me souviens pas d'avoir couru un risque quelconque hier, ironisa le policier.

— Vous, non. Votre amie, Lana Carvey, oui. Pour ma défense, très cher, sachez que, sans ma désobéissance, elle serait certainement morte à l'heure qu'il est.

— Qu'est-ce que vous me chantez ?

Barry réfléchit un court instant en massant sa nuque puis écarquilla les yeux.

— C'est pas vrai, soupira-t-il. Le mur du couloir défoncé, c'était vous ?

— Oui, enfin… indirectement, je ne l'ai pas endommagé moi-même, j'y ai encastré un misérable.

— Un misérable ? Expliquez-moi tout depuis le début, parce que là je n'y comprends rien.

— Peu après que Mlle Raven et vous-même avez quitté le service médico-légal, j'ai remarqué deux individus à l'allure patibulaire qui pénétraient dans les locaux. Dans la mesure où je pressentais un danger, il me sembla judicieux de les surveiller. Grand bien m'en a pris, car, lorsque je suis entré dans le couloir, les hommes pointaient des pistolets sur le docteur Carvey, et il s'en est fallu d'un rien que je ne pusse arrêter les balles qui lui étaient destinées.

— Ils ont tenté de tuer Lana ? s'écria Barry.

— Indubitablement, et, de fait, j'en ai conçu de l'humeur.

— J'imagine la suite, souffla-t-il, désabusé.

— Permettez-moi d'en douter, car il s'est produit quelque chose… d'inattendu.

— C'est-à-dire ?

— Afin de ne pas leur laisser l'opportunité de s'attaquer de nouveau à votre amie, j'ai opté pour une approche immédiate et coercitive. Un des agresseurs s'est retrouvé à ma merci, plaqué au mur. Ma victime a fait montre d'une force peu commune. De plus, elle a dégainé une épée courte avec laquelle elle m'a blessé à l'avant-bras.

— Une épée courte, vous dites ?

— Oui, je partage votre étonnement, ce n'est pas une arme répandue de vos jours.

— Ce n'est pas ça la question, j'y reviendrai plus tard. Poursuivez, s'il vous plaît.

— La lame a pénétré ma chair, ne causant ni plaie ni saignement, mais une brûlure intense en plus d'un réel choc psychologique. J'ai donc décidé de tuer l'homme en me nourrissant de lui. Et là, il est tombé en poussière. Dans l'intervalle, son acolyte a pris la fuite. Ensuite, j'ai ôté tout souvenir de ces événements de la mémoire du docteur Carvey, puis je suis rentré à mon appartement. Vous connaissez l'histoire.

— Je comprends mieux pourquoi Lana a déclaré aux enquêteurs ne rien avoir entendu… Ça n'explique pas tout, mais une part du mystère se lève.

— Que voulez-vous dire par « Ça n'explique pas tout » ?

— Je l'ai vue ce matin, et son comportement était pour le moins inhabituel.

— Mais encore ?

— Elle était complètement désinhibée. Elle m'a embrassé à pleine bouche à la brigade.

— Ah…

— Quoi, « Ah » ? demanda Barry, les épaules affaissées, comme harassé par les révélations en cascade de son versatile ami.

— Il se pourrait que… Effacer un pan de mémoire est un exercice complexe, d'une extrême précision. Il faut éliminer certains souvenirs sans en dégrader d'autres. Je craignais d'altérer les sentiments que cette jeune femme nourrit pour vous, alors il est possible qu'en souhaitant m'assurer qu'elle ne les oublie pas, je les aie quelque peu exacerbés, d'où une attitude, disons, plus hardie à votre égard.

Barry leva les yeux au ciel, écarta les bras et laissa fuser un rire dépité.

— Je déplore sincèrement le recours à l'hypnose, reprit Werner, mais il me semblait mal avisé d'infliger à cette demoiselle une vérité dérangeante alors qu'elle était déjà choquée.

Il conclut ses excuses en dévisageant Barry, craignant un nouvel accès de colère. Celui-ci se massa le front puis les paupières avant de réagir.

— Le drame, avec vous, c'est que vous espérez toujours bien faire, plaisanta le policier. Vous voyez, si vous étiez un homme normal, là je vous en collerais une, sans méchanceté, hein, juste pour le principe. Mais j'imagine que je vous dois plutôt des remerciements pour avoir sauvé la vie de Lana.

— Je pouvais intervenir, et je l'ai fait, cela n'appelle aucun remerciement. Quant à l'envie de me frapper, par principe comme vous dites, je la comprends, mais vous enjoins à la tempérance. Vous vous feriez plus de mal qu'à moi.

— Évidemment… sourit Barry en sortant un carnet à spirale et un stylo à bille de la poche de son blouson de cuir. Vous pourriez me décrire les individus que vous avez affrontés ?

— Le lieutenant Donovan n'est jamais bien loin, n'est-ce pas ?

— Jamais.

— Qu'ajouter ? Ils étaient caucasiens, cheveux ras, constitution solide, très musclés. Ils portaient de longs cache-poussière. À leur démarche, je suppose que c'étaient des militaires.

— Qu'est-ce qui vous fait penser ça ?

— Deux années à West Point et une vie consacrée à commercer avec l'armée, je sais reconnaître un soldat quand j'en croise un.

— Autre chose ?

— Mis à part leur force physique déjà mentionnée et l'épée courte, je ne crois pas. Ah si, ils avaient tous deux un teint très pâle, une lividité presque cadavérique. Cela m'a interpellé sur l'instant.

— Je vois, commenta Barry en frappant son bloc-notes de son stylo. Et pour l'épée ? Vous n'auriez rien remarqué, comme des inscriptions sur la lame ?

— Comment le savez-vous ? s'étonna Werner alors que Barry tournait avec frénésie les pages de son carnet. Et pourquoi ai-je la sensation que vous m'interrogez comme si j'étais témoin dans l'une de vos investigations ?

— Je vous rassure, ce n'est pas une sensation, répondit Barry, énigmatique. J'ai tout, ou presque tout. Je vois des pièces, je ne discerne pas encore l'image du puzzle terminé, mais je sens que j'ai tout sous les yeux.

— Permettez-moi de vous demander à mon tour des éclaircissements, car tout ceci me paraît fort nébuleux.

— Ce n'est pas très clair, mais… il se pourrait qu'il y ait un lien entre ce qui s'est produit hier soir et l'affaire Jimmy Lean sur laquelle j'enquête actuellement. En fait non, je suis certain qu'il existe un lien. Je vous explique. Le concierge de Jimmy Lean nous a dit avoir vu trois hommes se rendre à son appartement, et deux d'entre eux correspondent à la description des agresseurs de Lana. Nous avons aussi deux témoins qui affirment avoir observé le trio entrant dans l'immeuble des défunts peu de temps après que Lean a appelé les flics. De plus, nous avons récupéré l'arme qui a servi à couper la main de Deshawn Willard et à les tuer, lui et son fils. Une arme inhabituelle, puisque c'est une épée courte dont la lame est ornée d'inscriptions latines. Et, pour couronner le tout, cette arme se trouvait au médico-légal pour analyses au moment où Lana a été attaquée. Ces hommes venaient probablement récupérer la fameuse épée…

— Cela fait beaucoup de coïncidences, j'en conviens. J'admire votre esprit de déduction. Voilà un talent dont je ne dispose pas.

— Ça ne vient pas tout seul, ça se travaille, répondit Barry, laconique, tout en continuant de réfléchir. Vous avez dit que l'homme que vous avez mordu est tombé en poussière. Vous avez déjà observé un tel phénomène ?

— Absolument jamais. À ce propos, quand j'ai commencé à boire, ce n'est pas du sang qui a empli ma bouche, mais de la cendre. Cet élément ajouté à la blessure qu'il m'a infligée m'incite à penser que cet individu était, comme moi, d'essence surnaturelle.

— On dirait bien. Hélas, c'est là que l'ensemble m'échappe. Sauf à imaginer… non, là, je n'ai pas d'accroche…

— Développez votre hypothèse si vous en avez une. Au pire, ce sera une absurdité, au mieux, une piste à suivre.

— Vous avez raison, je me lance. Mis à part votre perte de conscience, quelle différence existe-t-il entre vous aujourd'hui et vous hier ?

Werner pinça les lèvres puis hocha la tête tout en ôtant les mains de ses poches. Il massa de sa paume la manche couvrant son avant-bras douloureux.

— Voilà la seule différence. Une blessure invisible. Vous soupçonnez un lien avec mon absence ou la réaction de Klaue ?

— Je suis policier, pas magicien, Werner. Nous évoluons dans un domaine qui me dépasse et dont vous dites vous-même ne rien connaître. Je ne suis certain que de deux choses. Il n'est pas question que je vous perde de vue désormais, même si j'ignore comment agir si un incident comme celui de ce soir devait se reproduire. Ensuite, au cas où toute cette histoire aurait un rapport avec le paranormal ou des forces occultes, je ne laisserai pas mes collègues s'en charger.

— Si je suis votre raisonnement, nous ne nous quittons plus d'une semelle, et nous tentons de faire progresser cette enquête ensemble ?

— Vous avez tout compris, et je sais par où commencer. Lean a acheté des livres dans une boutique spécialisée en ésotérisme. Ce garçon était plus enclin à feuilleter des magazines pornographiques qu'à se plonger dans des écrits complexes. Là encore, ce ne peut pas être un hasard. Peut-être y trouverons-nous des ouvrages susceptibles de nous guider.

— Voilà une perspective qui serait plus que plaisante si je ne vous imposais pas la responsabilité d'une grenade dont on aurait ôté la goupille…

— Werner, une grenade dégoupillée, c'est ce que vous êtes au quotidien. Depuis ce soir, vous êtes une bombe à retardement, et elle risque d'exploser à tout moment…

CHAPITRE 30

Le cœur au bord des lèvres, Abigayle Raven détourna les yeux de la scène d'épouvante dont Tim Bauwen interprétait le rôle principal. Agenouillé sur le trottoir bordant le pub, la tête dans une poubelle métallique, le turbulent Irlandais vomissait tripes et boyaux depuis cinq minutes. Aux ravages de l'alcool s'ajoutait l'alimentation trop riche d'un sexagénaire peu soucieux de sa ligne et encore moins de sa santé. La brise du soir charriait les effluves mêlés de viande faisandée et de poisson frit. Même John Stanton, pourtant habitué aux différents stades éthyliques de son vieux complice, ne cachait pas son dégoût, au point de battre en retraite aux côtés de l'enquêtrice.

Seul Spoutnik supportait l'épreuve infligée par le vétéran. D'une main, il maintenait celui-ci par le col de sa veste, et de l'autre inclinait le récipient dans lequel Bauwen déversait consciencieusement le contenu d'un estomac malmené.

— Je me demande comment Jim arrive à supporter une puanteur pareille, commenta Abigayle.

— Les gaz lourds, affirma Stanton avec le plus grand sérieux, ils restent au niveau du sol et ne s'élèvent pas assez dans l'air pour indisposer un géant comme Steranko.

— Ah bon ? Je ne savais pas, s'étonna la jeune femme.

— Je raconte n'importe quoi, précisa le capitaine avec un sourire satisfait. Allez, dès la fin de la vidange, j'attrape un taxi et je ramène ma ruine à son appartement.

— Bonne idée, pendant ce temps-là, vous ne vous paierez pas ma tête. Ah, Barry et son ami sont de retour, constata-t-elle en avisant les deux hommes de l'autre côté de la rue.

Leur départ inopiné avait laissé les policiers perplexes. Werner s'était éclipsé sans un mot ni même un regard, comme s'il poursuivait un objectif connu de lui seul. Un comportement cavalier, inattendu de la part d'une personne aussi courtoise en apparence, mais auquel ils n'attachèrent qu'une importance relative et ce d'autant plus qu'une nouvelle se répandait simultanément parmi les représentants de la maison présents dans le pub.

Révélée par les chaînes d'informations, l'attaque d'un convoi pénitentiaire dans l'État de New York monopolisait les esprits et alimentait désormais toutes les conversations. Outre la disparition de détenus jugés d'une extrême dangerosité, l'opération se soldait par le massacre de l'escorte du FBI responsable de la sécurité. Les premiers échos évoquaient une scène de guerre d'une rare sauvagerie. On parlait même de l'utilisation de missiles !

L'abattement avait succédé à la stupéfaction. À l'opposé de la rivalité dépeinte par les films et les séries, agents du bureau et membres de la police travaillaient main dans la main et faisaient très régulièrement appel les uns aux autres.

Le patron du pub avait coupé la musique et allumé les téléviseurs devant lesquels s'étaient agglutinés les clients dans l'espoir d'en apprendre plus. Un concert de sonneries de téléphones avait battu le rappel des troupes, et de nombreux flics s'étaient précipités hors de l'établissement pour se joindre en urgence à l'enquête.

Stanton et ses ouailles n'étaient pas de ceux-là. Le capitaine se contenta de penser que, avec une telle nouvelle, les assassinats d'une ancienne gloire de la boxe et de son fils seraient relégués à la rubrique « faits divers ».

Moment choisi par Tim Bauwen pour entamer son grand show et forcer Raven, Steranko et Stanton à opérer un repli stratégique et sanitaire.

— Racé, ce Werner, reconnut le capitaine avec une pointe d'admiration dans la voix. Il possède un je-ne-sais-quoi de noble dans le port de tête. La classe. Bel homme, vous ne trouvez pas ?

— Oui, si on aime ce genre. Un peu trop guindé pour moi. À tout prendre, je jetterais plutôt mon dévolu sur le rouquin, plus décontracté, plus naturel. De toute façon, je préfère mes conquêtes avec une poitrine opulente, sourit Abigayle.

— Suis-je bête, soupira Stanton, j'ai tendance à oublier que vous êtes…

— Jusqu'au bout des ongles ! Vous par contre, j'ignorais que vous aviez un goût pour les hommes mûrs, s'amusa-t-elle à son tour en affectant une moue bravache.

L'inversion des rôles moqueur-moqué enchanta la quadragénaire sans déstabiliser son supérieur qu'elle savait amateur de ce type de joute.

— Reconnaître la beauté d'une sculpture ne signifie pas forcément qu'on veuille la barboter pour l'exposer chez soi, Raven. Eh bien, voici le grand retour de Thelma et Louise, lança-t-il aux deux arrivants.

Barry s'apprêtait à répondre, mais Werner eut la repartie plus prompte.

— Nous avons jugé avisé de nous rendre avant que vous ne lâchiez vos limiers à nos trousses, ou de précipiter notre voiture dans un ravin.

Stanton et Raven gloussèrent à la saillie qui laissa Donovan de marbre. Il s'approcha de Werner et murmura à son oreille.

— Content de voir que l'épisode de tout à l'heure ne vous affecte pas plus que cela, lui reprocha-t-il avec sévérité.

La riposte du vampire ne tarda pas.

— Aucun de nous deux ne maîtrise la situation pour l'instant. Autant faire bonne figure. L'inquiétude n'a jamais résolu aucun problème. Appliquons le principe fondateur des affaires, mon cher : ne jamais paniquer. Il nous faut agir avec lucidité et promptitude, aussi vous proposé-je de prendre congé au plus tôt pour ne pas exposer vos partenaires à un danger quelconque.

Barry ne se dérida pas, mais acquiesça en silence. Il abandonna son ami, apostrophé par Raven, et se dirigea vers Stanton placé à l'écart.

— Vous avez meilleure mine qu'au moment de votre départ, lança Abigayle à Werner.

— J'éprouve parfois un besoin pressant de prendre l'air. Je souffre de claustrophobie chronique, répondit Werner. J'aurais dû vous prévenir, donc je vous prie d'accepter mes plus sincères excuses, mademoiselle Raven.

— Arrêtez de me donner du « mademoiselle », cela me donne l'impression d'être une vieille fille. Abigayle suffira amplement.

Werner accueillit l'invitation d'une légère inclinaison de la tête puis désigna le tandem Bauwen-Steranko à quelques mètres d'eux.

— Il semblerait que je ne sois pas le seul à connaître des soucis de santé, s'amusa Werner.

— Ouais, soupira-t-elle, chez lui aussi, c'est chronique.

— Un Irlandais soûl vomissant ses entrailles dans une rue du sud de Manhattan. Voilà qui me rappelle bien des souvenirs.

— Lesquels ?

— Navré de me montrer cavalier derechef, mais nous en parlerons lors d'une prochaine rencontre. Dans l'immédiat, je crains que Barry et moi ne devions vous laisser, conclut-il en tapant un index sur son poignet pour signifier à son ami qu'il leur fallait partir.

Ce dernier leva la main pour demander un délai supplémentaire. Stanton finissait de lui relater les déboires du transport de prisonniers et des forces du FBI. Sitôt le récit achevé, le capitaine et le lieutenant, plus sombre et pensif encore qu'en arrivant, rejoignirent Abigayle et Werner.

— Ton ami m'a dit que vous deviez partir, lança-t-elle à Barry. Qu'est-ce qu'on fait pour Le Monde caché ? Tu préfères que j'y aille avec Spoutnik ?

— Si ça ne t'ennuie pas, je m'en charge après avoir déposé Werner à son domicile. Comme je n'y vais que pour suivre une vague intuition, il n'est pas utile que je te fasse perdre ta soirée.

— *No problemo*, j'en connais même une qui sera heureuse de me voir rentrer plus tôt que prévu, pour une fois. Bien, ce fut court et agité, mais ravie de vous avoir rencontré, Werner.

— Ravissement partagé, madem… Abigayle. Capitaine, au plaisir.

Il adressa un geste amical à Spoutnik, qui lui renvoya la pareille agrémentée d'un large sourire avant de s'intéresser de nouveau à Bauwen, dont la contenance dépassait décidément toutes les limites. Barry se contenta d'un timide « À demain matin ».

*

Werner héla un taxi qui s'arrêta un peu plus loin.

— Vous paraissez encore plus préoccupé, à supposer que cela soit possible, lança-t-il à Barry alors qu'ils se dirigeaient vers le véhicule.

— Il s'est produit quelque chose, répondit Barry d'une voix blanche. Une attaque sur un transport pénitentiaire. Des agents du FBI sont morts, et les détenus ont disparu.

— C'est regrettable.

— Oui, mais ce n'est pas ce qui me chagrine le plus. Stanton m'a dit que les chaînes de télé diffusaient une image prise par une caméra embarquée sur un des 4 × 4 accompagnateurs. On y distinguerait deux hommes sur une moto.

— Et ?

— Rien. Je suis passé en mode flic intégral, je vois des connexions qui n'existent sans doute pas.

En ouvrant la portière de la voiture, il murmura pour lui-même :

— Deux hommes sur une moto ; une monture, deux cavaliers…

CHAPITRE 31

Yorkville, Upper East Side, Manhattan

Coincée entre un magasin de vêtements new-age et une épicerie grecque d'où montait une odeur tenace de mouton grillé, la librairie présentait aux passants une étroite devanture opaque entretenant un mystère cohérent avec la destination des lieux. Même l'enseigne – le nom de la boutique en lettres gothiques – participait à un décor énigmatique qualifié avec dédain de grotesque et puéril par un Werner inhabituellement acerbe.

Dans le taxi, il ne s'était d'ailleurs pas privé de manifester son mépris pour l'ésotérisme en termes peu flatteurs, arguant d'un pragmatisme incompatible, voire antagonique, avec les fantasmes suscités par les savoirs secrets et les sociétés censées les détenir. Barry s'était abstenu de l'interroger sur cette aversion devant le chauffeur, autant par souci de discrétion qu'en raison d'un embouteillage neuronal.

Il tentait d'assembler les éléments à sa disposition, mais ne parvenait pas à en tirer des conclusions irréfutables ou tout bonnement logiques. Certes, il lui manquait encore des informations, certes, le sens global de l'histoire lui échappait, mais en prime des pensées connexes polluaient son esprit et perturbaient sa réflexion. Il choisit de se réfugier dans la rationalisation des problématiques qui l'assaillaient.

Le cas Lana semblait réglé, et même si Barry désapprouvait l'usage de l'hypnose par Werner, il reconnaissait sans mal le caractère indispensable de la mesure. S'il ne lui en dirait rien, il le remerciait d'avoir sauvé la jeune femme, seulement coupable de s'être trouvée au mauvais endroit au mauvais moment. Si les agresseurs étaient venus pour l'épée, au moins ne craignait-elle plus rien. En espérant qu'ils n'aient eu que cette motivation.

Les collègues de Barry étaient désormais hors du coup, ce qui soulageait quelque peu ses inquiétudes.

Restait à comprendre ce qui pouvait bien relier Jimmy Lean, Deshawn et GC Willard à des individus belliqueux pour qui l'adage « Tu es né poussière, tu retourneras poussière » n'était pas qu'une image.

Cerise sur ce gâteau indigeste, l'appréhension de voir le vampire perdre son self-control monopolisait une partie des facultés conceptuelles du policier.

Difficile de réfléchir sereinement enfermé dans une voiture aux côtés d'un être susceptible de se transformer en monstre sanguinaire à tout moment. Malgré cela, Barry n'arrivait pas à remettre en cause son affection pour un homme qui l'avait sorti du gouffre sombre dans lequel il dépérissait depuis le départ de Maureen et Cindy.

Le policier se l'avouait sans mal, il aimait Werner. Pour son excentricité d'homme d'un autre siècle, certainement. Pour sa curiosité jamais démentie. Pour ses maladresses aussi. Pour son regard émerveillé posé sur un XXIe siècle désabusé auquel il restituait toute sa magie. Pour cette dignité et cette pudeur face à une souffrance portée depuis près de cent cinquante ans. Oui, Barry aimait Werner, comme le plus fidèle et le plus encombrant des amis, cc qui rendait le rappel soudain de son caractère inhumain d'autant plus cruel.

En dépit du danger, contre toute la logique du monde et peut-être même contre les règles de l'univers, il prendrait tous les risques pour l'arracher à sa malédiction. Un constat contre lequel Barry ne pouvait ni ne souhaitait lutter, mais qui lui fit prendre conscience d'une autre réalité. Aussi imperceptiblement que les touches délicates apposées par le peintre sur sa toile, son attirance pour Lana Carvey surpassait aujourd'hui le mur de ses réticences. Il se le promit en claquant la portière du taxi : le temps des hésitations était révolu.

Pour l'instant, lui et Werner se tenaient côte à côte devant les trois marches étroites qui descendaient vers l'entrée du Monde caché.

— Je n'ai pas osé vous poser cette question avant, mais vu l'urgence et l'endroit, le moment me paraît tout indiqué. Vous n'avez jamais cherché à savoir si vous étiez seul dans votre situation ? demanda Barry.

— Périphrase intéressante pour une question pertinente, ironisa Werner. Eh bien non. Après ma transformation – aucun autre terme ne me vient à l'esprit –, ma préoccupation première était de m'isoler des vivants pour ne pas causer plus de mal que le strict nécessaire. Si cette interrogation m'a souvent visité, je ne me voyais guère arpenter le monde extérieur à la recherche de réponses dont rien ne me garantissait qu'elles me satisfassent ou, plus simplement, qu'elles existent.

— Vous m'objecterez que je suis flic, donc curieux par nature, mais moi, à votre place…

— Vous n'êtes pas à ma place, Barry, l'interrompit Werner sans brutalité, mais avec une froideur sentencieuse, et je vous souhaite de ne jamais vous y trouver. J'ai sciemment choisi l'ignorance, et je vous prierai de respecter ce choix, quand bien même cette ignorance se révélerait aujourd'hui handicapante. Je ne connais pas d'études scientifiques documentées auxquelles me référer. Quant aux romans et films, ils constituent ma seule source d'information. Inspirés des légendes populaires, ils colportent autant de vérités que de mensonges sur mes capacités et mes tares. Un exemple suffira : chauve-souris dans l'imaginaire collectif, faucon dans ma réalité.

— C'est bien là le seul aspect, repartit Barry. Brouillard, hypnose, sang, un petit côté aristocratique. Tenez, votre appartenance au XIXe siècle, tout cela fleure bon le déjà-vu, admettez-le.

Au regard en coin que lui coula son ami, le policier comprit qu'il avait marqué un point, mais la sagesse commandait de ne pas développer l'argumentation.

Il frotta vigoureusement ses cheveux roux, dévala les marches puis poussa la porte. Il la maintint et s'écarta pour laisser passer Werner, lequel entra dans la boutique, l'air pincé, en maugréant : « Déjà-vu… »

CHAPITRE 32

Le seuil de la librairie franchi, les deux hommes empruntèrent un vieil escalier de métal rouillé aux marches abruptes qui plongeait dans les profondeurs de la terre. Une descente rendue oppressante par des murs en stuc imitant grossièrement les pierres taillées d'un château médiéval autant que par la maigre lumière bleutée dispensée par une rangée de spots encastrés dans le plafond.

— Toi qui entres en ce lieu, abandonne tout espoir, déclama Werner, théâtral, en arrivant devant la véritable porte de la boutique.

— *La Divine Comédie*, vraiment ? Citer l'*Enfer* de Dante vous paraît opportun ? reprocha Barry.

— Je ne cite absolument rien, l'extrait est inscrit au-dessus du linteau, rétorqua le vampire en levant un index.

— Ah, pas vu, je préfère regarder où je mets les pieds, cet escalier est traître.

— L'avantage d'être nyctalope et de ne pas craindre l'entorse, conclut distraitement Werner en pénétrant au cœur du Monde caché.

Le bien nommé magasin avait en sous-sol une superficie insoupçonnable depuis la rue. L'espace principal, un rectangle d'une centaine de mètres carrés divisé en deux par un îlot central couvert de livres récents et tapissé de bibliothèques hautes d'au moins quatre mètres débordant de volumes anciens, distribuait deux autres espaces par d'étroites ouvertures. Le premier, sur la droite, rassemblait des vitrines et présentoirs garnis de bijoux, essentiellement colliers et bracelets, de jeux de cartes ou de fioles mystérieuses. Le second, sur la gauche, évoquait plus une exposition de salle des ventes. Des tableaux type Renaissance côtoyaient des statues et quantité d'objets difficiles à discerner depuis le palier. À la pénombre de l'escalier succédait l'éclairage tamisé de lustres en cristal dont les pendeloques et les ampoules en forme de bougies ajoutaient aux lieux une pointe d'élégance et de romantisme incongrue dans un ensemble par ailleurs dépourvu de toute décoration.

— Ne touchez à rien, j'arrive, grogna une voix enrouée et nasillarde.

Son propriétaire surgit dans la foulée depuis ce que Barry baptisa intérieurement « l'espace Antiquité ».

À l'inverse de ce que son timbre rauque laissait augurer, l'homme qui faisait irruption dans la pièce affichait un sourire affable sur un visage rond et avenant. Chauve, à peine plus grand que le policier, il avait de larges épaules voûtées et le ventre fièrement rebondi d'un amateur de bonne chère. Les rides épargnaient son visage de quinquagénaire, mais un teint légèrement terne trahissait son appartenance à la tribu de ceux qui voient peu la lumière du jour et, Barry en était persuadé, à celle des diabétiques. Une paire de lunettes grises, suspendue à son cou par un cordon de cuir, tombait sur un épais pull jacquard à col châle. Un pantalon de velours côtelé assorti parachevait ce tableau d'érudit dont la vie paraissait se limiter aux tables de lecture. Et, très certainement, à en juger par son embonpoint, à celles des restaurants.

Saisi d'une quinte de toux, il manqua lâcher les trois lourds volumes qui encombraient ses solides avant-bras. Il les déposa au sol en toute hâte et tira d'une de ses poches un carré de tissu dans lequel il éternua à s'en décrocher les poumons.

— Excusez-moi, j'ai une rhinopharyngite carabinée, expliqua-t-il en se mouchant. Que puis-je pour vous ?

Peu désireux de récolter les miasmes du personnage, Barry recula de deux pas et étira son bras au maximum pour présenter sa plaque et sa carte de la police.

— Lieutenant Donovan, section criminelle du NYPD. Vous êtes le propriétaire ?

— Anthony Fromhill pour vous servir, confirma-t-il en rempochant le linge souillé.

Il tendit la main à Barry, mais se ravisa devant son air gêné.

— Ouais, non, évidemment. Monsieur est avec vous ? demanda-t-il en essuyant sa paume sur son pantalon avant de ramasser les livres.

— Je le crains fort, sourit Werner, abîmé dans l'examen du rayon « théosophie ».

— Bien, et que puis-je pour vous ?

Toujours à bonne distance, Barry sortit de sa veste les facturettes collectées chez Jimmy Lean qu'il remit au sieur Fromhill. Ce dernier chaussa ses lunettes et s'empara des documents qu'il parcourut dans l'ordre.

— Nous enquêtons sur un double homicide dont le principal suspect aurait procédé à des achats dans votre magasin peu de temps avant les faits, annonça le lieutenant.

— Vraiment ? Comment se nomme cette personne ?

— Jimmy Lean.

— Ça ne me dit rien. En tout cas, ce n'est pas un habitué, je me rappellerais son nom. Par contre, je peux retrouver ses achats à partir des montants et de la date.

— Ça serait formidable.

— Je vais vous trouver ça rapidement dans mon registre.

— Vous suivez votre inventaire à la main ? Pas d'informatique ? s'étonna Barry.

— Je ne suis pas fanatique de ces machins, et le papier a l'immense avantage de rarement tomber en panne, jeune homme, répondit Fromhill, moqueur, en s'en retournant d'où il était venu.

Deux nouveaux éternuements accompagnèrent sa sortie.

Werner abandonna le passage en revue des bibliothèques pour se diriger vers la pièce de droite et ses vitrines surchargées. Barry le retrouva penché sur l'une d'elles. Le vampire haussa les épaules à la vue des bijoux exposés et entama la lecture à voix basse des étiquettes les décrivant.

— Bague Atlante… Pendentif attrape-rêves… Talisman pentagramme… Un salmigondis de faux objets anciens aux pouvoirs magiques illusoires destinés à berner les benêts et soulager leur bourse. Et vous vous demandiez pourquoi je n'écumais pas les échoppes prétendument spécialisées à la recherche des racines de ma damnation ?…

— J'aurais pensé comme vous avant notre rencontre, mais nous sommes tous les deux bien placés pour savoir qu'il existe des choses qui dépassent le commun des mortels. Au mieux, ces breloques fonctionnent, au pire, elles ne font de mal à personne.

— Les charlatans me rebutent depuis toujours, voilà tout. Abuser de la crédulité ou de la détresse est ignoble.

Barry s'approcha de Werner et, sans y prêter attention, lui assena une tape amicale sur l'épaule.

— Cinglante leçon de morale de la part d'un homme qui a construit sa fortune sur la vente d'armes, ironisa le policier.

Fier comme Artaban, il retourna en sifflotant vers la salle principale, abandonnant Werner à la stupéfaction d'être ainsi raillé.

— Vous n'avez pas idée à quel point vous devenez insupportable quand vous avez raison…

— Ah, nous y voilà, claironna soudain Fromhill.

Il réapparut en frappant un index vigoureux sur un livre de comptes dont les pages partiellement dégrafées ne demandaient qu'à s'envoler.

Il remit la relique à Barry sans ménagement et se dirigea tout de go vers une des nombreuses bibliothèques. Il monta au plus haut d'un escabeau puis examina les dos des livres.

— Ça y est, je me souviens de votre client, annonça-t-il. Un gentil garçon, du reste, pas le profil d'un tueur *a priori*. Remarquez, si tous les tueurs avaient le physique de l'emploi, ce serait trop simple.

— Suspect pour l'instant, corrigea Barry alors que Werner, un peu moins bougon, les rejoignait.

— C'est triste quand même, déplora le libraire en saisissant deux lourds ouvrages qu'il cala sous ses aisselles avant de redescendre.

Il déposa les fruits de sa collecte sur l'îlot et invita les deux hommes à se rapprocher de lui.

— C'est lui qui m'a installé ça, poursuivit-il en pointant les lustres, en échange d'une ristourne sur les bouquins. Ce ne sont que des fac-similés, mais leur prix était quand même trop élevé pour lui, alors il m'a proposé un arrangement. D'ailleurs… j'espère que ça ne m'attirera pas d'ennuis d'un point de vue fiscal, s'inquiéta Fromhill.

— Nous appartenons à la police criminelle, le rassura Barry, pas au fisc.

Le policier crut entendre Werner marmonner : « Quel dommage… »

— J'imagine que l'installation lui a pris du temps, continua le lieutenant. Vous avez pu discuter avec Lean ?

— Pas vraiment. C'était un brave gars peu bavard, mais efficace et appliqué dans son travail. J'ai été étonné de voir à quel point il tenait à entrer en possession de ces deux recueils. Si je lui avais proposé de refaire toute l'électricité du magasin, il l'aurait fait sans sourciller. D'où ma surprise quand il est venu me demander de les lui racheter, trois jours plus tard.

— Je ne comprends pas.

— Moi non plus, enchérit Fromhill, il avait un comportement étrange. Certes, ce ne sont pas des ouvrages communs ni simples d'accès, mais il agissait comme s'il ne se rappelait pas pourquoi il les avait tant voulus.

Werner et Barry échangèrent un regard suspicieux.

— Donc, reprit-il, le premier est un compendium de chansons de geste accompagnées d'enluminures. Les romans graphiques de l'époque, pour schématiser.

— Nous connaissons, merci, répliqua sèchement le vampire. Et le second ?

En guise de réponse, Fromhill ouvrit fièrement le livre.

Werner lut à voix haute le titre inscrit en lettres gothiques.

— *Confutatis maledictis, les Chevaliers maudits de l'ordre du Temple.*

CHAPITRE 33

— Les chevaliers maudits de l'ordre du Temple, répéta Barry, incrédule. De quoi s'agit-il ?

— Les chevaliers de l'ordre du Temple sont plus connus sous le nom de Templiers, annonça le libraire avec une fierté de premier de la classe.

— Jimmy voulait à tout prix un livre sur les Templiers ?

— Sans verser dans le préjugé facile, j'avoue m'être fait la même réflexion devant l'insistance de ce garçon. Je l'imaginais plutôt lecteur de bandes dessinées…

— Ou de magazines pornographiques, son appartement en était jonché, soupira Barry. De quoi traite précisément cet ouvrage ?

— D'une légende ancestrale, un pan de l'histoire de cet ordre connu de rares initiés. Je doute que cela vous aide dans votre enquête, mais si vous le désirez, je peux vous expliquer succinctement de quoi il retourne.

— J'aimerais bien, au moins pour notre culture personnelle. N'est-ce pas ? lança-t-il en direction de Werner.

Ce dernier ne prêtait aucune attention à la discussion entre le policier et le libraire. Sourcils froncés, il effleurait nerveusement son menton du bout de ses doigts et semblait fouiller dans sa mémoire.

— *Confutatis maledictis*… Pourquoi ces mots me sont-ils familiers ?

— Tout simplement parce que nous les avons pratiquement tous entendus à un moment ou à un autre de notre vie, mais je vais y revenir au cours de mon propos, déclara Fromhill sur un ton professoral en caressant de ses paumes les pages du livre ouvert devant lui.

— L'histoire de l'Ordre remonte au début du XIIe siècle. Aux alentours de 1120, les dates sont sujettes à débat, des chevaliers créèrent une milice pour assurer la protection des pèlerins et la sécurité des lieux saints en Orient. Ils s'installèrent dans le palais du roi Baudouin à Jérusalem, appelé à tort le temple de Salomon d'où ils tirèrent leur nom de Templiers. Leurs prouesses guerrières ont assis leur réputation, tout autant que le mystère les entourant. Quant aux spéculations autour de leur fameux trésor, elles ont nourri bien des légendes.

» Et, selon celle-ci, poursuivit-il en désignant l'ouvrage, au milieu du XIIIe siècle, une armée infernale venue d'au-delà de la mort aurait marché vers l'ouest depuis les steppes d'Asie orientale, dévastant les villes et les villages, massacrant ou asservissant les populations. Les rares survivants évoquaient une horde de guerriers aux yeux vides, menés par quatre généraux capables de déchaîner sur leurs ennemis la fureur des éléments ou de se métamorphoser en animaux. Quatre mages unis dans la cruauté et dont je n'ai trouvé mention dans aucun autre recueil à ce jour.

» Confrontés à cette menace d'une ampleur inégalée, les dirigeants de l'Ordre dépêchèrent un bataillon d'agents recruteurs à travers les quelque neuf mille commanderies érigées en Europe.

— Ils possédaient autant de forteresses ? s'étonna Barry.

— Non, les commanderies se limitaient pour la plupart à des fermes fortifiées. Au fil du temps, l'empire de l'Ordre s'était enrichi au point de devenir une sorte de banque multinationale, ce qui, associé à sa puissance militaire, en faisait un contre-pouvoir insupportable pour les régimes en place. D'où son éradication au XIVe siècle par l'action conjuguée du pape Clément V et du roi de France Philippe le Bel.

— Tout ceci est passionnant, mais pourrions-nous en revenir au nœud de l'histoire ? fulmina Werner.

— Excusez-moi, j'ai tendance à digresser.

— Croyez-vous ? railla-t-il sur un ton vaguement las.

— Oui… hum… donc, au terme de l'opération de recrutement, cinq cents moines-soldats furent sélectionnés. Ils se rassemblèrent dans une nouvelle commanderie installée en Europe orientale. Pour le coup, lieutenant Donovan, une véritable citadelle aux fortifications grandioses et majestueuses, semblable aux kraks érigés en Syrie. En plus d'une foi à toute épreuve, ces hommes maîtrisaient mieux que quiconque le maniement des armes et manifestaient au combat une férocité sans équivalent.

» Galvanisés tant par leurs capacités que par le caractère sacré de leur mission, les Templiers partirent en campagne contre la légion des mages. Suite aux témoignages relatifs à la position de l'ennemi, une avant-garde d'une vingtaine d'unités fut envoyée dans une province de Roumanie afin d'explorer les rives de la Moldova, dans les Carpates orientales.

— Les Carpates, tiens donc, souffla Barry en glissant un regard appuyé à Werner, de plus en plus attentif et préoccupé.

— Cette région est connue aujourd'hui sous le nom de Moldavie, précisa Fromhill avant de poursuivre. L'avant-garde ne revint pas et, après deux jours d'attente, les Templiers se mirent en marche. Sous une aube blafarde, leurs troupes rassemblées près d'un guet sur les berges de la rivière distinguèrent, à travers la brume matinale qui couvrait le sol, quatre individus encapuchonnés de noir, dont les larges capuches rabattues dissimulaient les visages. Derrière eux se dressaient une dizaine d'hommes et de femmes. Aux haillons dont ils étaient vêtus et à leurs cheveux sales et hirsutes, les chevaliers les prirent d'abord pour des paysans. De prime abord inoffensive, l'étrange escorte avança d'une démarche mécanique et forma une haie devant ceux qui s'avéraient être les mages. Le brouillard se leva soudain comme par enchantement, et une insoutenable puanteur de charogne emplit l'atmosphère. Dans les eaux limoneuses de la rivière gisaient les cadavres des montures et des soldats qui composaient l'avant-garde disparue. Au milieu des fragments de boucliers, de lances et d'épées brisées, bêtes et humains reposaient ensemble, exsangues, figés dans des expressions de terreurs indicibles. Alors, les Templiers distinguèrent clairement ceux qu'ils avaient confondus avec de simples villageois. Leur peau écarlate et boursouflée semblait prête à éclater. Ils grognaient tels des loups affamés. Leurs lèvres contractées par la rage révélaient une denture abominablement proéminente, et ils fouettaient l'air de leurs doigts déformés aux longs ongles noirs.

» Horrifiés, les Templiers sonnèrent la charge.

» Les quatre mages levèrent aussitôt une main au ciel et tendirent l'autre vers les parodies d'êtres humains.

» Seuls trente chevaliers échappèrent à la curée qui s'ensuivit.

» Retournés devant leurs supérieurs, ils jurèrent avoir vu des flots de sang jaillir des créatures pour être absorbés par les mages qui déchaînèrent les éléments contre leurs assaillants. Selon eux, les eaux se dressèrent en un mur infranchissable, une pluie d'éclairs s'abattit sur les moines en armure, le feu consuma les chevaux et de puissantes rafales achevèrent de déséquilibrer les derniers combattants encore debout.

» Une poignée de minutes suffit à l'extermination d'un corps expéditionnaire composé de l'élite de l'Ordre.

Anthony Fromhill termina son récit le souffle court, comme s'il vivait les événements décrits dans la légende. Barry et Werner l'observaient avec l'attention d'enfants transportés par la verve d'un conteur. Le libraire leur adressa le sourire satisfait de l'artiste tenant son public sous sa coupe. Un public en l'occurrence plus impatient que fasciné.

— Et après ? interrogea Barry. Que s'est-il passé après ?

— J'y viens, s'amusa Fromhill.

L'immixtion énergique et autoritaire de Werner doucha sa jovialité.

— Mais allez au fait, que diable ! Allez au fait ou je vous y amènerai moi-même, tempêta-t-il. Ce que vous prenez pour un jeu n'a rien pour nous d'une facétie !

— Non, mais il est inutile de vous énerver ainsi, objecta le propriétaire du Monde caché. Nous ne parlons que d'une légende.

Face à l'exaspération du vampire, et avant que celui-ci ne laisse son tempérament l'emporter, Barry jugea opportun d'intervenir.

— Avouez qu'elle est passionnante, et vous avez tout fait pour nous tenir en haleine, feinta-t-il. Dites-nous en plus. Qui étaient ces mages et les créatures qui les accompagnaient ? Que sont devenus les Templiers survivants ?

La flatterie fit mouche et atténua la brutalité de la sommation de Werner qui entra dans le stratagème déployé par son ami et masqua son impatience.

— Les mages du sang, reprit Fromhill, une magie noire qui confère le pouvoir des éléments à ceux qui s'y abandonnent. Vous allez comprendre. Cette légende se recoupe avec une autre. Pour pratiquer leur art occulte, les mages avaient besoin de sang humain et, pour l'obtenir, ils avaient recours à des collecteurs. Des cadavres ramenés de l'au-delà et réduits en esclavage. Ce que l'on nomme communément…

— … des vampires, acheva Werner dans un souffle désabusé.

— Exactement. Le mythe puise ici ses racines. Les vampires étaient des créatures sans âme, des animaux malfaisants assoiffés en permanence dont l'unique raison d'être était de recueillir le sang humain et de le stocker dans leur corps, d'où leur peau rouge à l'aspect boursouflé. En cas de nécessité, les mages appelaient à eux cette manne et l'utilisaient pour déchaîner leurs pouvoirs. Une lecture bien moins romanesque que celle des auteurs du XIXe, n'est-ce pas ?

La question échappa à Barry qui oscillait entre la surprise d'obtenir un début d'éclaircissement sur la condition de Werner et l'appréhension de sa réaction. Blême, ce dernier rivait sur lui un regard désemparé d'où exsudait la plus incommensurable des détresses. D'abord convaincus de ne trouver en ces lieux que supercherie et poudre de perlimpinpin, les deux hommes venaient de se voir assener le fait que le distingué Werner Von Lowinsky, vampire aristocratique et flamboyant, ne serait qu'un esclave, un monstre au service d'autres monstres. Et il ne servait à rien de se réfugier derrière le caractère légendaire de cette histoire. Les similitudes entre certains passages du récit et les particularités de Werner sautaient aux yeux : le rapport au sang, évidemment, mais aussi l'évocation de la brume, forme communément adoptée par son compagnon, ou encore la description des vampires qui rappelait étrangement l'aspect et l'attitude de celui-ci dans le cimetière, une heure plus tôt. Certes, des différences demeuraient, et tout ne s'emboîtait pas à la perfection, loin de là, mais la piste se dessinait avec toujours plus de clarté.

— Qu'advint-il des Templiers survivants ? répéta Werner d'une voix atone.

— Confrontés à des témoignages d'hommes de grande valeur, les hauts dignitaires accordèrent foi à leurs dires et se résolurent à des mesures inédites et extrêmes. Au cours d'une cérémonie secrète et complexe dont aucune trace ne subsiste à ma connaissance, les trente Templiers, désireux de venger leurs frères, sacrifièrent leur humanité et se virent octroyer le don de l'immortalité par l'âge ainsi que l'invulnérabilité aux armes forgées par la main de l'homme. Ils reçurent des épées et des dagues bénites, frappées des termes du serment qu'ils prononcèrent pour sceller leur engagement devant Dieu. Un serment qui vous paraissait familier tout à l'heure et dont voici les paroles :

"*Confutatis maledictis*
Flammis acribus addictis,
Voca me cum benedictis.
Oro supplex et acclinis,
Cor contritum quasi cinis,
Gere curam mei finis."

» Ce qui, une fois traduit, devient :

"Et après avoir réprouvé les maudits
Et leur avoir assigné le feu cruel,
Appelez-moi parmi les élus.
Suppliant et prosterné, je vous prie,
Le cœur brisé et comme réduit en cendres :
Prenez soin de mon heure dernière."

Assigné le feu cruel... réduit en cendres... Werner dit avoir reçu une blessure invisible mais brûlante par un des hommes qui attaquaient Lana. Et au moment de mourir, le type est tombé en poussière... ou en cendres... songea Barry.

Une autre idée s'imposa à son esprit.

— *Tis... tatis...* murmura-t-il. Ça correspond aux fragments d'inscriptions que j'ai vus sur l'arme du crime. Ce serment me rappelle quelque chose...

— Je sais ! se félicita Werner.

Il reprit les termes latins énoncés par le libraire, mais ne se contenta pas de les prononcer. Il les chanta d'une voix lente et grave.

— Je connais cet air, murmura Barry avant de claquer des doigts. Mozart, le *Requiem* ! Quel rapport entre un compositeur du XVIIIe siècle et cette histoire ?

— Ma théorie, enchaîna le libraire, est que Mozart, en tant que franc-maçon, accéda au savoir transmis au sein de sa loge et hérité en droite ligne des Templiers. Au moment de composer ce qu'il pensait être sa propre oraison funèbre, il y inclut ce secret. Mais ce n'est que ma vision des choses. Toujours est-il que les trente frères donnèrent à leur faction le nom de cette prière : Confutatis maledictis.

— Vous avez dit qu'ils avaient sacrifié leur humanité, qu'est-ce que cela signifie exactement ?

— Cet aspect procède du spirituel puisqu'ils perdirent leur âme éternelle. De nos jours, une telle déclaration a peu de sens, mais imaginez l'importance du renoncement pour d'aussi fervents croyants. Pour eux, cela équivalait à la damnation, ni plus ni moins.

— Comment se termine cette histoire ? demanda Werner d'un ton patelin.

— Cet ouvrage s'arrête aux origines du Confutatis maledictis.

— Ah… regretta Barry.

— Mais le compendium de chansons de geste nous livrera la suite, pérora Fromhill, ravi d'assujettir à son récit ceux qu'ils prenaient pour de simples enquêteurs.

Alors que le libraire s'emparait du grimoire et l'installait devant lui, Barry observa Werner dont les maxillaires se contractaient par intermittence. Il couvait leur hôte du regard avec une expression que le lieutenant connaissait par cœur et à la signification sans équivoque : à la prochaine péripétie théâtrale du conteur, la légende des vampires s'inviterait brutalement sur scène…

CHAPITRE 34

Penché en avant, accoudé contre l'îlot sur lequel le libraire feuilletait le livre dont il s'apprêtait à révéler le contenu, Barry ne quittait pas des yeux Werner qui lui renvoyait un regard froid et dur. Le policier connaissait le sens de ce masque impénétrable pour l'avoir observé à plusieurs reprises : durant la narration par le vampire de l'assassinat de son épouse et lorsqu'il avait massacré les gardes qui retenaient Barry prisonnier chez Marco Peralli[1], deux mois plus tôt.

Si, depuis leur rencontre, Werner se montrait de plus en plus expansif, il gardait le secret de ses blessures les plus profondes. Homme pudique par nature, il estimait « qu'un gentleman se devait d'épargner aux autres ses afflictions. Une doctrine valable pour les maladies comme pour les peines ».

À la lumière d'un tel précepte, son impassibilité pouvait cacher tout autant le séisme provoqué en lui par les liens troublants entre son histoire et celle du Confutatis et des mages que le désir ardent de réduire en charpie le libraire, spécialiste des effets

1. Voir *Les Vestiges de l'aube*.

de manche dilatoires. Une possibilité certes injuste puisque Fromhill ne pensait évidemment pas à mal et ne pouvait soupçonner la présence d'un vampire dans sa boutique, mais plausible tant la patience n'était pas le fort de Werner.

Le policier lui adressa un sourire qui se transforma en grimace gênée puis s'effaça devant l'absence totale de réaction de son imprévisible ami.

Barry reporta son attention sur Fromhill, occupé à compulser l'ouvrage ouvert devant lui.

— Donc, donc, donc, répétait ce dernier en tournant d'épais blocs de pages d'une main et en rajustant ses lunettes de l'autre. Ah oui, voilà, sur l'ensemble des chansons de geste rassemblées ici, deux concernent notre sujet.

— Attendez ! Revenez à la page précédente, ordonna le lieutenant.

Interloqué, Fromhill obtempéra. Werner avança d'un pas et profita de sa haute taille pour regarder par-dessus l'épaule du libraire.

— Là, ce dessin, continua Barry, extatique, en posant un index sur une illustration représentant un cercle rouge imparfait rappelant un cachet de cire fondue. En son centre figurait un cheval monté par deux chevaliers en armure équipés d'un bouclier et d'une lance.

— « Ce dessin », comme vous l'appelez, est le sceau des Templiers. Dites, je comprends que tout ceci vous passionne, mais vraiment le rapport à votre enquête m'échappe un peu.

— Tout me porte à croire que c'est Lean qui a esquissé ce sceau chez lui et dans l'appartement de ses victimes. Une version très naïve et enfantine, mais qui témoigne d'une véritable… obsession… Ah ! Mais quel imbécile je fais !

— Plaît-il ?

— Est-ce abuser de vous demander un verre d'eau avant que nous ne poursuivions ?

— Euh, non, je vais vous chercher ça.

Fromhill parti, Barry se précipita sur Werner, toujours aussi sombre.

— Lean, qui n'a pas le profil d'un meurtrier, tue un père et son fils, avertit les flics, jette son arme dans une poubelle, trace à la craie le sceau des Templiers et ne se souvient de rien. Ça ne vous évoque personne ?

— Votre amie Lana Carvey ?

— Bingo ! Quand vous m'avez parlé de l'hypnose tout à l'heure, vous disiez que c'était un travail de précision, et que le peu que vous avez suggéré à Lana aurait suffi à amplifier ses démonstrations d'affection à mon égard. Les esquisses de Lean chez lui et les Willard, plus son besoin de posséder des livres qui ne correspondent pas une seconde au personnage, sont les preuves que ce type est devenu obsédé par les Templiers. Pourquoi ?

— À votre cheminement intellectuel et à votre excitation, je vois où vous souhaitez en venir. Ce garçon aurait été confronté aux Templiers décrits dans cet ouvrage et aurait été hypnotisé afin d'accomplir un double homicide. Les dessins qu'il a laissés derrière lui seraient l'expression d'une image gravée dans son subconscient. Puisque rien ne prouve que le Confutatis maîtrisait l'hypnose, vous imaginez que ce talent est l'apanage des mages. Et vous supposez que l'homme à la capuche vu chez Lean et les Willard en est un et dispose de ce pouvoir, n'est-ce pas ?

— C'est délirant, mais j'y pense avec insistance… et le pire, dans tout ça, c'est que vous avez évoqué l'hypnose quand je vous ai parlé de l'affaire, le soir où nous avons visité votre appartement. S'il y a bien dans cette ville un poulet qui aurait dû percuter à ce moment-là, c'est moi.

— Flagellez-vous de bon cœur si vous y prenez quelque plaisir, plaisanta Werner pince-sans-rire, cela ne changera rien au destin de votre criminel. Je serais curieux de vous entendre expliquer à un tribunal que des Templiers maudits auraient des siècles plus tôt usé d'hypnose pour contraindre un repris de justice à assassiner et mutiler un pasteur et son enfant. Il ne faudra pas oublier de leur préciser que les capacités d'un vampire vous auront mis sur cette piste. Arrangez-vous pour que l'audience se tienne de nuit, je ne voudrais pas manquer le moment où l'on vous passera la camisole.

L'enthousiasme de Barry se liquéfia sur place.

— Vous avez raison, se lamenta-t-il. J'imagine que cela me rassure juste de le penser innocent.

— Grand bien vous fasse.

— Pardonnez-moi, je suis égoïste sur ce coup. Ce n'est pas une excuse, mais je dois jongler entre plusieurs problèmes, et la vision du sceau m'a ramené à mon enquête.

— Je comprends. Je suis moi-même tiraillé par de trop nombreuses zones d'ombre.

— Comment vous sentez-vous ?

— Confus, et je crains que le pire ne soit à venir. Nous en reparlerons plus tard…

Werner désigna du regard Anthony Fromhill qui revenait avec entre les mains un plateau chargé de trois verres et d'une carafe d'eau.

— Servez-vous, proposa-t-il en posant son fardeau sur l'étagère d'une bibliothèque.

Barry attrapa un verre et le vida aussi sec.

— Pouvons-nous reprendre ? demanda-t-il en laissant courir ses doigts sur les rebords du récipient.

— Avec plaisir. Donc, comme je vous le disais, deux chansons dans ce recueil ont un rapport direct avec nos Templiers.

Il tourna une dizaine de pages et s'arrêta sur une enluminure représentant deux chevaliers en armure, épées brandies devant une forteresse dont les tours crénelées tutoyaient une lune pleine et éclatante.

— La première dresse l'éloge et conte les hauts faits de deux champions parmi les membres du Confutatis. Deux hommes à la droiture exemplaire, inspirés par une foi ardente, redoutables fer à la main, à qui il incomba la tâche de diriger ce que certains initiés qualifiaient de « Faction des Maudits ». L'un reçut la charge de commandeur. Il assurait la bonne gestion des finances et de l'équipement de cette milice autonome au sein de l'Ordre. En substance, il régissait ce que nous appellerions aujourd'hui la logistique. L'autre fut nommé maréchal.

— Laissez-moi deviner, intervint Barry, il s'occupait de tout ce qui avait trait à la guerre ?

— Vous avez bien compris, le félicita Fromhill, et il se devait de conduire les assauts, toujours en première ligne, pour galvaniser ses troupes. C'était d'ailleurs le rôle des maréchaux de l'Ordre.

— Ce ne devait pas être de grands comiques, risqua le policier pour détendre une atmosphère de plus en plus pesante.

— Ce n'est pas la première image qui me viendrait à l'esprit, non. Revenons à nos moutons, enfin, nos chevaliers. Le maître de l'ordre du Temple, Renaud de Vichiers, leur accorda le privilège d'édicter leurs propres règles de vie afin de mener leur quête dans les conditions qu'ils jugeraient les plus propices.

— Mais encore ? demanda Werner.

— À l'origine, les Templiers s'astreignaient à une vie monacale, ascétique, peu compatible avec les exigences de la guerre. Ils faisaient vœu de pauvreté, de chasteté, jeûnaient à l'occasion, je vous fais grâce de la liste exhaustive. Devant le sacrifice consenti par les trente chevaliers du Confutatis, il fut décidé d'alléger certaines obligations. Ainsi furent-ils dispensés de prières, Dieu ne les écoutant plus de par leur damnation. Ils choisirent cependant d'en maintenir la pratique pour ne jamais oublier les raisons de leur engagement. De plus, en cas de victoire, il semblerait qu'ils auraient pu regagner leur humanité. J'ignore comment. Toujours est-il qu'on leur permit de festoyer, de boire, même, au sein de leur commanderie, pourvu que nul n'en fût témoin. Mais, là encore, ils demeurèrent fidèles à leurs vœux initiaux. Enfin, on les autorisa à connaître la femme, car ils ne pouvaient plus enfanter.

— Ah bon ? Pourquoi cela ?

— Rien n'est dit sur ce point. L'histoire explique simplement que, dans les semaines qui suivirent sa constitution, le Confutatis modifia ses stratégies militaires. Les approches frontales, et notamment les charges de cavalerie, se montraient peu efficaces face aux pouvoirs des mages. Fort d'une science encyclopédique de la tactique, le maréchal opta donc pour des méthodes furtives, travaillant sur la coordination et la cohésion des frères, créant par là même ce qui s'apparenterait, dans les armées modernes, à un véritable commando. Sous la férule du commandeur et du maréchal, le Confutatis se lança sur la trace des mages pour assouvir leur vengeance et reconquérir leurs âmes. Ils les traquèrent à travers toute l'Europe centrale, des mois, des années, des décennies durant, éliminèrent leurs sbires au cours de combats épiques pendant lesquels ils firent démonstration de leur bravoure. Au fil du temps, ils se bâtirent une réputation de sauveurs au sein des populations des villages reculés qui représentaient des proies privilégiées pour leurs ennemis.

— Et c'est tout ?

— Pour cette chanson, oui, enfin, presque… Nous avons ici une dernière enluminure offrant les portraits du commandeur et du maréchal, expliqua Fromhill en tournant une nouvelle page. Les voici : le commandeur, frère Alexander Von Lowinsky, et le maréchal, frère Nicolae Vâlcov.

Fromhill saisit la couverture de l'ouvrage et le lâcha soudain, comme frappé par une révélation. Dubitatif, Barry observa le libraire, tétanisé, avant de baisser les yeux vers le livre ouvert à ses pieds. Il crut défaillir en voyant les visages des dirigeants du Confutatis. Nicolae portait superbement une longue chevelure noire qui dévalait sur des épaules larges. Son regard sombre et sa mâchoire conquérante traduisaient fierté et courage. Une fine cicatrice courait de la commissure de ses lèvres à son oreille droite. Il émanait de cet homme une force communicative.

Mais ce n'était pas le maréchal qui bouleversait Barry. Le commandeur, Alexander, ressemblait trait pour trait à Werner. Les prunelles bleu de glace, les pommettes hautes et arrogantes, les cheveux courts poivre et sel sur les tempes, aucun détail n'échappait à la comparaison.

Avant que le policier n'ait le temps de protester, Fromhill pivota lentement en direction de Werner qui s'était presque collé à lui et examinait l'enluminure.

Le vampire plaqua tout à coup sa main sur le menton et la bouche du libraire qui n'eut pas le loisir de se débattre, mais gémit sous la pression de la poigne qui lui broyait les os.

— Alexander Von Lowinsky, murmura-t-il en soulevant sa victime. Mon père…

— Werner, non ! cria Barry.

— Cet homme constitue désormais une menace dont il me faut disposer. Par tout ce qui nous lie, je vous conjure de ne pas interférer, ou il vous en cuira. Quant à vous, le boutiquier, je vous accorde trente secondes pour résumer cette histoire, faute de quoi je vous ferai découvrir ce monde caché qui vous fascine tant.

CHAPITRE 35

Les pieds d'Anthony Fromhill fouettaient l'air. Ses doigts enserraient les poignets de Werner qui restait indifférent aux pathétiques gesticulations du bedonnant libraire soulevé comme une brindille. Impuissant, Barry savait que le salut de leur hôte passerait moins par une âpre négociation que par l'utilisation d'un point sensible évoqué par le vampire lui-même au moment précis où il s'était emparé de sa proie.

— Laissez-le ! ordonna Barry avec toute la conviction dont il était capable. Par tout ce qui nous lie, comme vous l'avez si bien dit, je jure de vous tourner le dos pour toujours si vous n'épargnez pas cet homme.

Werner, dont les prunelles ne quittaient plus celles de sa victime, sembla hésiter un instant. Il baissa la tête et, sans le lâcher, permit à Fromhill de toucher de nouveau terre. Le quitte ou double tenté par le policier avait porté ses fruits.

— Cette menace est déloyale, souffla Werner.

— Pas plus que la vôtre à mon égard, rétorqua Barry, plus que jamais déterminé. Vous êtes secoué par ce qui s'est passé ce soir et par tout ce que vous venez d'entendre, et moi aussi, soyez-en certain, mais tuer cet homme n'arrangera rien ! Au contraire, s'il en est un capable de vous comprendre et de vous aider, de *nous* aider, c'est peut-être lui…

— Vous avez raison, encore une fois, fit le vampire en se tournant derechef vers Fromhill.

Il planta son regard dans le sien puis murmura d'une voix apaisée, mélodieuse, presque envoûtante :

— Vous allez sagement nous livrer tout ce que vous savez sur Alexander Von Lowinsky, les mages et le Confutatis. Ensuite, nous partirons, et vous oublierez tout de notre visite.

La main plaquée sur la bouche du libraire se détacha en douceur.

— Oui, oui, oui, promis, je vous explique tout, mais ne me tuez pas, supplia Fromhill, bégayant de terreur.

Interloqué, Werner recula d'un pas et demeura interdit.

— Que se passe-t-il ? s'enquit Barry.

— Ça n'a pas marché. L'hypnose n'a pas fonctionné sur vous, n'est-ce pas ?

Le libraire massa son menton et ses lèvres endolories puis se jeta à genoux et osa un mensonge détectable à des kilomètres à la ronde.

— Si ! Bien sûr que si, vous m'avez hypnotisé, je suis en votre pouvoir, vous verrez, je ferai tout ce que vous m'avez demandé, maître.

— Je vous le confirme, ça n'a pas marché, admit Barry, gêné de voir le libraire s'avilir ainsi pour essayer de sauver sa peau. Et vous, arrêtez votre numéro façon Renfield dans *Dracula*, vous ne craignez plus rien, je vous le promets, et mon ami aussi. N'est-ce pas, Werner ?

— Hum ? Oui, oui, si tel est votre désir, il vivra, je vous en donne ma parole, capitula le vampire en balayant l'air d'un revers dédaigneux de la main avant de poursuivre pour lui-même. D'abord le faucon qui ne répond pas à mon appel, ensuite la sensation d'être départi de mon âme, et enfin ceci. Que m'arrive-t-il ?

— Vous êtes le descendant du commandeur du Confutatis et vous êtes un mage ? demanda Fromhill d'une voix chevrotante en s'appuyant sur l'îlot.

Barry se précipita à son secours et l'aida à se relever en lui passant un bras sous l'aisselle.

— Pas un mage, un vampire, précisa le policier.

— C'est fantastique, formidable, extraordinaire ! s'exclama le libraire alors que toute peur abandonnait son visage au profit d'une joie confinant à l'extase. J'ai toujours su que mes livres renfermaient bien plus que de simples légendes et contenaient une part de vérité. Mais… c'est impossible !

— Faites-moi confiance, je me suis fait la même réflexion quand je l'ai découvert, abonda Barry en haussant les sourcils, mais à un moment j'ai bien été obligé d'admettre que…

— Non, ce n'est pas ce que je veux dire ! objecta Fromhill en ramassant le recueil qu'il avait laissé tomber un peu plus tôt.

Il le reposa sur l'îlot et en tourna les dernières pages.

— Voyez, l'auteur a inclus un addenda où il répertorie les facultés des créatures surnaturelles mentionnées dans le livre. Les vampires n'étaient pas censés disposer de libre arbitre. Ils étaient des esclaves chargés de collecter le sang nécessaire à leur maître pour l'exercice de ses pouvoirs. Seuls les mages pouvaient recourir à l'hypnose ou transférer leur conscience dans un véhicule animal. C'est bien de cela que vous parlez quand vous évoquez l'appel à un faucon, n'est-ce pas ?

— Oui. Mais si je ne puis être un vampire, comment expliquez-vous ma soif de sang ou, plus prosaïquement, ceci, interrogea Werner en dévoilant ses canines acérées.

Barry s'attendait à voir Fromhill défaillir, ou au moins s'éloigner, mais au contraire, il avança, fasciné, vers Werner, afin de l'observer de plus près.

— Je ne suis pas quelque esclave dont on examine la denture à la manière d'un cheval, monsieur, s'offusqua ce dernier. Ne poussez pas trop loin votre chance.

— Je ne voulais pas vous manquer de respect, s'excusa l'érudit, mais… vous représentez l'aboutissement de quarante ans de recherches et de lectures, le rêve de toute une vie. Votre existence ouvre une fenêtre sur un monde plus riche et plus vaste que je n'osais l'imaginer.

— Pour l'instant, la fenêtre que vous évoquez s'ouvre sur un mur, rebondit Barry. Nous sommes dans votre boutique pour une enquête criminelle dont je pense qu'elle a un rapport avec la condition de Werner, ici présent.

— Une condition dont j'ignore les causes, et que je subis plus que je ne la goûte depuis près d'un siècle et demi, renchérit le vampire. Vos révélations me jettent en plein désarroi. Je suis né en 1812, donc comment puis-je être le fils d'un Templier du XIIIe siècle ? Et si les pouvoirs dont je dispose… ou disposais jusqu'à il y a peu étaient l'apanage des mages, comment expliquer qu'un vampire les possèdent ?

— Les frères du Confutatis étaient immortels par l'âge, souvenez-vous. Concernant votre seconde question, j'avoue ne pas avoir de réponse. Mais la deuxième chanson pourrait nous éclairer, d'autant plus que nous savons désormais qu'il ne s'agit pas d'une simple légende !

— Et que raconte-t-elle au juste, cette chanson ?

— Le Confutatis aurait découvert comment affaiblir les mages. Aussi, la victoire était proche, mais un grave désaccord aurait séparé Alexander et Nicolae peu après la capture du plus puissant des mages ; une affaire de trahison, mais qui n'est pas détaillée. Le premier prit la fuite avec le trésor du Confutatis et une relique arrachée à leur ennemi, un objet d'une puissance incommensurable. Hélas, le texte ne donne aucune indication sur sa nature. Une chasse à l'homme s'engagea alors, menée par le maréchal et ses fidèles soldats, et dont le commandeur était l'objet. L'auteur n'en dit pas plus, seul l'addenda complète son propos en exposant les pouvoirs dont je viens de vous parler. Il y dévoile également la peur des vampires face à un objet : la croix.

— Je ne crains pas les crucifix, objecta Werner. J'en possède plusieurs, et leur contact, ou leur présence, m'est d'une totale innocuité. Ils m'apaisent, quand bien même Dieu s'est détourné de moi.

— Je n'ai pas parlé de crucifix, précisa Fromhill. Vous allez comprendre, attendez une seconde, je vais vous chercher ça.

Le désormais exalté libraire dont l'énergie redoublait de minute en minute fonça vers la pièce voisine et en revint au pas de charge avec, entre les mains, une chaîne en métal doré à laquelle était accrochée une croix pattée.

— Tenez, regardez, dit-il en la posant sur sa paume ouverte. La croix pattée, c'était le symbole des Templiers. Il faut qu'elle soit faite d'or.

Avant que Barry et Werner n'aient eu le temps d'examiner en détail le bijou, un éclair aveuglant jaillit de celui-ci et frappa le vampire qui fut projeté dans les airs puis s'écrasa lourdement contre une des bibliothèques. Barry s'écarta pour éviter les livres qui dégringolèrent des étagères par dizaines, soulevant des volutes de poussière brune. Fromhill lui tendit le pendentif et se précipita en invoquant Dieu et ses saints vers Werner, étendu sous un amoncellement d'ouvrages et de débris de bois. Il l'aida à se redresser, ce qui ne prit qu'un instant.

Soulagé de voir Werner indemne, Barry ne put s'empêcher de trouver dans son vol plané un juste retour de bâton après la frayeur infligée par ce dernier au libraire.

Au moins, je détiens une arme au cas où il réitérerait l'épisode du cimetière, pensa le policier en glissant la chaîne et la croix dans la poche de son blouson.

— J'ai connu des nuits plus paisibles, souffla Werner en époussetant son manteau blanchi par la saleté.

— Je suis sincèrement désolé, je n'imaginais pas un tel effet, s'excusa Fromhill en frappant le vêtement à son tour, initiative qui lui valut d'être écarté sans ménagement.

— Fort heureusement pour vous. La prochaine fois que l'envie vous prendra de mettre les légendes à l'épreuve, ayez la courtoisie de me prévenir, conclut le vampire en essuyant ses paumes l'une contre l'autre.

— Oui, encore pardon, mais ce qui vient de se produire est la parfaite démonstration que nous devrions travailler ensemble. Je peux mener des recherches, nous pouvons en apprendre plus sur vos capacités et vos limites. C'est tellement excitant !

— Excitant... persifla Werner comme s'il venait d'entendre la plus stupide des propositions.

— Il n'a pas tort, renchérit Barry. Vous ne pouvez nier que ces légendes contiennent une part de vérité, et, d'après le dernier incident, je parlerais même d'une part conséquente de vérité. Mais il reste de très nombreuses zones d'ombre. Si le Confutatis a vraiment existé, pourquoi votre père l'a-t-il fui, et comment s'est-il retrouvé aux États-Unis ? Vous m'avez dit que lui et votre mère étaient morts de vieillesse, comment est-ce possible s'il était immortel par l'âge ? Et que faites-vous là s'il ne pouvait pas avoir d'enfant ? Sans compter que nous ignorons pourquoi vous êtes revenu d'entre les morts et pourquoi des Templiers rescapés du Moyen Âge se déchaînent dans Manhattan au XXIe siècle. Et je peux continuer un moment, la liste ne cesse de s'allonger.

— En supposant que toutes ces histoires soient réelles.

— Le portrait de votre père dans une chanson de geste, votre nom de famille, la croix qui vous lance des éclairs, et je ne parle même pas de vos pouvoirs... Je ne sais pas si ça tient du déni ou de la mauvaise foi, mais vous feriez passer saint Thomas pour un gogo béat, vous !

Le vampire voulut protester, mais la sonnerie du téléphone de Barry suspendit la discussion. Le lieutenant se dirigea vers l'escalier pour améliorer la réception. Amusé, il observa Fromhill ranger les livres, un immense sourire aux lèvres, bientôt aidé par un Werner renfrogné, mais serviable, un pas notable vers un apaisement salutaire de leur relation.

La décontraction du policier fut de courte durée et s'évanouit totalement lorsqu'il entendit la voix de Raven à l'autre bout du fil.

— Abigayle ? Que se passe-t-il ?

— Écoute, je ne sais pas comment tc le dire, alors je vais faire simple. Spoutnik et moi sommes à l'appartement de Lana, dans le Queens. Il est sens dessus dessous. Des voisins déclarent avoir entendu des cris puis auraient vu par la fenêtre trois individus vêtus de cache-poussière l'embarquer dans une berline.

— Et merde… Abi, vous ne faites rien sans m'en parler, d'accord ?

— Pourquoi tu me demandes ça ?

— Ne cherche pas à comprendre, tu me préviens, c'est tout.

— Toi, tu me caches quelque chose. T'as intérêt à m'expliquer ce qui se pa…

Barry coupa la communication et dévala les marches.

— Nous devons partir, Lana a été enlevée. Probablement par nos suspects ! lança-t-il, angoissé, à Werner qui posa les livres qu'il tenait entre ses mains.

— Pourquoi elle ? Je croyais que ces hommes en avaient après l'épée.

— Je l'ignore, mais il faut la retrouver !

— Calmez-vous un instant, ils l'ont kidnappée, pas assassinée. Il n'y a pas à s'en réjouir, mais cela nous laisse quelque espoir. Notre principal souci est que nous ignorons où la chercher.

— Si seulement nous savions comment Lean est entré en contact avec eux, ça nous donnerait au moins une piste, se lamenta Barry.

— Il a peut-être réalisé des travaux d'électricité chez eux, supposa Fromhill.

— Pourquoi vous dites ça, vous ? s'agaça le policier.

— Il m'avait raconté qu'il bricolait chez des particuliers pour arrondir ses fins de mois. C'est moi qui lui ai suggéré de rénover mon installation pour baisser le prix des livres qu'il souhaitait acquérir. Lui m'a proposé de facturer son intervention par le biais d'une association qui s'occupait de lui.

Barry écarquilla des yeux effarés.

— Mais enfin, c'est capital, comme information ! Pourquoi ne m'avez-vous pas raconté ça plus tôt ? aboya-t-il.

— Ben… vous ne m'avez rien demandé. Je ne pouvais pas deviner que c'était important, protesta le libraire.

— Ah, pour une fois, j'abonde dans le sens de notre nouvel ami, ironisa Werner. Vous ne l'avez pas questionné à ce sujet.

— Je ne suis pas d'humeur, le rabroua Barry en sortant de sa poche son portefeuille dont il tira la carte de visite remise par le professeur Walters, fondateur et dirigeant du Possible Pardon.

Il l'appela aussitôt.

— Si la facturation passait par une institution, elle dispose des adresses des clients, reprit Werner, redevenu grave.

— Nous en aurons vite le cœur net… Professeur Walters ? Lieutenant Donovan. J'ai besoin de vous voir tout de suite.

CHAPITRE 36

Tuer le messager.

L'expression n'est pas un vain mot.

Si ce n'avait été pour Barry, j'eusse démembré le libraire sur place. Non parce qu'il avait remarqué ma ressemblance avec Alexander Von Lowinsky mais parce qu'il me délivrait une révélation insupportable.

Mon propre père m'avait caché un passé aux racines occultes. Je me retrouvais confronté aux secrets d'un homme que j'avais vénéré au point de transformer l'adolescent enjoué que j'étais en un magnat de l'industrie, solitaire, écrasé par l'exercice du pouvoir et le poids de ses responsabilités. Car toute ma vie, je m'étais astreint à me montrer à la hauteur d'une noblesse finalement imaginaire, refrénant par là même mes aspirations profondes. Les moments partagés avec les collègues et amis de Barry dans le pub en début de soirée illustraient à merveille tout ce dont je m'étais privé. Accompagner au piano le chant d'un Irlandais alcoolisé dans un débit de boissons n'a, en soi, rien de grandiose et représentait une activité terriblement banale dans le New York du XIXe *siècle. Mais ces plaisirs simples m'avaient été interdits, car indignes de mon rang.*

Et tout ceci au nom d'un héritage illusoire.

Il est un fait que les enfants ne connaissent rien de leurs parents, et je n'échappais pas à cette règle.

J'aurais souhaité ne pas y croire, me raccrocher aux divergences entre le conte et la réalité puisque Père était mort de vieillesse alors que les Templiers du Confutatis étaient décrits comme immortels par l'âge. Pourtant, je ressentais dans ma chair la véracité de ces révélations. Chaque épisode, aussi invraisemblable fût-il, me dévoilait un peu de mon histoire familiale.

Au fil du récit, des bribes de souvenirs ressurgissaient, furtives images oubliées d'objets entraperçus dans le cabinet de travail paternel. Un bouclier frappé du sceau des Templiers, une épée gravée exposée sur un présentoir au-dessus de l'âtre de sa cheminée. Des bouts de rien enfouis dans la mémoire d'un garçonnet et qui trouvaient sens en cette nuit cruelle.

Pendant les explications de Fromhill, mon esprit ployait sous une avalanche de questions trop nombreuses pour être formulées. Des centaines de « comment », des milliers de « pourquoi » et, au final, une interrogation, obsédante : se pouvait-il que ma damnation fût liée au destin de mon père et, si oui, pourquoi ne pas m'en avoir averti et m'avoir laissé l'affronter seul ?

L'absence de réponse provoqua en moi une frustration inhabituelle dont j'imputais la responsabilité au malheureux libraire, réduit au statut de défouloir. Mais force était de reconnaître à cet individu une réelle utilité, et il se montrait plus que désireux de m'aider à mieux comprendre mon état. Nous quittâmes donc Le Monde caché pourvus d'un allié inattendu, lequel, alors que Barry et moi volions au secours du docteur Carvey, se lançait dans des recherches effrénées dont il promit de nous tenir informés dans les meilleurs délais.

J'étais arrivé dans cette échoppe avec l'absolue certitude d'avoir affaire à une escroquerie pour simples d'esprit. J'en ressortais déstabilisé par d'insoutenables découvertes, frappé par un éclair mystique jailli d'un bijou, en apparence banal, et dépouillé de mon pouvoir d'hypnose. Un peu plus tôt, j'avais perdu tout contrôle sur moi-même et m'étais retrouvé incapable d'invoquer le faucon. De plus patients que moi auraient trouvé là motif à énervement. Alors, en tant qu'homme au caractère entier et un tantinet sanguin, j'enrageais.

En dépit de l'altération de ma capacité, je pouvais encore compter sur ma force physique et sur ma faculté à me rendre immatériel pour apporter à Barry quelque protection.

Par ailleurs, j'entendais bien en apprendre plus sur le destin de Père, et par extension le mien, auprès des Templiers du Confutatis s'ils étaient bien derrière cet enlèvement et ce double meurtre odieux.

Après quoi je me ferais un plaisir d'accomplir les derniers termes de leur serment et les renverrais, en cendres, rejoindre leur Créateur...

CHAPITRE 37

Institution du Possible Pardon, trente minutes plus tard

Jonathan Walters faisait tourner entre ses doigts son trousseau de clefs. Le tintement métallique accompagnait le son des papiers froissés par le policier aux courts cheveux roux.

Penché au-dessus du bureau de la secrétaire du fondateur de l'association, le lieutenant Donovan compulsait frénétiquement le classeur contenant les factures émises par Le Possible Pardon à la suite des travaux d'électricité réalisés par Jimmy Lean. Il énonçait à son confrère, un quinquagénaire aux tempes grisonnantes, les adresses des particuliers et entreprises chez qui les interventions avaient eu lieu. Étonnamment élégant, doté d'une élocution bien guindée pour un représentant des forces de l'ordre et affublé d'un prénom exotique – Werner –, ce dernier, installé à l'ordinateur, les saisissait sur le clavier et examinait les cartes de l'État de New York apparaissant à l'écran.

À plusieurs reprises, Jonathan dut rappeler à ses visiteurs de manier les documents comptables avec précaution. Le lieutenant se montrait impatient et agité, un comportement diamétralement opposé à la compassion et à l'amabilité dont il avait fait preuve lors de leur première rencontre. Déjà quand ils s'étaient retrouvés une poignée de minutes plus tôt sur le perron du Possible Pardon, Jonathan l'avait trouvé irritable, sa nervosité encore accentuée à l'évocation du service de facturation fourni par l'institution aux membres qui en faisaient la requête. Barry Donovan lui avait explicitement reproché de n'avoir pas mentionné un élément jugé capital pour l'enquête. Trop désireux de voir dans cette excitation le signe d'une avancée de l'investigation susceptible d'exonérer Jimmy des crimes dont l'accusait la justice, le professeur s'était gardé de toute protestation.

Autant Miranda, la secrétaire septuagénaire et bénévole de l'association, était mal à l'aise face à un ordinateur, autant elle maîtrisait les systèmes de classements traditionnels. Jonathan imagina la colère de la femme lorsqu'elle découvrirait, dans quelques heures, son bureau transformé en capharnaüm. Éclats de voix et injures imagées s'enchaîneraient pendant qu'elle y remettrait de l'ordre. Ensuite viendrait pour le psychiatre le moment de lui annoncer la nouvelle redoutée. Les pleurs succéderaient au mécontentement.

Déjà, la gorge de Jonathan se nouait. Tout ce en quoi il croyait, le projet d'une vie auquel tant d'énergies s'étaient associées, périclitait. Le lieutenant Donovan et son improbable acolyte incarnaient peut-être la dernière chance de sauver son utopie. Mais aussi désireux était-il de les laisser travailler en paix, la question lui brûlait les lèvres. Il la formula presque malgré lui :

— Reste-t-il une chance d'innocenter Jimmy ou est-il purement et simplement coupable ?

Donovan tendit une nouvelle feuille au prénommé Werner puis se tourna vers Jonathan. Son regard, d'abord dur et concentré, s'adoucit. Le psychiatre poursuivit, la voix chargée d'émotion :

— Je ne vous demande pas une réponse juridique ou une politesse d'usage. J'aimerais juste connaître votre intime conviction.

— Il est possible qu'il ait commis les crimes, mais qu'il n'ait pas été responsable de ses actes au moment des faits. Je ne vous mentirai pas, nous aurons beaucoup de mal à le prouver.

— Vos investigations actuelles ont un rapport avec cette hypothèse ?

— Oui, il pourrait avoir fait une mauvaise rencontre au cours de ses travaux. Nous essayons d'identifier et de localiser d'éventuels suspects.

— Nous cherchons une aiguille dans une botte de foin, précisa Werner. Mais il semblerait que la providence se soit rangée de notre côté. Regardez.

Barry Donovan reporta son attention sur le moniteur.

— C'est une blague ? demanda-t-il à son partenaire, incrédule.

— Pas une blague, mon ami, une promesse, rétorqua Werner en lançant l'impression du plan et de plusieurs articles de presse.

Sur l'un d'eux, Jonathan distingua vaguement la photographie de ce qui ressemblait à une usine.

Pendant que le lieutenant guettait les feuilles à la sortie de l'imprimante, un modèle lent et obsolète, Werner abandonna son poste de travail et s'approcha de son hôte.

— Pensez-vous sincèrement que le pardon soit possible pour tous ? s'enquit-il avec une forme de curiosité étonnée, comme si le fondement de la démarche lui paraissait loufoque.

Au ton de sa voix, Jonathan déduisit que le fringant quinquagénaire aurait tout aussi bien pu demander à Jonathan s'il croyait à la présence d'extraterrestres parmi les humains ou à la migration du monstre du Loch Ness dans les eaux de l'Hudson.

— Oui, répondit-il, c'est l'œuvre de ma vie et d'une poignée d'idéalistes. Je décèle chez vous une pointe de scepticisme à ce sujet.

— Je m'interroge sur ce qui pousse certains hommes à s'engager ainsi pour la rédemption d'autres, voilà tout.

— Nous croyons en la deuxième chance et même la troisième ou la quatrième s'il le faut. Nous ne condamnons pas par avance. Les préjugés sont proscrits en nos murs et, autant que faire se peut, dans nos esprits.

— Le pardon n'est-il pas le privilège du divin ? insista Werner.

— L'espoir n'est pas l'apanage des seules religions, monsieur. Deshawn Willard me disait souvent la chose suivante : « Dieu ne pardonne pas, n'absout personne. Il nous donne la force, à nous les simples hommes, de pardonner et d'absoudre. » Nul axiome ne résumera mieux notre démarche.

— J'en saisis l'idée. Vous vous trompiez sur mon scepticisme, professeur. Il se pourrait que j'aie, d'ici peu, beaucoup à pardonner. Trop, peut-être. Et je ne sais pas comment y parvenir.

— Ce chemin passe par notre capacité à accepter nos propres fautes, à les analyser pour ne pas les reproduire. Un principe sur lequel je méditerai une fois notre institution close.

— Plaît-il ?

— Comme je le pressentais, suite à la très médiatique inculpation de Jimmy, nombre de généreux bienfaiteurs se sont retirés, compromettant notre avenir financier. Je nous donnais trois mois, nous n'en aurons pas plus de deux avant de mettre la clef sous la porte.

— Collecter des fonds pour une telle cause serait-il si ardu ?

— La Bourse, l'immobilier ou les nouvelles technologies font recette auprès des plus fortunés. Nos sociétés ne jugent pas l'investissement dans l'humain assez rentable.

— Évidemment…

— Pardon, professeur, intervint Donovan, mais nous devons vraiment filer. Au point où nous en sommes, chaque minute compte. Je suis navré de ce qui vous arrive, mais il n'est peut-être pas encore trop tard. Gardez espoir.

— C'est tout ce qu'il nous reste, lieutenant, murmura Jonathan en échangeant des poignées de main fermes avec ses visiteurs.

Il accompagna les deux hommes jusqu'à la sortie de l'institution et les regarda s'engouffrer dans le taxi qui les avait déposés et les attendait sagement depuis.

— Où allez-vous ? lança-t-il à Werner qui abaissait sa vitre.

— Vers les Portes de l'Enfer, professeur. Vers les Portes de l'Enfer.

CHAPITRE 38

Glenwood, Hudson Valley, quelques minutes plus tard

L'examen des factures émises pour le compte de Jimmy Lean ne laissait guère de place au doute. S'il avait accompli de nombreux travaux, il était principalement intervenu chez des particuliers résidents dans le Bronx, à proximité de l'institution. Les sommes n'excédaient pas les cent dollars, d'où les soupçons soulevés par les cinq cents dollars payés par une société se prétendant chargée de l'étude de rénovation de la centrale de Yonkers. Une rapide recherche sur Internet n'avait montré aucune trace de cette entreprise. Pire, les instances officielles n'annonçaient aucune réhabilitation du site. Il n'en avait pas fallu plus à Werner et Barry pour se forger une conviction.

Le taxi mit un peu moins d'une demi-heure pour mener ses occupants à destination. Il les déposa sur une route coincée entre la voie ferrée du Metro-North et une colline boisée parsemée d'immeubles aux fenêtres éclairées au cœur de la nuit.

Les mains sur les hanches, Barry observait l'usine qui s'élevait loin devant lui. Trois rectangles gigantesques, dont deux reliés par un haut mur d'enceinte, s'étiraient jusqu'aux berges de l'Hudson. Une vingtaine de fenêtres aux vitres brisées se succédaient sur toute la largeur de la façade en brique noircie par le travail conjoint du temps et de la pollution. Sur le toit du bâtiment principal, deux immenses cheminées se dressaient vers les cieux assombris par un tapis de nuages annonciateurs d'un orage imminent. Et partout, des herbes folles envahissaient l'espace, symboles de la décrépitude des lieux.

Si Barry connaissait l'endroit de réputation, il ne s'y était jamais rendu et découvrait, ébahi, toute sa démesure. La station était au moins aussi monumentale que la gare de Grand Central. Depuis des années, de folles rumeurs prétendaient que des gangs s'étaient approprié l'endroit pour y pratiquer des rites initiatiques ou y organiser des soirées orgiaques.

— La centrale électrique de Yonkers. Construite au début du XXe siècle. Désaffectée depuis 1968 et chaleureusement surnommée…

— … les Portes de l'Enfer, compléta Werner, le visage fermé. Tout un programme.

— Je ne sais pas si nous avons vraiment affaire aux Templiers dont Fromhill nous parlait, mais alors je ne partage pas du tout leur sens de l'humour.

— L'humour n'a rien à voir dans leur choix, le contredit le vampire. Jugez plutôt. Un endroit reculé, abandonné, tellement connu de tous que les riverains finissent par ne plus y prêter attention. Par ailleurs, ils disposent d'un accès au fleuve par l'arrière du bâtiment, ce qui, sur un plan tactique, me semble assez intelligent en cas de retraite. De plus, si je me fie aux fenêtres brisées ou aux infiltrations de la façade, je présume les lieux dangereux. Idéal pour justifier les regrettables accidents susceptibles de survenir aux éventuels curieux et autres importuns.

— Vous avez appris tout ça lors de vos années passées à West Point ?

— Non, ce sont pour la plupart des questions que je me suis posées au moment d'élire ma propre cachette, après ma transformation.

Une rame de métro défila à grande vitesse devant les deux hommes. Au fracas des roues sur les rails succéda un roulement de tonnerre sinistre.

Ils échangèrent un regard entendu, ponctué par un haussement de sourcils de Barry qui reprit avec ironie les mots de Werner :

— Ouais, tout un programme. Il va falloir progresser prudemment, poursuivit-il. Non seulement nous risquons de tomber sur des gardes, mais en outre la station est en ruine et pourrait en effet se révéler dangereuse, en plus d'être angoissante.

— Je la trouve plutôt à mon goût.

— Vous rigolez ? On dirait « la maison du diable », version industrielle.

— C'est le propre de ce type de construction. Les hommes les érigent pour témoigner de leur puissance, mais elles finissent invariablement par illustrer le caractère éphémère de la vie et engendrer la peur. En ce qui me concerne, une telle architecture, jusqu'au choix des matériaux, me rappelle mes usines.

— Vous ne m'en voudrez pas de ma brutale franchise mais cela ne me fait pas vraiment rêver.

— Je le conçois, mais vous me permettrez quelques instants de nostalgie. Ces murs me content l'histoire des hommes qui y œuvraient.

— Et peut-être aussi de quelques enfants. Je me suis laissé dire qu'à votre époque…

— Je vous en prie ! s'offusqua Werner. Pour qui me prenez-vous ? Contrairement aux usages de nombre de mes confrères, je me refusais à employer des enfants de moins de douze ans, et aucun d'eux n'était enchaîné aux machines. Tout ceci bien avant le vote des lois sur le travail après la guerre !

— Ouais, pas les mêmes mœurs, marmonna Barry en sortant son pistolet de son holster.

Il avança en direction de la voie ferrée avec, sur ses talons, un Werner passablement dubitatif quant au sarcasme du policier.

— Si la légende dit vrai, fit Werner, votre arme sera de peu d'utilité. Mieux vaut compter sur les quelques pouvoirs encore à ma disposition.

— Vous avez raison, mais ça me rassure de l'avoir en main.

— La prudence ne vous dicterait-elle pas de me laisser gérer la situation ?

— En effet, sauf que nous avons constaté les effets de la croix des Templiers sur vous. En plus, ces hommes semblent rompus au combat face à des êtres surnaturels. Je ne suis pas un super-héros, je n'ai aucune capacité particulière et je ne prétends pas jouer un rôle décisif, mais je peux vous servir de soutien.

— Nous nous soutiendrons donc mutuellement, promit Werner en ôtant son manteau.

Il le plia soigneusement sur son avant-bras puis l'épousseta avant de scruter les environs.

— Qu'est-ce que vous faites ?

— Quelle question, je mets mon vêtement à l'abri, pardi. Je ne voudrais pas risquer d'esquinter un cachemire d'aussi belle qualité.

— Vraiment ? Là, maintenant, vous estimez que c'est prioritaire ?

— Je ne vous reproche pas de privilégier la praticité vestimentaire, ne me reprochez pas de tenir à ma mise. Je pense que les occasions de dégrader nos habits seront légion à l'intérieur. Voyez dans mon geste une marque d'optimisme puisque je me projette déjà dans l'après. Un vieux réflexe de chef d'entreprise : sitôt un contrat est-il signé qu'il faut envisager le prochain. Lamentations et réjouissances ne sont que perte de temps et d'énergie. Laissons aux poètes et aux philosophes le soin de disserter sur les problèmes de ce monde. Contentons-nous d'en régler certains, conclut Werner en dénouant sa cravate noire qu'il rangea dans la poche de son trench.

— Après tout ce qui vous est arrivé ces deux derniers jours, et particulièrement ce soir, j'admire votre placidité. Je vous avoue que moi je suis tétanisé à l'idée de ce que ces hommes pourraient faire subir à Lana.

— Le docteur Carvey a été enlevée, pas exécutée dans son appartement, commenta calmement Werner en glissant son manteau sous le socle d'un panneau de signalisation ferroviaire. Lors de mon intervention, ils s'apprêtaient à la tuer. Donc ceux qui ont fomenté ce kidnapping ont une nouvelle idée en tête.

Ce disant, il déboutonna son col de chemise, fit un pas, mais s'arrêta net et se tourna vers Barry.

— Encore une question avant de nous jeter dans la gueule du loup.

— Je vous écoute.

— Jusqu'où êtes-vous prêt à aller pour sauver votre… amie, amante, soupirante, je vous laisse le choix du substantif ?

Barry s'assombrit.

— Je n'ai rien pu faire pour ma femme et ma fille, murmura-t-il sans tristesse. Si Lana est bien ici, elle en sortira vivante, répondit-il en engageant une balle dans la chambre de son pistolet. Quel qu'en soit le prix. Satisfait ?

Werner caressa Klaue du bout des doigts puis la serra dans sa paume comme pour conjurer le risque que son libre arbitre lui échappe de nouveau. Il eut un sourire en coin dans lequel Barry lut une rage maîtrisée.

— Comblé.

Et, comme un seul homme, ils traversèrent la voie ferrée et dévalèrent le talus menant au mur d'enceinte de ce qui, ils en étaient convaincus, constituait le quartier général de moines-soldats vieux de près de mille ans.

CHAPITRE 39

L'orage annoncé ne tarda pas à éclater. Les premières gouttes éparses tombèrent alors que Barry entamait l'escalade du mur d'enceinte sous le regard attendri de Werner qui s'était accroupi à son sommet après l'avoir atteint sous sa forme brumeuse. L'agilité du policier pâtissait peu de la douleur occasionnée par l'étirement de son torse. Sa blessure à l'abdomen se rappelait à lui et provoquait des élancements finalement plus désagréables que handicapants.

Il acheva son ascension en grimaçant puis se ramassa à côté de Werner qui lui dressa un compte rendu de ses observations en pointant du doigt ce qu'il avait repéré. Les éclairs au loin s'ajoutaient aux lumières des habitations et de la voirie voisines, tant et si bien que Barry n'eut besoin que de peu de temps pour adapter sa vision.

— Deux 4×4 noirs près du bâtiment de droite, dix motos garées à côté. Aucun signe de mouvement dans les environs.

Barry se concentra essentiellement sur les deux-roues.

— Bien, nous savons donc qu'il y a du monde ici, et en nombre, commenta-t-il en plissant les yeux alors que l'averse se faisait plus dense. Et, comme par hasard, ils sont équipés de motos…

— Pourquoi « comme par hasard » ?

— Un convoi de prisonniers a été attaqué par des hommes dont deux ont été photographiés sur une moto, justement. Ils ont emmené quatre dangers publics, des cas irrécupérables comme nous en voyons rarement.

— Vous pensez qu'il y a un lien ? Et dans quel but nos Templiers s'en prendraient-ils à des détenus ?

— Dans l'ordre de vos questions : oui, je pense qu'il y a un lien, mais j'ignore lequel, pourtant j'ai l'impression que nous ne sommes pas au bout de nos surprises, souffla Barry en entamant sa descente.

— Vous auriez dû me laisser vous ménager un passage à travers le mur, reprocha Werner avant de se dématérialiser.

Le nuage de brume glissa le long des briques et retrouva forme humaine sur le sol terreux qui se changeait peu à peu en mare boueuse.

— Et risquer d'alerter d'éventuels gardes, non merci, je préfère rester discret le plus longtemps possible, ironisa le lieutenant à la recherche d'appuis pour ses pieds.

Deux briques descellées lui fournirent l'assistance recherchée. Il s'en aida pour diminuer la hauteur de sa chute puis atterrit en souplesse dans une flaque tandis que Werner se tenait prêt à compenser un déséquilibre.

— Je comprends mieux, pour le manteau, fit Barry en remarquant les multiples taches d'eau noirâtres qui constellaient son pantalon et son blouson de cuir. Désolé pour votre chemise blanche…

Le vampire écarta les bras et leva les yeux au ciel de dépit après avoir constaté que la gerbe soulevée par la réception du policier ne l'avait pas épargné. Celui-ci ne s'attarda pas sur la réaction de son complice. Il jeta un coup d'œil à l'intérieur des véhicules avant de plaquer une paume sur chaque capot.

— Moteurs encore chauds, annonça-t-il en s'accroupissant pour examiner le sol. Empreintes de bottes. Deux ou trois, à vue de nez.

— Trois, à peu près un quintal pour les deux premiers. Le dernier homme paraît plus lourd d'après la profondeur, compléta Werner. Je présume qu'il portait le docteur Carvey. Les traces mènent vers le bâtiment de droite.

— Impressionnant, lâcha Barry, admiratif. West Point, cette fois ?

— Toujours pas, contredit Werner en passant à côté de son ami qui lui embraya le pas. Équitation, chasse, pistage, des talents quasiment obligatoires pour les gentlemen de ma génération.

Il développa ses explications tout en détaillant l'imposante porte métallique devant laquelle disparaissaient les empreintes. Pendant ce temps, Barry, adossé au mur, guettait les environs.

— Nous ne disposions pas de la moitié du confort qui vous semble à l'époque actuelle normal, et nous affrontions des difficultés et des dangers permanents. Il nous était indispensable de développer des aptitudes dont vous êtes totalement dépourvus.

— En gros, à vos yeux, nous sommes tous handicapés, d'une certaine manière.

— Plutôt des enfants gâtés, mais je ne vous en tiens pas rigueur, j'apprécie moi aussi les avantages de la modernité. D'ailleurs, en parlant de talents oubliés, je ne vous l'ai jamais demandé, mais avez-vous déjà tué un homme ?

— Non, et je n'ai même jamais fait usage de mon arme en dehors des entraînements.

— Souhaitons alors que vous n'ayez pas à commencer ce soir.

Une vibration monta de la veste de Barry. Il sortit son téléphone portable et en regarda l'écran en hochant la tête.

— Que se passe-t-il ?

— Raven a appelé une dizaine de fois et elle vient de m'envoyer un texto. Elle me laisse cinq minutes pour la rappeler et lui expliquer ce qui se passe. Si je ne le fais pas, elle menace de localiser mon téléphone et de débarquer. Je vous livre une version soft, ses mots sont plus… colorés…

— J'imagine sans peine. Combien de temps faut-il pour qu'elle découvre où vous vous trouvez et que nous la voyions arriver ?

— Quelques minutes pour la recherche plus le temps de trajet. Une grosse demi-heure, à vue de nez.

— Alors, si vous ne souhaitez pas qu'il arrive malheur à vos collègues, nous ferions mieux de ne pas traîner…

Sur ces mots, Werner imprima une forte poussée à la porte qui glissa sur son rail en projetant des écailles de peinture séchée. Elle se logea dans un renfoncement latéral du bâtiment, dévoilant un hall gigantesque.

De chaque côté, des murs de brique à demi effondrés délimitaient des alcôves encombrées de déchets impossibles à identifier. Acier, pierre et boue fusionnaient en monticules d'où émergeaient encore les piliers métalliques soutenant tant bien que mal la structure de l'édifice. De longues chaînes à larges mailles pendaient depuis les poutres situées huit ou neuf mètres au-dessus du sol. Dehors, l'orage redoublait. Le vent, telle une pieuvre monstrueuse munie d'une infinité de tentacules, s'insinua à travers la multitude d'interstices qui transperçaient le bâtiment. Son sifflement sinistre ajouta à l'agonie des lieux.

Werner ouvrit la marche dans le hall. En retrait, Barry sortit une lampe torche miniature de la poche intérieure de sa veste, la cala avec sa main gauche sous le canon de son pistolet et marmonna : « Je ne suis pas nyctalope, moi. » Il rattrapa ensuite le vampire qui avançait avec la décontraction d'un touriste en visite au musée.

— Enfonçons-nous dans la gueule du Léviathan et cheminons d'un pas alerte vers les Enfers, souffla Werner sur un ton dramatique vite démenti par un sourire en coin.

— Vous parlez d'un encouragement, répondit Barry. Vous êtes désespérant !

— Haut les cœurs, que diable ! Ne vous laissez pas intimider par des ruines somme toute banales.

— Les ruines m'intimident moins que ceux qu'elles abritent, et je ne suis pas pressé de me mesurer à eux. Je change de sujet, mais cette station ressemble vraiment tant que ça à vos usines ?

— La taille et l'architecture sont similaires mais je n'aurais jamais toléré que mes installations soient aussi mal entretenues, s'amusa Werner en glissant un doigt sur un tuyau recouvert de poussière.

— Ce n'était pas le sens de ma question. Je me demandais…

— Je sais parfaitement où vous vouliez en venir. Cette station a été érigée un demi-siècle après ma mort, soit environ soixante ans après la dernière rénovation de mes manufactures. Les similitudes se bornent à l'architecture générale, les exigences d'une centrale électrique diffèrent trop de celles d'une aciérie pour que je puisse nous guider à travers le dédale qui nous attend. Était-ce bien là le sens de votre interrogation ?

— Oui.

— Alors il nous faudra donc nous contenter de notre discernement et de notre instinct. Le mien me susurre de trouver les sous-sols, ils sont très certainement communs aux deux corps de bâtiment.

— Nos adversaires auront certainement opté pour la discrétion et la mobilité, je suis d'accord. En plus, ces usines étaient construites au bord de l'eau pour recevoir et expédier des marchandises par voies fluviales, ce qui signifie qu'il y a sans doute un accès souterrain à l'Hudson.

Werner manifesta son approbation en s'inclinant légèrement. Ils continuèrent leur progression en silence, au milieu des débris jonchant le sol et des filets d'eau s'infiltrant du plafond. Peu rompu à un exercice plus proche de ceux pratiqués par les forces d'intervention de la police voire des commandos de l'armée, Barry devait se concentrer pour avancer sans faire de bruit là où le vampire évoluait avec une aisance féline. Toute notion du temps s'estompait un peu plus à chaque pas. Ils arrivèrent enfin au bout du hall sans avoir trouvé le moindre passage, la moindre porte, et se retrouvèrent en face d'un escalier étroit dont Werner gravit les marches quatre à quatre après en avoir testé la résistance par quelques pressions de la semelle. Le lieutenant l'imita.

— Délirant, s'exclama Barry en débouchant sur une plate-forme perdue au milieu du bâtiment comme un radeau sur l'océan.

Il leva les yeux vers le toit et découvrit les galeries, semblables à des coursives, qui desservaient les trois étages de l'édifice. L'analogie maritime née dans l'esprit du policier s'en trouva accentuée, et il lui fallut lutter pour ne pas se croire sur un paquebot fantôme prêt à gîter à tout instant sous l'effet de la tempête qui, dehors, grondait toujours plus fort.

Une sensation que ne semblait pas éprouver Werner, décidé à emprunter un nouvel escalier plongeant dans les profondeurs de la centrale.

— Ça ne vous tenterait pas de partir en éclaireur discrètement ? lui suggéra Barry en mimant ce qui se voulait être une évaporation avec ses mains.

— Je préfère éviter. Par la faute de notre accord, je ne me suis pas alimenté depuis longtemps, et le recours à mes pouvoirs m'affaiblit. Me préserver ne sera pas du luxe.

Si on m'avait dit que je regretterais un jour d'avoir demandé à un vampire de ne plus sucer de sang...

À la démesure du hall et de la plate-forme succéda un dédale de pièces contenant pour certaines des rangées de vannes rouillées jusqu'à la moelle, pour d'autres des turbines à l'arrêt depuis des décennies. Et partout cette poussière, ces amas de pierres et de verre, cette humidité acide qui collait les vêtements à la peau, agressait la gorge et les narines. Ils traversèrent un couloir où subsistaient quelques casiers, vestiges d'une activité humaine, puis encore de nouvelles salles, dont la plupart étaient rendues inaccessibles par des éboulements ou des inondations, voire les deux.

Enfin, ils rejoignirent un espace plus vaste aux parois tapissées de compteurs et de leviers. Un coup d'œil en l'air révéla à Barry un maillage de tuyaux et de câbles partant en tous sens et habillant l'intégralité du plafond. Il continua d'éclairer les alentours et remarqua sur trois des murs autant de doubles portes.

Werner s'approcha de l'une d'entre elles tandis que, dans son sillage, le policier couvrait les arrières en avançant à reculons. Son dos percuta soudain celui de son ami.

— Désolé, murmura Barry en surveillant les environs.

— Ce n'est rien, répliqua le vampire sur un ton feutré. Les empreintes mènent…

Il se tut.

— Un souci ?

Pas de réponse.

Barry pivota, les doigts crispés sur son arme.

Il n'eut pas le loisir de réitérer sa question. Un pouce et un index compressèrent sa trachée si fort qu'il sentit le flux sanguin s'interrompre. Sa vue se brouilla et, à travers les larmes qui emplissaient ses yeux, il distingua Werner, qui affermissait sa prise avec, aux lèvres, le même sourire mauvais qu'à Trinity Church.

Décuplée par la folie qui brûlait dans ses prunelles, sa puissance physique, déjà considérable, rendait dérisoire toute tentative de dégagement. Barry voulut se débattre, fouettant l'air de son bras gauche. Un acte qui arracha à son tortionnaire un sourire plus carnassier encore. Profitant de la diversion, le lieutenant fouilla de sa main droite la poche dans laquelle était rangée la croix pattée d'Anthony Fromhill.

— Je salue une entreprise qui aurait mérité de connaître meilleur sort, jeune homme, déclara une voix grave derrière Barry.

Simultanément, Werner relâcha sa proie, et un objet froid et tranchant glissa le long de la gorge du policier. Celui-ci baissa les yeux et avisa la lame d'une épée. Il ferma ensuite les paupières, puis lâcha son pistolet avant de lever machinalement les mains.

Barry se risqua à tourner la tête, encouragé par l'allégement de la pression de l'épée qui apparaissait devant son visage. Deux portes étaient désormais ouvertes. Dans l'embrasure de chacune d'elles, trois hommes se tenaient au garde-à-vous, impassibles.

Il reconnut alors son interlocuteur au premier coup d'œil. Ses traits étaient plus fatigués, mais la cicatrice sur sa joue, vue sur l'enluminure découverte plus tôt dans la soirée chez le libraire, ne laissait aucune place au doute.

Nicolae, le maréchal du Confutatis.

CHAPITRE 40

Klaue, la chevalière de Werner, scintillait d'un halo rouge qui enveloppait les hommes présents et leur donnait une allure d'autant plus menaçante qu'ils restaient aussi figés et inexpressifs.

Encerclé, pris au piège, seul maintenant que Werner n'était plus lui-même, Barry ressentait dans sa chair un vide abyssal similaire à celui qui avait succédé l'annonce de la mort de Cindy et Maureen dans les Twin Towers. Une désespérance absolue, infinie. L'évanouissement de la notion même d'avenir. La fin de toute chose.

La légende disait vrai, ne cessait-il de se répéter intérieurement alors que Nicolae, campé face à lui, le détaillait de pied en cap.

— Va ! lança-t-il à Werner dont les traits se creusaient à vue d'œil, lui conférant un aspect encore plus monstrueux que dans le cimetière de Trinity Church.

Il s'évapora *illico* et disparu dans un des couloirs révélés par les portes ouvertes.

— Qu'êtes-vous donc ? fit Nicolae à Barry en abaissant l'épée qu'il tenait fermement en main.

— Policier ? risqua ce dernier avec la sensation que ce n'était pas la réponse attendue.

Un homme s'approcha de lui et écarta sans ménagement les pans de son blouson. Il en tira son portefeuille et sa plaque de service qu'il examina rapidement avant de confirmer les dires du prisonnier d'un signe de tête martial. Il reprit sa fouille et brandit cette fois la chaîne et la croix pattée qui y pendait. Le bijou atterrit dans la main de Nicolae qui l'observa sans ciller.

— Je m'apprêtais à vous demander si vous connaissiez la vraie nature de celui qui vous accompagnait en ces lieux. Je constate à la présence de notre symbole dans vos effets que vous en savez bien plus que ne le devrait un simple représentant des forces de l'ordre. Épargnez-vous de lourds désagréments en m'exposant de votre propre chef la raison de votre venue.

Les derniers mots du maréchal sonnaient moins comme une menace que comme l'énoncé purement factuel de la suite logique de la confrontation. Barry avait beau réfléchir, il ne voyait nulle échappatoire.

Perdu pour perdu, autant jouer cartes sur table. Au pire, j'y gagnerai un répit.

Ainsi exposa-t-il les circonstances dans lesquelles lui et Werner s'étaient rencontrés. Il évoqua ensuite l'enquête sur l'assassinat de Deshawn et GC Willard et l'enlèvement de Lana qui les avait menés tous deux à la centrale de Glenwood. Il mentionna également, sans citer de nom, la boutique du Monde caché et son exubérant propriétaire, Anthony Fromhill. Nicolae ne perdit pas une miette de l'histoire et montra même, par instants, des signes d'intérêt amusés.

— Puisque vous connaissez notre existence, inutile de nous disperser en présentations superflues. Ainsi donc, cette Lana Carvey ne serait pas liée à Werner, mais à vous, et vous à lui ?

Barry acquiesça.

— Ou comment une erreur d'interprétation nous amène au résultat souhaité, conclut Nicolae pour lui-même. Vous ne pouvez envisager ni les pouvoirs mis en œuvre ni les sacrifices déployés pour attirer Werner à nous, et, par d'intrigants détours du destin, il nous est livré avant même l'achèvement d'un rituel ancestral au coût faramineux. Et vous, jeune homme, vous allez considérablement simplifier les tâches qui nous attendent.

Un nouveau soldat fit irruption dans la pièce. Plus petit, mais aussi plus trapu que ses camarades, il fut accueilli par une série de claquements de bottes, signe d'un grade supérieur. Il darda un regard méprisant sur Barry et se dirigea tout de go vers Nicolae.

— Le mage attend vos ordres pour procéder à la dernière phase, maréchal.

— Jiles, mon aide de camp, présenta le maréchal à Barry. Il va vous conduire auprès de votre amie. Le temps pour moi de m'entretenir avec Werner, et vous nous rejoindrez pour le dénouement d'une quête interminable.

— Faites de moi ce que vous voudrez, mais je vous en supplie, ne faites pas de mal à Lana. Elle n'a rien à voir dans tout ça, implora Barry.

— Votre requête me va droit au cœur, répondit Nicolae d'une voix trop triste pour dissimuler une quelconque moquerie, quand bien même le mien n'est plus qu'un amas de cendres depuis trop longtemps. Rassurez-vous, si vos liens avec Werner sont aussi forts que vous me les avez décrits, aucun mal ne vous sera fait, et vous serez libres dans moins d'une heure. Soixante minutes, jeune homme, un grain de poussière comparé aux huit cents ans qu'aura duré notre attente.

Nicolae sortit de la pièce sous le regard de ses soldats et de Barry, partagé entre l'improbable confiance que lui inspirait cet individu et l'incompréhension de ce qui se tramait vraiment ici.

Le maréchal ralentit puis s'arrêta.

— Dans votre intérêt et celui de votre amie, je prie pour que le sang qui coule dans les veines du fils de notre frère se révèle moins vicié que celui de son père, déclara-t-il sans se retourner. Faute de quoi, vous souffrirez l'âcre morsure de la trahison. Puisse le Seigneur vous épargnez cette douleur que je connais trop bien… Emmenez-le.

Paradoxalement, Barry le vit partir à regret.

Par de nombreux aspects, il lui rappelait Werner. Dans sa façon de s'exprimer, dans cette habitude perceptible d'être obéi et respecté sans avoir à hausser le ton, aussi. Et puis, tous deux portaient le poids d'un destin à nul autre pareil, source d'une infinité d'interrogations et de mystères à explorer. Et comme aux côtés de Werner, alors que Barry aurait dû craindre pour sa vie et celle de Lana, en l'occurrence, il se sentait étrangement en sécurité à proximité de cet homme. Après tout, s'il avait souhaité le tuer, il l'aurait fait d'un claquement de doigts. Une pensée réconfortante à court terme qui n'occultait cependant pas les inquiétudes levées chez le policier par les énigmatiques derniers mots du maréchal.

— Veuillez me suivre, ordonna l'aide de camp en s'élançant vers la porte à l'opposé de celle empruntée par son supérieur.

— Comme si j'avais le choix, maugréa Barry à voix basse alors qu'on le poussait en avant d'une bourrade.

Aux ruines humides jonchées d'immondices succéda une enfilade de couloirs et de salles à la propreté irréprochable. Sans avoir été totalement rénovée, cette partie du sous-sol avait été nettoyée et remise en état pour la rendre utilisable, voire habitable. Impression confirmée par les deux chambrées entraperçues au cours de la progression du groupe. Dans chacune des deux pièces, Barry avait compté à la volée une dizaine de lits dont le modèle et l'alignement lui rappelaient un casernement militaire. L'analogie ne s'arrêtait pas là. Les six hommes vêtus de cache-poussière marron qui l'escortaient marchaient d'un seul et même pas. Le bruit de leurs rangers rompait le silence de mort qui enveloppait les lieux. L'inexpressivité de leurs visages blafards et leurs cheveux coupés à ras du crâne les rendaient difficiles à distinguer les uns des autres. Il émanait d'eux une puissance physique et une détermination froide qui aurait dissuadé les plus téméraires à chercher l'affrontement direct. Comparé à ces types, Barry n'était rien de plus qu'un moucheron insignifiant. Et pourtant, aucun d'eux ne rivalisait avec le hiératique Nicolae. Il n'était ni le plus grand – bien que tutoyant le mètre quatre-vingt-dix – ni le plus musclé, mais il émanait de lui un tel charisme et une telle autorité naturelle que n'importe qui, à côté de lui, paraissait translucide. Comme le dénommé Jiles qui marchait en tête du cortège et dont les petits yeux cruels promettaient mille morts à qui oserait s'opposer à lui.

Barry réalisa alors qu'il progressait dans une centrale désaffectée depuis quarante ans, encadré par des moines-soldats vieux de plusieurs siècles lancés à la poursuite du fils de l'un des leurs, un vampire venu tout droit du XIXe siècle. Et pas n'importe quel vampire, mais son plus proche, son plus intime ami.

À la peur succéda un sentiment inattendu, trouble, entre l'envie de rire et celle de pleurer. Au cœur de ce maelström, une impression déjà ressentie dans le pub se mua en certitude : si Barry aimait profondément Werner, il aimait Lana davantage. Et même s'il ne savait pas encore comment, il entendait bien ressortir d'ici avec les deux personnes qui donnaient dorénavant un sens à sa vie.

À défaut, il mourrait en essayant.

CHAPITRE 41

Nicolae aurait voulu laisser libre cours à sa joie, mais, déjà érodée par les attentes déçues, par les défaites cuisantes et les victoires à la Pyrrhus, sa soif de réjouissances s'était consumée dans les flammes de son chagrin. Depuis combien de temps n'avait-il plus ri, quand avait-il cessé de célébrer ? Son austérité remontait-elle au jour du serment impie prêté devant les maîtres de son ordre ou datait-elle de la défection d'Alexander ?

Le jeune homme à la foi fervente, issu de la noblesse paysanne moldave, était devenu un chef de guerre implacable doté d'une force de caractère sans égale. Pour l'amour de Dieu, il s'était dévoué à l'ordre du Temple. Jamais il n'avait éprouvé fierté plus grande que lors de la prononciation de ses vœux. Des années durant, il s'était consacré à la prière et à la culture des champs. Au hasard de la lecture d'une copie carolingienne des *Commentaires de la guerre des Gaules* de Jules César, il développa une passion pour la tactique militaire. De ce jour, il se tourna tout entier vers l'art de la guerre. Il endurcit son corps, affûta son esprit puis intégra une phalange en charge d'escortes royales à travers l'Europe. Au fil des attaques repoussées et des brigands massacrés, il se forgea une réputation de bravoure, de probité et de sagesse. Si bien qu'un chevalier envoyé de Paris vint le recruter. L'émissaire l'informa qu'un danger plus grand que les Sarrasins marchait vers sa terre natale. L'Ordre levait une armée pour éradiquer la menace. Nicolae n'hésita pas un instant. Ils se retrouvèrent cinq cents comme lui, animés par la conviction que Dieu les protégerait, que la justesse de leur cause les préserverait du mal, portés par l'assurance que nul ne rivaliserait avec eux.

La débâcle n'en fut que plus cuisante.

Face à la furie des mages et à leurs monstrueux esclaves assoiffés de sang et de chair, le courage de Nicolae ne faiblit pas. Il perdit d'innombrables compagnons d'armes, mais survécut avec l'absolue certitude d'avoir trouvé dans ce combat l'accomplissement de son destin. Ainsi, lorsque les trente rescapés de la déroute de la Moldova se virent proposer d'accéder à un plus grand pouvoir, il fut le premier à accepter, en dépit de la lourdeur du sacrifice consenti. Pour défaire les hérétiques, il fallait devenir hérétique à son tour. Et si au bout du chemin se dressait la victoire, alors ils recouvreraient leur humanité. Au final, tous embrassèrent le dessein conçu par les maîtres de l'Ordre. Trente vaillants soldats, trente chrétiens irréprochables abandonnèrent leur âme pour la sauvegarde des populations. Au sein de cette « Faction des Maudits », comme on les surnommait, naquit un esprit de corps irréfragable. Nicolae reçut de ses frères la charge de maréchal et n'eut de cesse de veiller sur ses compagnons d'infortune. À ses côtés siégea un Germain venu des bords du Rhin. Aussi doué pour les chiffres et l'organisation que Nicolae l'était pour mener ses troupes, Alexander fut désigné commandeur du Confutatis maledictis. Un lien fraternel se tissa entre les deux hommes. Une amitié que rien ne prédestinait à se transformer en haine mortelle.

D'enquêtes en poursuites, d'escarmouches en batailles, les réussites se succédèrent, les mages reculèrent puis tombèrent enfin, jusqu'à ce qu'un seul demeure. Mais lorsque les frères le neutralisèrent enfin, plus rien n'était comme avant.

Balayé par les vents de l'Histoire, le monde avait changé. Dévorés par leurs désirs, les hommes avaient changé. Imprévisible et barbare, le destin, dans sa course folle, avait contraint des héros à devenir des traîtres. Aujourd'hui, cela n'importait plus. Aujourd'hui, pour certains, tout s'achevait là où, pour d'autres, tout commençait enfin.

Absorbé par ses souvenirs, épée en main, Nicolae atteignit la salle dans laquelle les trois derniers mages, réduits en esclavage, s'adonnaient au rituel destiné à priver Werner de ses pouvoirs et de sa volonté. Mains jointes dans son dos, le maréchal se posta face aux deux soldats en faction de chaque côté de la porte. Ils se mirent au garde-à-vous pour saluer leur chef vénéré. Lui ferma les paupières et s'inclina en guise de respect… et d'adieu.

L'épée fendit l'air en un arc de cercle parfait. Forgée pour combattre les créatures surnaturelles, la lame trancha net les deux gorges sans que les victimes incrédules pussent émettre le moindre son. Les moines-soldats s'évanouirent dans un nuage de cendres.

Le cœur lourd, Nicolae pointa son arme vers le sol, plaqua ses deux paumes sur la garde puis articula une prière muette. Il pénétra ensuite dans la pièce sombre où officiaient ses seuls véritables ennemis. Assis en tailleur, leur immuable capuche rabattue sur leur crâne décharné, les monstres psalmodiaient leur incantation gutturale. La main coupée du révérend Deshawn Willard flottait dans les airs, surplombée d'une paire d'yeux fantomatiques et d'un faucon éthéré. Coincé entre deux plans d'existence, l'animal tentait sans succès de déployer ses ailes entravées par un entrelacs de fumée brunâtre.

Le maréchal ne put se retenir de contempler cette scène étrange, à la fois féerique et repoussante. Les pouvoirs retirés à Werner se matérialisaient là, devant lui, neutralisés pour son compte par les mages asservis depuis des siècles dans l'attente de ce jour.

— Nous voici au terme d'une guerre vieille de près de mille ans et, au moment d'en finir, je ne puis m'empêcher de prier pour votre salut.

La mélopée monocorde qui emplissait la pièce s'interrompit, remplacée par une voix aussi grinçante que l'acier raclant la pierre. Une voix inhumaine venue d'au-delà des âges et des frontières de ce monde.

— Ton Dieu ne t'écoute plus, persiflèrent-ils en chœur.

— Soit ! Alors je vous recommande aux Enfers dont vous êtes issus, cracha Nicolae.

D'une même rotation ample et déliée, il fit chanter le métal et décapita les mages devenus inutiles.

Capuches et têtes roulèrent sur le sol. Les corps inanimés gîtèrent de droite et de gauche puis basculèrent vers l'avant et s'écrasèrent lourdement à terre.

Le maréchal se retira dans le couloir et attendit une poignée de secondes.

Comme ce fut le cas lors de l'exécution du premier sorcier en son temps, de minuscules flammèches parcoururent les cadavres, les consumèrent intégralement puis gagnèrent en intensité jusqu'à lécher le plafond et les murs avant de disparaître aussi soudainement qu'elles étaient apparues.

Nicolae ne pouvait plus reculer ni perdre une minute. Il fonça sans atermoyer vers son cabinet. En chemin, il croisa cinq de ses frères d'armes. Sans même avoir la possibilité de se défendre, ils tombèrent un à un, assassinés par l'homme à qui ils avaient confié leur destin. Cette fois, pressé par l'impatience, il ne pria point.

Devant la porte entrouverte de son bureau, une appréhension le saisit. Les sacrifices consentis, les voyages sans fin, les centaines d'années traversées, tout convergeait en ce seul endroit où se déroulerait le dénouement si longtemps attendu.

Nicolae prit une profonde inspiration et, toute contenance retrouvée, pénétra dans la pièce de sa démarche la plus assurée.

Jiles et les six Templiers présents se raidirent à son arrivée. Ils encadraient le policier roux qui accompagnait Werner et le docteur Carvey, enlevée apparemment par erreur. Ils se blottissaient l'un contre l'autre, elle tétanisée par la panique et l'incompréhension, lui cherchant à la réconforter.

Werner se tenait là, à quatre pattes, tête baissée, tel un animal à la recherche d'un second souffle. La disparition des mages avait mis fin *de facto* à leur rituel, et le vampire expérimentait la douloureuse fusion de son âme restituée à son enveloppe charnelle.

— Aucune souffrance au moment où ton libre arbitre t'est retiré, et mille tourments quand tu le retrouves. C'est à se demander si posséder conscience n'est pas la pire des tortures, philosopha Nicolae.

Il s'accroupit devant Werner, lui saisit le menton et força ce dernier à le regarder.

— Tu es trop faible pour nous affronter, mais si la tentation te prenait, tes compagnons périraient aussitôt, le prévint-il. Leur survie ne dépendra que de toi. M'as-tu compris ?

Un battement de cils suffit à sceller l'accord. Les yeux de Nicolae s'adoucirent.

— Mon Dieu, tu ressembles tellement à ton père… gémit-il. Te contempler ravive tant de blessures enfouies, tant de rancœurs.

— Je connais votre visage, bredouilla Werner. Ainsi c'était vrai ? Mon père était…

— … un Templier ? Oui, confirma Nicolae en se relevant. Et pas le moins brave ni le moins compétent. Ni, hélas, le moins fourbe. C'est par sa faute que nous nous retrouvons tous ici. Par sa faute que tu es une créature des ténèbres.

— Si vous cherchez à vous venger à travers moi, faites-le, mais épargnez les humains, souffla le vampire.

— Quel noble sacrifice, persifla le maréchal, je croirais entendre les serments enflammés de ton traître de père. Mais je ne réclame nulle vengeance et je n'ai nul grief envers toi. Je ne désire que la relique dérobée par Alexander. Celle que tu portes au doigt.

CHAPITRE 42

Quelques instants plus tôt

Barry fut mené à une geôle improvisée dans laquelle il retrouva Lana, prostrée, en état de choc. Alors que le policier s'attendait à partager sa détention, le dénommé Jiles avait aidé la jeune femme à se redresser avec une prévenance surprenante et l'avait fait sortir. Toujours tirée à quatre épingles dans le cadre professionnel, elle portait cette fois un pantalon de jogging gris sur lequel flottait un sweat-shirt aux manches trop longues. Et sans qu'il sût pourquoi, Barry s'attarda sur ses baskets bleues et remarqua à quel point les pieds de Lana étaient petits. Avec ses cheveux en bataille, débarrassée de sa rigueur habituelle, elle était plus belle encore.

Il aura fallu que nous soyons à la merci de forces qui nous dépassent pour que j'accepte l'évidence. Quel abruti ! se morigéna-t-il.

À peine debout, Lana avisa Barry et se jeta contre lui, enroulant ses bras autour de son cou.

— Qui sont ces hommes ? Que nous veulent-ils ? Pourquoi sommes-nous ici ? demanda-t-elle entre deux sanglots.

Il la rassura autant que sa propre angoisse le lui permettait mais, par-dessus tout, il la convainquit de garder le silence et de suivre ses consignes le moment venu. En espérant qu'il vienne.

Collés l'un à l'autre, ils furent guidés à travers le dédale de couloirs du sous-sol jusqu'à ce qui ressemblait au bureau d'un général en campagne.

Werner attendait là, épaules voûtées, apathique au milieu de la pièce. Les yeux vides, il ne sembla même pas les remarquer. Le cœur de Barry se serra à la vue de ce qui n'était plus que l'ombre de son ami. L'aide de camp de Nicolae enjoignit au policier et au docteur de prendre place dans un coin près de la grande tapisserie qui ornait le mur face à la porte. Ils obtempérèrent sans rechigner tandis que les soldats se postaient de part et d'autre du vampire dont la tête bascula tout à coup en arrière, comme frappée par un projectile invisible.

Werner porta la main à son front puis s'affala de tout son long sur le tapis qui recouvrait le sol. Il resta ainsi, immobile, de longues secondes, avant que ses doigts ne se contractent. Face contre terre, il s'appuya sur ses paumes et, au prix d'un effort manifestement douloureux, réussit à s'agenouiller sous le regard indifférent des Templiers.

— Qu'est-ce qui se passe ici ? murmura Lana à l'oreille de Barry. J'ai l'impression d'être dans un cauchemar…

Pour unique réponse, il lissa délicatement les cheveux de la jeune femme et garda pour lui les mots qui s'imposaient : « Ce n'est pas une impression. »

À cet instant, Nicolae fit irruption dans le bureau à la manière d'un conquérant, la démarche martiale. Par sa seule prestance, cet homme s'appropriait l'espace où il se trouvait. Il tenait en main l'épée avec laquelle il avait menacé Barry quelques minutes plus tôt.

Ignorant le couple, il s'avança vers Werner, le dominant de toute sa hauteur. Il le considéra avec dédain puis s'abaissa à son niveau et lui saisit le menton pour l'obliger à le regarder. Le policier ne perdit pas une miette de leurs échanges qui lui confirmèrent l'appartenance du père de Werner au Confutatis et l'importance de la chevalière familiale.

— La relique des mages… Klaue… C'est après Klaue que vous en avez ? ne put s'empêcher de demander Barry à Nicolae, au mépris du danger encouru à apostropher un tel personnage.

— Ne parlez que lorsque le maréchal vous interroge ! aboya Jiles.

— Sa curiosité est légitime, tempéra Nicolae, comme le fut la nôtre vis-à-vis des forces qui se dressaient face à nous.

Il se releva, suivi des yeux par Werner et l'ensemble de son auditoire, puis s'approcha de Lana et Barry.

— Puisque vous semblez connaître notre existence et notre histoire, il ne me sera pas nécessaire de vous retracer l'intégralité de notre parcours, mais je répondrai à votre question. Oui, c'est après Klaue que nous en avons. Voyez-vous, nous mîmes du temps à le découvrir, mais chaque mage possédait une chevalière semblable à celle de notre ami. Elles renfermaient la source de leurs pouvoirs élémentaires : le feu, l'eau, la terre et l'air. À ce propos, lança-t-il en se retournant vers Werner désormais un seul genou au sol, ne t'es-tu jamais demandé pourquoi tu pouvais te transformer en brume ou invoquer un faucon ?

— Klaue appartenait au mage de l'air… soupira Werner en observant le bijou qui l'avait accompagné le plus clair de son existence.

— Le fils du traître est perspicace, moqua Jiles, arrachant par là même un sourire aux Templiers présents.

— Épargnez-nous quolibets et rires imbéciles, les rabroua Nicolae, et allez chercher les gibiers de potence. L'heure de leur utilité arrive. Que deux hommes restent en surveillance des humains.

— Que suis-je ? gémit Werner.

— Tu es le fils d'Alexander Von Lowinsky, notre frère d'armes, notre commandeur, et celui qui fut mon plus proche ami. Un faible qui, par sa perfidie et son égoïsme, t'a condamné à la damnation éternelle.

— Mensonge ! Mon père était un homme de bien.

— Ton père était un fourbe ! hurla Nicolae, dévoré par l'attrait de la fortune, obsédé par le désir de recouvrer son humanité et de fonder une lignée. Alexander…

Il s'interrompit, leva les yeux au ciel puis passa ses doigts dans sa crinière sombre. Après une expiration interminable, il retrouva son calme, et son visage se para d'un masque de douceur.

— Après des décennies de traque et de combats, reprit-il d'une voix presque inaudible, nous comprîmes que, pour alimenter leurs pouvoirs, les mages avaient besoin de sang humain. Ils recouraient à des collecteurs, les vampires, pour le leur fournir. Aussi, nous décidâmes d'axer nos efforts sur l'anéantissement des pourvoyeurs afin d'affaiblir les maîtres. Cette stratégie s'avéra payante et, bientôt, le plus puissant des mages, privé de toute énergie, tomba entre nos mains. Nous le torturâmes des semaines entières, brisâmes son corps et son esprit sans jamais parvenir à le tuer ni à lui faire avouer d'où il venait. Devant notre détermination farouche, le monstre réalisa que son calvaire ne connaîtrait aucun répit. Désireux d'abréger ses souffrances, il nous révéla les pouvoirs de sa bague. Alors que nous allions lui porter le coup de grâce, il osa une ultime provocation, exposant les rêves les plus chers d'Alexander et lui promettant leur concrétisation. Ainsi, humanité, fortune et descendance lui seraient accordées, mais le fruit de ses entrailles, au jour de sa mort, viendrait grossir les rangs des armées démoniaques en tant que collecteur. Et pour lui épargner cet esclavage, l'enfant devrait conserver la fameuse bague au doigt, car non seulement elle renfermait les pouvoirs élémentaires, mais elle capturait de surcroît l'âme et la volonté de son propriétaire. Voilà pourquoi tu es mi-vampire, mi-mage, Werner, ni mort ni vivant.

— Père a cédé ?

— Alexander s'est enfui avec la chevalière et une grande partie de notre trésor de guerre. Sa défection fut douloureuse à nos cœurs et généra un autre problème, bien plus grave. Outre la défaite des mages, il nous fallait, pour achever notre mission et recouvrer notre humanité, détruire leurs anneaux maléfiques. En subtilisant l'un d'entre eux, ton père nous privait de la juste récompense de nos sacrifices.

— Je ne puis y croire, soupira Werner, en plein désarroi.

— Je n'y crus pas plus que toi, mais les faits s'imposèrent à moi. J'étais désormais seul à la tête du Confutatis et, avec l'accord de mes frères, je donnai la priorité à la capture des trois mages encore en vie. Notre quête achevée, nous pouvions nous lancer à la poursuite d'Alexander. Le traquer se révéla plus ardu qu'escompté. Le monde ne disposait pas des moyens de communication actuels, et ton père était maître dans l'art de brouiller les pistes. Nous sillonnâmes l'Europe des siècles durant et retrouvâmes enfin sa trace à l'autre bout du monde, sur le Nouveau Continent. Quand nous arrivâmes, nous apprîmes le décès d'Alexander. Il n'expia pas pour son crime. Le plus important restait que tu possédais la bague, mais là encore le destin se mit sur notre route. Nous étions dans le Sud quand éclata la guerre de Sécession.

Nous ne pouvions franchir les lignes nordistes sans risquer de prendre part aux combats. Nos « particularités » auraient pu influer sur l'issue du conflit. Interférer dans les affaires de simples mortels n'entre pas dans nos prérogatives, ou alors le moins possible. Je mandatai donc une troupe de ruffians pour te capturer et te livrer à moi. Mais ils ne te trouvèrent pas en ta demeure et, obéissant à leurs bas instincts, pillèrent, brûlèrent et massacrèrent.

— Elizabeth… C'est à cause de vous ?

— Rien de ce que je puis dire ne te la rendra, mais je suis foncièrement navré de cette perte. Et ce d'autant plus que personne n'aurait dû périr. De ton vivant, j'aurais pu m'emparer de Klaue sans heurt. Mais voilà, en te lançant à la poursuite des meurtriers de ton épouse et de tes gens, tu signas ton arrêt de mort… et provoquas ta métamorphose. En t'éveillant vampire, le pouvoir de la bague fut libéré. Elle te conserva ton âme et t'accorda les capacités que tu connais. Et surtout, elle et toi avez fusionné pour ne plus faire qu'un.

— C'est pour cela que depuis mon décès je ne puis l'ôter…

— En effet. Et c'est pour cette raison que nous avons initié un rituel pour te priver de certains de tes pouvoirs, mais surtout de ton libre arbitre. Revenu à ton statut primitif de vampire esclave, ton instinct t'aurait attiré inexorablement vers tes maîtres, les mages que nous détenons. Ironie du sort, c'est finalement l'enlèvement de Mlle Carvey qui t'a conduit ici. Maintenant que te voici parmi nous, la dernière phase peut commencer.

— Mais je ne comprends pas… Quand je suis mort, une voix m'a demandé si je désirais la justice. J'ai fait un choix.

— Le délire d'un moribond alimenté par une idée fixe, mon malheureux Werner. Ton destin, je le crains, était scellé bien des siècles avant ta naissance.

Les épaules de Werner s'affaissèrent, il serra les poings puis riva sur Barry un regard dans lequel le policier lut confusion et détresse. En l'espace de quelques phrases, la vie d'un homme venait de voler en éclats, régie à l'avance par des puissances incommensurables.

Surtout, Barry connaissait trop Werner pour ignorer la fierté qui était la sienne d'avoir porté haut le nom de son père. Un nom désormais frappé du sceau de l'infamie.

Nicolae s'apprêta à poser une paume sur les cheveux de Werner, mais se ravisa avant de s'intéresser de nouveau au couple.

— Détenir une bague retirait aux mages leur volonté propre ainsi que leur potentiel de destruction. Voilà comment nous les avons asservis, contraints à retrouver la trace du vampire et à accomplir le rituel. Pour ce faire, et cela éclairera notre ami policier, il leur fallait un ingrédient très particulier. La main d'un homme de foi collectée par un pénitent.

— Deshawn Willard et Jimmy Lean, comprit tout à coup Barry.

— Précisément. Une fois Lean choisi comme exécuteur des basses besognes, nous l'attirâmes ici où il fut hypnotisé afin de recevoir sa mission. Il s'en acquitta, non sans causer un dommage collatéral des plus regrettables en répondant à l'injonction implantée dans son esprit de ne laisser aucun témoin.

— Un enfant égorgé, vous appelez cela un dommage collatéral ? éructa soudainement Lana.

Sa sortie brutale du silence surprit l'assistance. Barry la retrouva dans la spontanéité de sa révolte. Un réconfort réel, mais de courte durée.

— Au cœur d'une guerre, les gens meurent, mademoiselle. Et l'ironie exige que trépassent plus d'innocents que de coupables. En l'occurrence, la responsabilité m'en incombe, et ma conscience s'en accommode, car certaines tâches priment nos souhaits ou notre morale. Pour en revenir à Lean, il chercha à se débarrasser de l'arme en bon criminel qu'il était. Encore un contretemps fâcheux aux conséquences regrettables pour mademoiselle ici présente. Nous tentâmes de reprendre notre bien. L'intervention inopinée de Werner nous parut motivée par un lien avec cette femme. Un hasard étonnant, certes, mais le destin a ses caprices.

Un Templier pénétra dans le bureau au son du cliquetis des chaînes qui entravaient les quatre hommes, cagoules noires sur la tête, marchant dans son sillage. Avec leurs uniformes orange, ils ressemblaient aux condamnés conduits à travers le couloir de la mort. Barry établit aussitôt le rapport avec le carnage relaté par le commissaire Stanton. Les gardiens les guidaient à la manière de bergers canalisant leurs bêtes pour qu'elles restent dans le rang. Le cortège fut sommé de s'arrêter au milieu de la pièce, face à Werner qui, peu à peu, recouvrait ses forces. Une amélioration physique dérisoire comparée à la détresse perceptible dans ses yeux bleus.

Les hommes furent contraints de s'accroupir. Jiles prit place derrière eux. Il dégaina un pistolet dont il appuya le canon sur la nuque de l'un des prisonniers. Nicolae décida de leur sort d'un simple battement de cils. Implacable, l'aide de camp exécuta trois détenus comme on met à mort des porcs dans un abattoir. Lana tressaillit à chaque coup de feu mais, à l'instar de Barry, soutint du regard la scène de pure démence. Une de plus.

— Épargnez le dernier, ordonna Nicolae en contemplant les cadavres.

Jiles opina du chef et assomma l'homme avec sa crosse. Il se tourna soudain vers le couple puis, avec un calme terrifiant, les mit en joue.

Le maréchal s'adressa alors à Werner.

— Te briser nous aurait pris des semaines, et la bonne fortune qui nous sourit nous fera gagner un temps précieux. Dans ta forme de brume, tu perçois les âmes malveillantes. Tu peux en plier une à ta volonté au prix d'un effort éprouvant. Trois te diminueront au-delà de tout ce que tu as connu et amèneront ton esprit aux portes du néant. Quand ce sera le cas, quand toute énergie t'aura quitté, un phénomène étrange se produira. Klaue te jugera trop faible pour être son hôte. Cette bague possède sa propre volonté et ne s'accommode que de la puissance. Elle glissera le long de ton doigt et t'abandonnera d'elle-même. À ce moment seulement, je pourrai m'en emparer. Las, le pouvoir auquel tu dois recourir est celui d'un mage et non celui d'un vampire. Aussi pour l'exercer dois-tu être totalement conscient et le faire de ton plein gré. Comme je doute que la rédemption de modestes moines-soldats fatigués par une lutte trop longue suffise à te convaincre…

— … vous offrez la vie sauve à Barry et Lana en échange de ma « coopération », déduisit le vampire.

Les prunelles de Werner sondèrent Barry puis se posèrent sur Lana, toujours tétanisée. Enfin, il considéra tristement sa chevalière.

— Mon existence n'a été que mensonges… murmura-t-il. Ai-je votre parole ?

— Par le Christ, mon maître, je le jure.

— Ne faites pas…

Barry n'acheva pas sa supplique. Werner lui sourit, puis, dans un souffle, avec les rares forces qui lui restaient, se transforma en brume. Le policier sentit Lana se raidir. Il la dévisagea tandis qu'elle observait, bouche bée et les yeux exorbités, la forme vaporeuse. Celle-ci flotta, paisible un instant, avant de se contorsionner sous les assauts invisibles des âmes corrompues et malfaisantes.

— Le sort en est donc jeté, jugea Nicolae en plantant ses yeux dans ceux de Barry. Le fils expie les fautes du père. Quelle tristesse… Il est meilleur homme qu'Alexander. Goûtez votre chance d'avoir un ami fidèle. Le seul que j'aie jamais eu m'a contraint à boire la coupe d'amertume jusqu'à la lie.

— Pouvons-nous préparer le départ ? demanda Jiles à son maréchal sans laisser paraître la moindre émotion.

— Oui, mon ami. J'ai déjà envoyé des frères aux véhicules. Rassemblez les paquetages et les explosifs pour effacer toute trace de notre présence. Attendez-moi ensuite à vos quartiers.

— Deux gardes restent à vos côtés ?

— C'est inutile. Les humains ne peuvent me nuire, et le vampire expirera sous peu.

Nicolae posa une main bienveillante sur l'épaule de son aide de camp.

— La route s'achève enfin, mes amis. Ce jour, notre humanité nous est rendue. Nous pourrons désormais aimer, enfanter, vieillir et nous éteindre en paix.

Les mots arrachèrent de furtifs sourires aux moines-soldats. Nicolae les observa quitter la pièce avec une fierté qui, très vite, devint commisération.

— Vous aussi allez vivre, lança-t-il au couple. Je respecte ma parole. Et je compatis avec votre peine de voir Werner se sacrifier pour vous. Comme j'éprouve une réelle compassion pour mes frères…

— Pourquoi « compassion » ? Aujourd'hui s'achève votre malédiction. Vous allez pouvoir la fêter dans le sang.

— Hélas, il n'en sera rien. Voyez-vous, le cours de l'histoire nous a fermé la voie de la rédemption, corrigea Nicolae. En signant l'arrêt de mort des Templiers et de notre maître Jacques de Molay, le roi de France Philippe le Bel a scellé mon destin et celui de mes frères. En tant que grand maître, Molay détenait seul le serment secret susceptible de nous rendre notre humanité.

Barry tomba des nues.

— Mais vous venez de dire qu'en détruisant les bagues…

— Quel chef de guerre n'a jamais déformé la réalité pour conserver intacte la motivation de ses armées ?

— Vous avez menti à vos hommes ?

— Je leur ai menti, je les ai manipulés, j'ai bafoué leur dévouement et, lorsque je posséderai Klaue, je les expédierai *ad patres* et les libérerai de leur misérable sort.

— L'épouse de Werner, le révérend et son fils, les criminels abattus, tous ces morts dans quel but ? Vous désirez le pouvoir des mages ?

— Le pouvoir… la chimère des faibles, cracha Nicolae. Le pouvoir est bien dur à qui le porte seul. Non, mon jeune ami, je ne le convoite pas. Le temps que Werner agonise, et afin de tromper mon attente, je vais vous conter la part de l'histoire qui vous manque. À la fin de celle-ci, seulement, vous serez apte à me juger. Mais je vous invite à vous poser une question en apparence simple aux implications infiniment complexes : jusqu'où seriez-vous prêt à aller par amour ?

CHAPITRE 43

Moldavie, XIIIe siècle

La pleine lune baignait de sa lumière opaline les sommets enneigés, loin à l'horizon. Un vent glacial fouettait en de violentes rafales la forêt qui s'étendait de la forteresse au pied du massif montagneux. Les cimes ployaient puis se redressaient dans un bruissement proche de la complainte. D'ordinaire, la vue depuis le haut de la tour sud de la citadelle, quartier général du Confutatis, inspirait Nicolae. À la majesté du paysage s'ajoutait la grisante émotion d'en être le gardien, de veiller sur la nature comme sur les hommes. En tel lieu, le sacrifice consenti bien des années plus tôt prenait sens et se résumait en un seul mot : protéger. Lui et ses frères s'élevaient telles les fières pierres de cette forteresse pour endiguer les flots maléfiques. Une mission sacrée parmi toutes dont ils s'acquittaient sans jamais exprimer ni protestations ni doutes.

Mais en cette rude nuit d'hiver où le froid mordait plus sûrement encore que les vampires infestant la région, la volonté du maréchal vacillait. Ce soir, son épaisse cotte de mailles lui pesait plus qu'il n'aurait su l'imaginer.

Il posa ses mains gantelées de métal sur un créneau et laissa son regard dériver vers la colonne de fumée noire qui s'étirait vers le ciel au sud. En dépit de la tentation de détourner les yeux, Nicolae s'obligea à contempler les flammes qui dévoraient le village voisin. Un incendie qu'il avait lui-même allumé, deux heures plus tôt.

— Je vous ai failli, murmura-t-il en serrant les poings.

— Tu n'as failli à personne, affirma dans son dos une voix tranchante comme le verre. Ton goût pour l'autoflagellation m'échappe.

— Nous connaissions ces villageois. Tu commerçais avec eux. Ne ressens-tu donc aucune compassion pour ces pauvres gens, Alexander ?

Le commandeur prit place aux côtés de son maréchal, qu'il dépassait d'une tête, et observa à son tour le feu léchant le toit des maisons. Sa bouche se fit dédaigneuse alors qu'il lissait sa barbiche poivre et sel. Tandis que Nicolae arborait de longs cheveux noirs, Alexander les coiffait court, ce qui soulignait ses joues creuses, ses pommettes proéminentes et sa mâchoire conquérante. Quant à ses prunelles bleu de glace, elles faisaient détourner le regard à beaucoup. Chez les deux hommes, charisme et autorité s'affrontaient, au point que nul parmi leurs frères ne partageait la complicité qui les liait.

— Je commerçais, tu te mêlais, reprocha le commandeur. Je n'ai jamais compris l'intérêt que tu leur portais. Pour ma part, j'instaure avec les mortels une distance salutaire à l'accomplissement de notre tâche. Ainsi je me protège de la culpabilité qui t'étreint.

— Si nous avions été présents…

— Et tu sombres de nouveau, railla Alexander. Nous combattions ailleurs, nous ne sommes en rien responsables de ce que le bourg voisin ait subi une attaque en notre absence. Que croyais-tu donc ? Nous détenons le plus puissant des mages, il était prévisible que ses trois compères tentent de s'approcher de notre quartier général. Alors certes, quelques habitants d'un obscur village ont été transformés en vampires. Eh bien soit. Tu les as éliminés puis tu as brûlé les corps, la belle affaire. Une bataille parmi tant d'autres, passées et à venir. S'il fallait en concevoir de la tristesse chaque fois, nous n'en sortirions plus.

— À toi je puis le confier, déclara Nicolae d'une voix atone, j'entretenais une liaison avec Ecaterina. Elle a été transformée avec les autres.

— La fille du bourgmestre ? La drôlesse ne manquait pas de charme, je le reconnais. Après tout, la chasteté ne nous étant plus imposée…

— Elle incarnait à mes yeux plus qu'une distraction. Je l'ai vue presque toutes les nuits depuis notre rencontre. Sa fraîcheur, sa joie de vivre me rendaient un peu de ce que j'ai perdu. Je me languissais chaque jour un peu plus de nos retrouvailles. Sans elle, je n'entrevois plus que le néant.

Les accents distants et moqueurs d'Alexander s'évanouirent au profit d'une gravité fraternelle.

— Ainsi, tu l'aimais ?

— Oui, et j'ai la faiblesse de croire à la réciprocité de cette inclination.

— Tu rêves d'amour, je rêve d'une descendance. Las, nos désirs pèsent moins que la mission qui nous incombe. Tu es un sentimental, et moi un pragmatique. Alors, écoute mon conseil. Chasse cette femme de tes pensées, souviens-toi de notre sacrifice et de la grandeur de notre tâche.

— Nous la retenons dans un cul-de-basse-fosse, soupira Nicolae. Je ne puis me résoudre à l'occire. Alexander, s'il existait un moyen de la guérir du mal qui la ronge…

— Il n'en existe pas ! Son âme n'appartient plus à ce monde. Je comprends ta douleur, Nicolae, vraiment, mais ressaisis-toi, supplia le commandeur en posant une main douce, mais ferme, sur la joue du maréchal. Aucun pouvoir ne saurait te la rendre.

— En sommes-nous seulement certains ? Aurais-tu cru un jour devenir ce que nous sommes et affronter ce que nous combattons ?

— Certes non, mais les faux espoirs troublent nos esprits, et la poursuite des chimères nous égare. Délaisse tes aspirations de mortel, mon frère, ou elles te broieront sans pitié.

Nicolae ne répondit pas. Il admirait la force de caractère d'Alexander et, s'il partageait son inflexibilité, elle lui pesait plus en cette nuit qu'en aucune autre. Le commandeur brisa le silence qui s'installait entre eux et se fit plus enjoué.

— Je venais t'annoncer une grande nouvelle, de celles susceptibles de te faire oublier tes tourments.

— Je t'écoute.

— Jiles m'a informé d'un développement inattendu après une nouvelle séance de torture du mage que nous détenons. L'événement est à marquer d'une pierre blanche dans nos annales.

— Tu piques ma curiosité. Dis-m'en plus.

— Je préfère te le laisser découvrir de tes propres yeux. Suis-moi.

Nicolae reçut une rude bourrade en guise d'invitation, et le sourire d'Alexander le rasséréna. Les deux hommes descendirent l'escalier menant à l'intérieur de la forteresse. Ils traversèrent plusieurs couloirs, firent un détour par l'armurerie, y croisant leurs frères occupés à nettoyer plastrons et épées encore maculés du sang de leurs ennemis suite à leur dernière sortie. Chacun d'eux eut droit à des félicitations ou à un encouragement, un exercice naturel et franc pour le maréchal, plus discret et en retenue pour le commandeur. Une fois que Nicolae eut retiré son haubert de mailles, ils s'enfoncèrent dans les profondeurs de la citadelle jusqu'à rejoindre la salle dans laquelle Jiles questionnait depuis des semaines un mage capturé au cours d'une bataille conduite dans les steppes, loin à l'est. Privé de l'apport en sang de ses esclaves vampires, il s'était révélé inoffensif, et son arrestation s'était déroulée sans heurt.

De la créature arrogante aux pouvoirs sans limites ne restait plus qu'un homme nu à la maigreur repoussante enchaîné à un chevalet d'écartèlement. Tout son corps portait les stigmates des efforts et du savoir-faire déployés par l'aide de camp de Nicolae afin d'arracher de précieuses informations, sans succès jusqu'ici. La peau du prisonnier n'était plus que brûlures et plaies béantes, infectées pour la plupart. De multiples fractures infligées au fil du temps déformaient ses membres émaciés. Mille fois la mort aurait dû l'emporter, et pourtant, il résistait encore, même s'il se trouvait, à cette heure, dans un état de faiblesse inédit.

Lorsque sa capuche lui avait été ôtée, les Templiers s'attendaient à découvrir quelque face démoniaque, peut-être même des cornes sur son crâne, mais il n'en fut rien. Le visage de cet être vil était celui d'un homme ordinaire, banal, impossible à reconnaître au sein d'une foule. Hormis ses petits yeux vitreux, ses prunelles grises et le sourire cruel qui tordait sa bouche aux dents noircies. Un sourire aujourd'hui disparut. Il gisait là, paupières closes, un rictus de souffrance aux lèvres.

Mais ce n'était pas ce qui attira de prime abord l'attention de Nicolae et d'Alexander. Sur le sol, à même la pierre, se trouvait la chevalière, un onyx noir frappé d'une griffe de rapace, portée d'ordinaire par le mage et que rien ni personne n'avait réussi à retirer jusqu'alors.

— Elle est tombée de son doigt alors que je tournais la roue d'écartèlement, expliqua Jiles. Le prisonnier n'a cessé de faiblir depuis.

— Il semble que votre travail ait finalement porté ses fruits, mon ami, le félicita le maréchal tandis que le commandeur examinait l'objet avec méfiance, prenant soin de ne pas le toucher.

Un son aigu, pareil au crissement de milliers d'ongles sur de l'ardoise, résonna dans la salle, vrillant les crânes des trois chevaliers qui protégèrent leurs oreilles de leurs paumes. Enfin, l'insupportable bruit s'atténua pour devenir une voix rauque.

— La source de mon pouvoir m'a abandonné, déclara-t-elle. Elle ne veut plus de ma carcasse brisée pour hôte.

Nicolae, Alexander et Jiles tirèrent simultanément leurs épées. Comme dotées d'une vie propre, les lèvres du prisonnier articulaient des mots alors que le reste de son corps demeurait immobile.

— Que mon tortionnaire nous laisse, ordonna le mage, mes révélations ne s'adressent pas à lui.

D'un signe du menton, le maréchal indiqua la sortie à son aide de camp. Ce dernier tenta de protester, mais le commandeur confirma l'injonction d'un hochement de tête, et Jiles décampa dans la seconde.

— Quelle vilenie nous réserves-tu ? interrogea Nicolae avec toute la fermeté possible.

— Ne crains nulle vilenie de ma part, Templier, geignit la voix. Les graines de la discorde reposent déjà sous le terreau de vos aspirations. Je ne suis rien de plus que l'averse qui les fera germer.

— Assez de mystères, monstre, tonna Alexander. Tes propos suintent le fiel dont ton espèce est faite. Dis-nous d'où vous venez, toi et tes semblables, ainsi que la raison de votre présence sur cette terre !

Un rire plaintif fit écho à la sommation du commandeur.

— Avant de retourner à mon Créateur pour affronter les conséquences de ma défaite, reprit le mage, je préfère répondre à vos désirs plutôt qu'à vos questions.

Sa tête, inerte jusqu'alors, se tourna brusquement vers Alexander. Ses paupières tuméfiées s'ouvrirent soudain, révélant deux globes incandescents. La voix geignarde devint plus ferme et sonna telle une incantation passionnée, frénétique.

— Je t'accorde la richesse et la puissance que tu brûles d'acquérir, promit-elle. Je te rends le pouvoir d'enfanter. Quand tu trouveras épouse fidèle, tu auras descendance, tu regagneras ton humanité, ton âme sacrée et ta mortalité. Mais le fruit de tes entrailles, au jour de son trépas, viendra grossir les rangs de nos armées infernales. Seul le port de Klaue, ma chevalière, l'empêchera de sombrer dans une monstruosité aveugle.

Nicolae s'avança vers Alexander qui écoutait, tétanisé, les prophéties de leur ennemi. Le maréchal brandit son épée pour le mettre à mort, mais suspendit son geste, à son corps défendant, quand les yeux enflammés croisèrent son propre regard.

— À toi qui désires l'amour, je te restitue l'objet de ton transport. Quand bien même restera-t-elle vampire, tu la retrouveras telle qu'elle fut avant sa malédiction. Seul le port de ma chevalière lui rendra l'empire sur elle-même. Deux souhaits, deux vœux, deux frères, un unique bijou pour l'exaucer.

Joignant leurs forces, Nicolae plongea avec férocité son épée dans le cœur du mage alors qu'Alexander lui tranchait la tête. De légers soubresauts secouèrent le cadavre, suivis par l'apparition çà et là de flammèches sporadiques qui, bientôt, le consumèrent pour n'en laisser que des cendres. Le premier des quatre ennemis venait de disparaître. Un instant pour lequel ils avaient prié avec ferveur, mais qui ne leur procura, finalement, aucun plaisir.

À bout de souffle, le front perlé de sueur, les deux hommes se regardèrent en silence puis se tournèrent de concert vers la bague gisant sur la pierre.

— Il disait vrai, fit Alexander d'une voix incertaine.

— Je l'ai ressenti également, confirma Nicolae, guère plus serein.

— Tromperie et tentation sont l'apanage du malin, affirma le commandeur, sa contenance retrouvée. Cette ruse grossière ne doit pas embrumer nos esprits.

— Tu… as raison. Que suggères-tu ?

— Nous détruirons cet objet à l'aube. D'ici là, je vais consulter mes grimoires pour m'assurer que nous ne courons aucun risque à le faire, décida-t-il en pointant son épée vers la chevalière.

— Je me range à ta sagesse. J'ordonnerai que nul n'entre dans cette salle jusqu'au lever du soleil.

Alexander rengaina son épée puis saisit Nicolae par les épaules.

— Nous avons remporté une grande victoire. Je comprends que tu ne puisses t'en réjouir, mais trouve en elle la voie vers le sommeil. Demain, de rudes combats nous attendent encore, mais nous savons désormais le triomphe possible.

Le maréchal se redressa, galvanisé par les encouragements de son frère, et c'est la tête haute et une nouvelle fierté au cœur qu'il alla rejoindre Jiles pour lui délivrer ses instructions. Le commandeur s'enferma dans son office avec ses précieux livres en donnant la consigne de ne le déranger sous aucun prétexte.

Cette nuit-là, dans la solitude de sa modeste chambre, Nicolae ne goûta pas le repos. La perte d'Ecaterina… non, pire que sa perte, sa transformation en créature difforme et furieuse, lui déchirait les entrailles. Il lui sembla tomber d'une falaise abrupte, ses mains tentant désespérément de s'accrocher aux rares racines sortant de la paroi. Des racines dont les noms revenaient sans cesse à son esprit : honneur, dévouement, sacrifice. Et puis il y avait ses frères, unis dans le même destin, rassemblés derrière la même glorieuse bannière. Sans oublier Alexander, que Nicolae respectait et aimait assez pour lui demander d'accomplir ce dont lui-même se savait incapable.

Quand les premières lueurs de l'aurore enveloppèrent la forteresse, sa conviction était forgée, définitive, inaltérable. Nicolae détruirait la chevalière et prierait Alexander de terrasser le monstre qu'était devenue Ecaterina.

Le maréchal se rendit à l'office du commandeur, mais se heurta à une porte close. Il se rendit alors à la salle de torture, mais n'y trouva personne, pas même la bague. Le cœur serré par une angoisse indicible, il courut à travers le château à la recherche de Jiles. Nicolae le retrouva dans la cour animé par une excitation proche de la sienne. L'aide de camp discutait avec les hommes de garde quand il avisa son supérieur vers lequel il se précipita. Le fidèle lieutenant annonça en haletant qu'Alexander avait pris la route sur son cheval chargé de deux lourdes cassettes remplies d'or, peu avant le lever du soleil.

Nicolae sentit le vent glacé de la trahison pénétrer jusqu'au plus profond de son être. Une vulnérabilité inconnue l'étreignit, dont il ne laissa rien transparaître devant ses frères. Alexander avait cédé aux sirènes du mal, foulant aux pieds tout ce en quoi il croyait, méprisant au passage ceux qui avaient foi en lui, livrant Nicolae aux griffes implacables du désespoir. Un désespoir auquel ce dernier échappa grâce à la fierté d'avoir su résister, de s'être montré plus grand et plus fort qu'Alexander, d'incarner aujourd'hui le phare à la lumière duquel les moines-soldats du Confutatis se guideraient.

Le maréchal le sut immédiatement, l'histoire ne s'arrêtait pas à cette terrible défection. Elle ne faisait que commencer.

CHAPITRE 44

Nicolae acheva son récit en narrant à Barry comment il avait manipulé ses hommes en leur laissant croire que seule la destruction de la chevalière détenue par Alexander, puis aujourd'hui son fils, constituerait l'aboutissement de leur mission.

Il expliqua comment, après avoir vaincu puis asservi les trois mages restants, ils avaient sillonné l'Europe à la recherche du commandeur scélérat. Plusieurs siècles au cours desquels ils arpentèrent un continent gangrené par d'incessants conflits. Sans repères, sans soutien, et bien loin des moyens modernes de transport et de communication, retrouver la trace d'un homme aussi malin et décidé qu'Alexander confinait à l'impossible. Afin de se constituer un pactole pour faciliter leurs recherches, ils approchèrent les puissants du monde en tant que mercenaires chargés de les escorter, renouant de la sorte avec la vocation originelle de leur ordre qui consistait à accompagner les pèlerins en Terre sainte.

Il en fut ainsi jusqu'au milieu du XIXe siècle. Alors que lui et ses hommes stationnaient à Bristol, au cours d'une banale promenade sur le port, il assista au débarquement de canons venus du Nouveau Monde.

Un officier maritime inventoriait les marchandises et listait leurs expéditeurs. Le nom Von Lowinsky frappa le maréchal comme le tonnerre. Une rapide enquête lui apprit l'existence des aciéries possédées par Alexander. Las, Nicolae n'eut pas le temps de se réjouir à l'idée de planter son épée dans la poitrine du traître. Décédé depuis peu, son fils assurait désormais la relève. Fils qui, devenu vampire à cause des hommes de Quantrill, s'était terré. Les mages ne le localisèrent que lorsqu'il s'ouvrit au monde, deux mois plus tôt. La suite, Barry la connaissait.

Le regard du policier passa de Nicolae, écrasé par le poids de son histoire, à Lana, terrifiée, jetée dans un désarroi incrédule par des propos invraisemblables, puis à la forme brumeuse de Werner qui ne cessait de tanguer sous les assauts invisibles d'âmes trop nombreuses et trop noires. La curiosité du lieutenant reprit le dessus.

— Qu'est devenue Ecaterina ?

La question arracha un sourire triste au maréchal. Il se dirigea vers la monumentale tapisserie accrochée au mur puis activa un mécanisme. L'ornement glissa vers le plafond, dévoilant une cage en verre. Lana poussa un hurlement strident. Une femme en haillons se précipita contre la paroi de la geôle. De longs cheveux noirs hirsutes encadraient son visage aux traits déformés par une rage inhumaine. Elle frappa la vitre de ses poings boursouflés, la griffa de ses ongles démesurément longs. Son allure et sa frénésie lui donnaient l'apparence d'une démente. Barry lui-même esquissa un mouvement de recul devant cette vision.

— Elle ne nous a jamais quittés, expliqua Nicolae, plaquant une paume contre la cage. J'ai justifié le fait de la laisser en vie par le besoin d'étudier nos ennemis, puis, une fois les mages en notre possession, par l'exigence de leur fournir du sang afin qu'ils accomplissent les rituels nécessaires pour retrouver Werner et annihiler ses pouvoirs.

— Et naturellement, c'est faux, constata Barry.

— Naturellement. Pensez de moi ce qu'il vous plaira, murmura-t-il, l'air absent, en laissant courir ses doigts contre la paroi transparente.

Un heurt sourd attira l'attention du policier et du maréchal, provoquant un nouveau sursaut de Lana, au bord de l'implosion. Werner venait de reprendre forme humaine. Allongé sur le tapis, il fixait le plafond de ses yeux vides, le corps secoué de soubresauts sporadiques. Sur son front émacié perlaient des gouttelettes écarlates. Le phénomène s'étendit à son torse, et sa chemise blanche se macula de taches rouges.

— Nous y voilà. Le sang stocké dans ses veines le fuit désormais. Klaue ne tardera pas à l'imiter, promit Nicolae.

Il délaissa la cage et la créature en furie qui s'y trouvait pour s'approcher de Werner.

Barry aurait voulu se ruer sur le Templier, moins pour l'empêcher de mener à bien son plan que pour préserver son ami d'un destin dont le monstre enfermé témoignait de la cruauté. En proie à une panique croissante, le policier fouilla la pièce du regard à la recherche d'une arme susceptible de blesser Nicolae. Peine perdue.

Dans un silence sinistre, Klaue glissa du doigt du vampire dont les convulsions s'intensifièrent.

Nicolae observa la chevalière, mais n'osa pas la toucher. Au lieu de s'en saisir, il raffermit sa prise sur la poignée de son épée. Il s'agenouilla, plaqua sa lame contre la gorge de Werner puis la brandit pour porter le coup de grâce.

*

Adossé au mur à côté de la porte entrouverte du bureau, Jiles serrait les poings à s'en briser les phalanges. Bafoué dans son sacerdoce et dans sa foi en Dieu par son maréchal, l'aide de camp repensait aux innombrables innocents livrés en pâture à Ecaterina au nom d'une nécessité fallacieuse, au père et au fils assassinés pour satisfaire à un rituel impie destiné à l'accomplissement du désir d'un seul, et ce au plus parfait mépris de la raison d'être du Confutatis : protéger les populations vulnérables.

Les guerres exigeaient des sacrifices. Jiles le savait depuis son premier jour parmi les Templiers et n'avait depuis cessé de l'éprouver dans sa chair. Au fil du temps, l'impitoyable soldat en lui avait pris le pas sur le moine bienveillant. De son engagement, il n'avait espéré nulle autre récompense que celle de reconquérir son âme, mener une vie insouciante et mourir en paix pour retrouver ce Dieu auquel il croyait tant.

Jiles le réalisait désormais, il était au-delà de toute rédemption. Il s'élança dans les sous-sols de la centrale à la recherche de derniers fidèles, et, ce faisant, maudit les impénétrables voies de ce Seigneur ingrat ainsi que la faiblesse des hommes.

*

Nicolae jubilait. Même s'il n'éprouvait aucune haine pour le fils d'Alexander, sa ressemblance avec son père le troublait, ravivant chez lui une soif de vengeance trop longtemps refrénée. L'épée fendit l'air, mais heurta violemment le sol alors que le maréchal basculait sur le flanc, victime de la charge forcenée du lieutenant.

Profitant de l'effet de surprise, ce dernier lui assena une avalanche de coups à la face dont la puissance n'étonna pas Nicolae, qui mit celle-ci sur le compte de l'énergie du désespoir. Il encaissa sans sourciller la rossée administrée par son adversaire, puis, lassé par l'exercice, lui décocha un direct aux côtes qui coupa aussi sec le souffle du policier. Une pichenette projeta le jeune homme dans les airs. Il atterrit brutalement aux côtés de Werner. Ses gémissements se mêlèrent aux halètements bestiaux du vampire qui renifla en direction de Barry.

Nicolae se redressa, raflant Klaue au passage. Il regarda autour de lui, savoura l'instant auquel il s'était toujours interdit de rêver. Le docteur Carvey tremblait comme une feuille, blottie derrière le bureau. Le lieutenant aux cheveux roux grimaçait de douleur en se tenant l'abdomen. Le fils du traître, retourné à l'état sauvage, glissait vers lui à la manière d'un serpent.

— Je crains que votre ami n'ait l'intention de festoyer de vous, lança le maréchal au policier. Il semblerait que le nom Von Lowinsky soit pour l'éternité synonyme de forfaiture.

Sur ces mots, dévoré par l'impatience, il se précipita vers le bureau. Il ouvrit un tiroir à la volée dont il retira d'abord la télécommande des explosifs installés dans la centrale. Il plaça l'appareil dans sa poche de pantalon puis s'empara d'une croix pattée en or sertie de rubis sur ses deux faces. Le regard implacable de Nicolae croisa celui, hagard, de Lana Carvey.

Il ne lui prêta aucune attention et se dirigea vers la cage où l'attendait sa bien-aimée. Elle l'accueillit en lui sautant à la gorge à peine eut-il franchi le seuil. Il brandit alors la croix vers elle. Un rai de lumière frappa la créature de plein fouet, l'envoyant s'écraser contre le mur opposé. Sans lui laisser le temps de se ressaisir, il se précipita vers elle, lui attrapa le poignet et glissa hâtivement Klaue à son annulaire. Dotée d'une volonté propre, la chevalière se resserra autour du doigt de son nouvel hôte.

Comme par enchantement, les ongles noirs se rétractèrent et retrouvèrent leur couleur naturelle. Les mains boursouflées recouvrèrent leur gracilité diaphane. Les cheveux hirsutes et sales parurent lissés par quelque brosse invisible et reprirent leur soyeux d'antan. Et dans les yeux éteints depuis trop longtemps renaquit la flamme.

— Nicolae ? bredouilla la jeune femme, confuse.

— Ecaterina, je suis là, pour toi, pour toujours, répondit-il, bouleversé par l'indicible félicité qui l'envahissait.

Il se pencha vers elle puis la prit dans ses bras avec une délicatesse dont il ne se croyait plus capable.

Les deux amants réunis se blottirent l'un contre l'autre.

*

Barry souffrait le martyre. Le choc encaissé lui avait brisé les côtes, et sa violence avait ravivé la douleur inhérente à l'ablation de la rate subie deux mois plus tôt. Un peu comme si à chaque inspiration on lui portait un coup de poignard. Pourtant, il lui fallait lutter, se ressaisir, récupérer assez d'énergie pour se battre encore, quand bien même la bataille était perdue d'avance.

Les mâchoires serrées, la vue brouillée, il tenta de se redresser. Il y parvint dans un grognement, mais se retrouva dc nouveau cloué au sol. Une paume difforme venait de s'abattre sur sa poitrine et le maintenait à terre.

Barry tourna la tête et vit Werner, le visage dégoulinant de sang, à côté de lui. Ses traits bestiaux n'avaient plus rien de commun avec ceux de l'homme qu'il connaissait. Il reniflait à la manière d'un animal attiré par l'odeur de la viande fraîche. Ses lèvres retroussées dévoilaient une denture anarchique, démesurée, monstrueuse.

La pression qu'il exerça sur la cage thoracique de Barry arracha à ce dernier un nouveau cri de douleur dont le vampire sembla se délecter. Il rampa sur le policier qui l'agrippa par les épaules, mais ne réussit pas à le faire basculer. La bouche carnassière s'approcha de la gorge offerte. Ignorant sa souffrance, Barry replia ses jambes puis les plaqua contre le ventre de Werner. Il mit dans la poussée toute l'énergie qui lui restait. Le monstre partit à la renverse.

À la limite de l'évanouissement, le lieutenant se traîna à l'opposé de son assaillant, griffant le sol de ses ongles. Arrivé près du mur contre lequel il chercha l'appui nécessaire pour se relever, il jeta un coup d'œil en arrière et avisa Werner, agenouillé près du prisonnier épargné par Jiles quelques minutes auparavant.

Le prédateur fondit sur sa proie.

*

Nicolae aurait pu rester ainsi une éternité, lové contre le seul être auquel il tenait, celle pour qui il avait enfreint toutes les règles, foulé aux pieds toutes ses promesses. Les cris du policier ne parvinrent pas à le distraire de son bonheur. À dire vrai, imaginer que celui-ci mourût sous les crocs de Werner l'amusait.

Dans quelques instants, Ecaterina se nourrirait du détenu enlevé dans l'après-midi et épargné dans le seul but de la régénérer. Ensuite, il détruirait Werner, tuerait Jiles et les derniers frères. Enfin, il déclencherait les explosifs disséminés dans la centrale électrique désaffectée et effacerait les derniers vestiges des Templiers maudits. Quant à Lana Carvey, bien que rendue à demi folle par le spectacle dont elle avait été témoin, et ne représentant donc aucune menace, elle périrait sous les décombres. Et même si elle s'en tirait, qui croirait à son histoire ?

Nicolae aida Ecaterina à se relever puis caressa son épaule d'une main protectrice.

— Tu ne le réalises pas encore, mais tu es plus libre et plus forte que je ne le serai jamais, la réconforta-t-il alors qu'elle marchait d'un pas mal assuré. La nuit qui nous séparait autrefois sera notre domaine.

Ecaterina s'apprêta à répondre, mais une invective hurlée depuis l'entrée du bureau l'en empêcha.

— Justice ! cracha la voix tonitruante de Jiles.

Nicolae leva les yeux et découvrit son aide de camp accompagné de trois frères qui s'engouffraient dans la pièce.

Jiles interrompit sa course et, à la manière d'un lanceur de javelot, propulsa son épée en direction du maréchal. Celui-ci l'esquiva *in extremis* d'une rotation du bassin. Il vit la lame s'enfoncer dans la poitrine d'Ecaterina. Nicolae savait que, en portant la chevalière, elle souffrirait d'une blessure sans plaie, certes douloureuse mais mineure, comme celle infligée à Werner lors de l'intervention au service médico-légal. Une brûlure, affaiblissante, mais sans risque.

Affaiblissante… Le mot claqua telle une détonation dans l'esprit de Nicolae. Ecaterina ne s'était pas encore nourrie. De surcroît, il venait de l'exposer au feu de la croix pattée. Un cliquetis métallique au sol confirma la crainte muette qui enflait dans son cœur.

Klaue abandonnait de nouveau son hôte, trop faible pour mériter son pouvoir. La jeune femme redevenait un monstre, par là même vulnérable aux effets destructeurs des lames enchantées.

L'espace d'un court instant, Ecaterina retrouva son aspect inhumain puis redevint elle-même. Du sang coulait désormais de son torse. Ses paupières s'abaissèrent avant que Nicolae n'ait le temps de plonger une dernière fois ses yeux dans les siens. Il ne put que la recueillir, alors qu'elle s'effondrait, morte, dans ses bras.

— Mettez le maréchal aux arrêts, ordonna Jiles sans faire cas de la détresse de son supérieur. Aussi vrai que Dieu est mon juge, tu répondras de tes crimes.

— Maudit soit ton Dieu aveugle et cruel, déclara Nicolae, la voix blanche, tandis que les trois hommes l'encerclaient.

Et tout en déposant à terre le corps sans vie d'Ecaterina, il plongea une main dans la poche de son pantalon, puis pressa la télécommande des explosifs.

*

Réfugié dans un coin de la pièce, Barry cherchait un second souffle qui se refusait obstinément à lui. La souffrance comme la peur ne comptaient plus. Werner lui-même ne comptait plus. De toute façon, il était trop occupé à vider de son sang le pauvre détenu pour s'intéresser à Barry.

Une rapide évaluation de la situation laissa un mince espoir au policier. Nicolae filait le parfait amour dans la cage avec sa dulcinée. Werner n'était plus qu'un chien obnubilé par sa gamelle. Lana avait trouvé refuge derrière le bureau massif du maréchal.

Barry profita de l'occasion qui s'offrait à lui pour clopiner jusqu'à elle. Il la découvrit adossée au meuble, recroquevillée, les yeux dans le vague. Un instant, il redouta qu'elle n'ait perdu la raison.

— Je ne comprends rien à ce qui se passe, mais vous êtes tous dingues, souffla-t-elle en remarquant sa présence.

Jamais reproche n'avait semblé plus réconfortant aux oreilles du policier.

— Je sais, lui répondit-il dans un sourire qui se crispa sous un nouvel élancement de douleur.

— Il faut appeler du secours !

Du secours... Si Abigayle a mis à exécution sa menace de localiser mon téléphone et déboule au milieu de la foire aux monstres, ce sera un véritable massacre, pensa-t-il.

Il étouffa dans l'œuf cette angoisse.

— Lana, je vous expliquerai tout, mais pour le moment, partons d'ici.

Elle s'apprêta à se relever quand des hurlements et des piétinements sourds montèrent depuis la porte d'entrée. Barry se mit à couvert près d'elle. La voix de Jiles s'éleva, sentencieuse, dans la pièce.

Qu'ils règlent leurs affaires entre eux, songea Barry en jetant tout de même un œil.

Il aperçut Nicolae agenouillé dans la cage près du cadavre d'Ecaterina. Trois hommes se tenaient autour de lui, le menaçant de leurs épées. Jiles approchait du groupe d'un pas décidé quand une explosion retentit au loin, suivie d'une autre. Le bâtiment sembla tanguer. Les Templiers, surpris, perdirent l'équilibre.

— Maintenant ! chuchota-t-il.

Lana se redressa en souplesse puis fila comme une flèche vers la porte, précédée de Barry. Mais avant qu'ils n'y parviennent, Werner leur barra la route. Son repas achevé, il avait retrouvé sa force et, surtout, paraissait bien décidé à se nourrir encore.

Barry ne put esquiver la charge du vampire qui lui enserra la gorge et le décolla du sol. Dans le même mouvement, il plaqua le policier contre le mur, lui arrachant un cri déchirant.

— Fuyez ! ordonna-t-il à Lana alors que de nouvelles déflagrations se faisaient entendre.

*

Un véritable tremblement de terre secouait la centrale. Nicolae profita de l'effet de surprise pour retirer l'épée plantée dans le torse d'Ecaterina. D'un moulinet ample, il toucha deux des frères qui l'encerclaient, les pulvérisant sur le coup.

— Tu es né poussière, tu retourneras poussière, cracha-t-il, la bave aux lèvres, en cherchant des yeux l'unique objet de sa rage : Jiles.

Celui-ci pénétra dans la cage, à la faveur d'une attaque portée par le troisième chevalier. Il saisit au passage les deux épées des morts. Nicolae ne le perdit pas du regard alors qu'il parait avec une aisance déconcertante l'assaut du dernier de ses soldats. Sa riposte trouva le cœur de son adversaire qui s'évapora sans comprendre ce qui lui arrivait.

Le face-à-face débuta. Le maréchal et l'aide de camp se jaugèrent, tournant l'un autour de l'autre.

Nicolae lança l'assaut. Jiles l'esquiva et frappa à son tour. Formés aux mêmes techniques, doués de capacités similaires, les deux Templiers rivalisaient d'adresse. Ils partageaient tous deux la même haine, la même soif de vengeance. Au-dessus d'eux, la centrale s'effondrait, mais ils n'en avaient cure. Tout juste Jiles remarqua-t-il l'incursion furtive du docteur Carvey dans la cage. Une seconde d'inattention dont Nicolae tira parti pour enrouler sa lame autour de celle de son ennemi. L'aide de camp ne put rétablir sa garde. L'acier troua son épaule de part en part puis ressortit aussitôt, le laissant vulnérable au coup de grâce. Nicolae plongea pour atteindre le cœur. Il ne trouva que le vide.

Vif comme l'éclair, Jiles s'était décalé d'un pas et profita du mouvement pour frapper d'estoc le ventre de son adversaire qui, le souffle coupé, lâcha son arme.

— Pour vous, j'aurais traversé les Enfers, se lamenta-t-il en poussant plus profond.

Nicolae pointa sur lui des yeux exorbités qui s'apaisèrent soudain. Un sourire éclaira son visage.

— Pardonne-moi, mon frè...

Un nuage de poussière emporta le maréchal, sous le regard anéanti de son fidèle second.

*

Barry ne lutta plus et s'abandonna au bon vouloir de son bourreau dont il subissait l'étreinte tout autant que l'haleine fétide. Les lèvres de Werner s'approchèrent de son cou. Ses crocs caressèrent sa chair.

Le policier se raccrocha à l'espoir que Lana ait pu s'enfuir et que, là où il partait, Cindy et Maureen l'attendaient. Il ferma les paupières pour ne pas voir l'homme à qui il devait sa propre résurrection l'achever.

La morsure ne vint pas. La pression sur sa gorge s'évanouit.

Barry retomba à terre.

Il rouvrit les yeux et découvrit Werner, hagard. À ses côtés, Lana, tétanisée, répétait « Ça a marché… » d'une voix blanche. Elle tenait encore entre ses doigts Klaue qu'elle venait de glisser à l'index du vampire.

Derrière elle, dans la cage, Barry aperçut Jiles et Nicolae collés l'un à l'autre. Ce dernier tomba tout à coup en cendres.

Il ne chercha pas à comprendre plus avant. Sans se concerter, lui et Lana encadrèrent Werner, semi-inconscient, et l'entraînèrent vers la sortie. Partout éclataient des explosions suivies du bruit sourd d'éboulements continus.

Le trio progressa au milieu du chaos, évitant les néons qui pendaient du plafond. Des pans de murs entiers se détachaient derrière eux. Ils parvinrent à l'escalier menant au rez-de-chaussée. Au grand soulagement de Barry, assailli par la douleur, Werner semblait avoir recouvré ses esprits et avançait désormais sans le soutien du couple légèrement en retrait.

— Où est passé Nicolae ? demanda-t-il.

— Mort, répondit Barry. Seul restait Jiles quand nous sommes partis.

La conversation n'alla pas plus loin. Ils avalèrent de nouvelles marches et retrouvèrent l'immense couloir conduisant à la sortie. Un énorme bloc de brique se décrocha du toit, emportant dans sa chute une poutrelle métallique monumentale. Barry n'eut que le temps de plonger sur Lana afin de la pousser vers l'avant et lui éviter ainsi de finir broyée. Elle se releva et tendit ses deux mains à Barry pour l'aider. À l'endroit où se tenait Werner ne se trouvait plus qu'un amas de gravats.

— Non ! hurla le policier en frappant du poing un pilier. Pas maintenant, pas après tout ça !

— Votre sollicitude et votre sens du drame me touchent, mais je ne crains rien, contrairement à vous, tonna la voix de Werner depuis le tas de débris. Filez !

— Et vous ? demanda Barry, soulagé, alors que Lana le pressait de partir.

— J'ai une petite chose à terminer avant de vous rejoindre…

Rasséréné, le policier courut aussi vite que possible, précédé par une Lana à la foulée de sprinteuse. Elle regagna l'air libre la première et enjoignit à Barry d'accélérer. Ils s'abritèrent derrière les voitures garées devant l'immeuble qui s'affaissait sur lui-même. Une des deux cheminées s'effondra comme un château de cartes, bientôt imitée par l'ensemble du bâtiment. La deuxième moitié de la centrale encore debout ne tarda pas à suivre. Dans un grondement d'Apocalypse, un énorme nuage de poussière monta des ruines puis chargea vers le couple telle une lame de fond balayant tout sur son passage.

Le 4×4 qui les protégeait menaça de basculer sous l'onde de choc, mais tint bon. Lana et Barry demeurèrent serrés l'un contre l'autre, les yeux fermés. Au tumulte succéda un silence irréel.

Ils rouvrirent les paupières après un laps de temps indéfinissable. Les particules en suspension partout autour d'eux peignaient le monde en sépia, puis un vent bienvenu dispersa la poussière, dévoilant un paysage dévasté. De la centrale, il ne restait plus rien.

— Les Portes de l'Enfer sont refermées, murmura Barry, comme absent.

Il luttait contre le souvenir de l'effondrement des Twin Towers dans le vacarme duquel sa vie avait changé pour toujours, et se félicitait intérieurement de ne pas en sortir seul, cette fois.

— Qu'est-ce qui s'est passé ici ? demanda Lana d'une voix atone.

— Je ne sais pas par où commencer…

— Il va falloir trouver ! lui reprocha-t-elle. Je me fais enlever par des types qui prétendent sortir du Moyen Âge et se battent à coups d'épée, et… Et puis il y a cet homme qui se transforme en brume, et puis ça parle de vampires, de mages, de chevalières ensorcelées, et… Tout ça vous paraît parfaitement normal ?

Son débit s'accélérait. Un petit rire nerveux entrecoupait ses phrases.

— Vous me devez des explications !

— Elles viendront, je vous le promets, répondit-il distraitement en scrutant les vestiges de la centrale.

Il entendit au loin les sirènes des pompiers et des forces de l'ordre, mais ne s'en soucia pas et poursuivit pour lui-même :

— Allez, Werner, ne faites pas durer le suspense. Sortez de là…

Mais rien ne se produisit. Les secours ne tardèrent pas à envahir les lieux. Un bataillon de flics et de soldats du feu débarqua au milieu d'un ballet de phares et de projecteurs aveuglants. Lana expliqua aux policiers fébriles qu'elle appartenait au service médico-légal et avait été victime d'un kidnapping. Elle présenta également Barry, totalement indifférent à l'agitation ambiante, comme étant le lieutenant Donovan, de la brigade criminelle. Après de rapides vérifications par le biais des ordinateurs embarqués dans les véhicules, les pompiers enveloppèrent les deux rescapés dans des couvertures isothermes et les invitèrent à monter dans une ambulance.

Une Ford noire déboula alors à pleine vitesse et freina dans un dérapage contrôlé. Abigayle Raven et Jim Steranko surgirent de l'habitacle et observèrent, effarés, les ruines devant eux.

La policière, en proie à une colère noire, aperçut Barry et se précipita dans sa direction en hurlant une litanie de reproches et d'insultes. Spoutnik la suivait à grandes enjambées, déterminé à calmer la furie. Quand cette dernière découvrit les regards perdus de son collègue et du docteur Carvey, elle s'apaisa d'elle-même.

— Qu'est-ce qui s'est passé ? demanda-t-elle au lieutenant.

— Vous êtes arrivés trop tard, répondit-il, l'air réjoui, tout en continuant d'observer les environs, une attitude qui incita les secours, comme ses amis, à le croire en état de choc.

Aidé par Spoutnik, il posa un pied dans le fourgon médicalisé quand, au milieu des consignes et du grésillement des talkies-walkies, résonna dans la nuit un cri long et strident. Presque un chant. Il leva les yeux et le vit alors.

Un faucon, plus majestueux que jamais, tournoyait dans le ciel.

CHAPITRE 45

Lorsque Barry m'eut informé qu'un Templier demeurait en vie et que j'eus acquis la conviction que mon ami policier et le docteur Carvey sortiraient sains et saufs de la centrale électrique, je rebroussai chemin à la recherche du dénommé Jiles avec la ferme intention d'en découdre. J'étais moins motivé par une quelconque vengeance – après tout, je n'avais qu'une conscience parcellaire des derniers événements – que par le désir d'éradiquer définitivement la confrérie templière.

Mes recherches au cœur de la centrale en cours d'effondrement se révélèrent vaines, et Jiles resta introuvable. Était-il mort dans les décombres, et donc réduit en cendres, ou avait-il réussi à s'échapper ? Je n'en savais rien. Un doute pour le moins déplaisant et une épée de Damoclès au-dessus de nos têtes si cet individu décidait de terminer ce à quoi il s'était consacré tout au long de son existence.

Barry justifia sa présence à Yonkers par son enquête sur d'éventuelles complicités dans l'affaire Willard. Des éléments glanés auprès du Possible Pardon lui avaient permis de localiser des suspects. S'étant rendu sur place pour procéder à des obser-

vations avant de prévenir ses collègues, il était tombé nez à nez avec un commando de type paramilitaire. Le hasard avait voulu que ces hommes fussent à l'origine de l'assaut mené contre le convoi de prisonniers – leurs véhicules les trahissaient – et de l'enlèvement de Lana Carvey. Pour quelles raisons, nul n'en savait rien et ne le sut d'ailleurs jamais.

L'événement mit sur les dents une bonne partie des agences gouvernementales désormais lancées aux trousses du mystérieux commando désigné comme « terroriste » par les médias avec toute la tempérance dont ils étaient capables. Inutile de préciser que le NYPD, le FBI, la NSA et autres acronymes n'avaient pas fini de chercher...

Barry vécut douloureusement la culpabilité indéniable, quoique involontaire, de Jimmy Lean. Si le policier avait vu juste en envisageant une manipulation par l'hypnose du pauvre repris de justice, rien ne permettait d'en apporter la preuve devant un tribunal. Un cas exemplaire d'irresponsabilité, mais impossible à démontrer. Cela dit, la question ne se posa finalement pas longtemps.

Le lendemain de la destruction de la centrale, Jimmy Lean fut retrouvé dans les douches de l'établissement pénitentiaire où il attendait son jugement. Poignardé dans le dos à trois reprises, il ne survécut pas à ses blessures. Tuer un pasteur noir, ancien boxeur, et son enfant, n'était visiblement pas du goût de ses codétenus, aussi prompts à punir un crime qu'à en commettre eux-mêmes.

Écœuré, Barry songea à remettre sa démission au capitaine Stanton. L'en dissuader me coûta une longue et fastidieuse argumentation sur l'impuissance des hommes face aux forces occultes qui arpentaient cette terre, et dont je n'étais certainement pas, nous le savions désormais, l'unique représentant. Car si les mages, vampires et Templiers maudits existaient, rien ne nous garantissait que d'autres abominations ne hantent pas le monde. L'origine même du mal que j'incarnais nous était inconnue et soulevait des interrogations qui, nous l'ignorions encore à l'époque, marqueraient notre avenir.

Quant à moi, j'eus droit à un récit exhaustif du drame qui s'était joué dans les sous-sols de la centrale, depuis les vraies motivations de Nicolae, jusqu'aux détails de la trahison de Père. Je reçus également mon compte de reproches pour avoir accepté, trop hâtivement selon Barry, de me sacrifier pour sa sauvegarde et celle de Lana.

Sur l'instant, outre les choix limités qui s'offraient à moi, j'avoue avoir cédé aux sirènes de la désespérance. Car toute ma vie, de ma plus tendre enfance à ma mort, je n'avais eu comme seule inspiration, comme seul guide, que le désir ardent de me montrer à la hauteur d'Alexander Von Lowinsky. Toute ma vie, j'avais marché avec fierté dans les pas d'un homme que je ne connaissais pas. Que je ne connaissais plus. Pire, un homme que je méprisais aujourd'hui pour avoir exigé de moi une droiture et un caractère dont lui-même était dépourvu. Par son égoïsme et aux fins d'assouvir ses rêves misérables de trivialité, mon géniteur m'avait condamné, en toute connaissance de cause, à une nuit éternelle.

Dans cette pensée je trouvai la force de surpasser mon désarroi. Car, après tout, je n'avais pas abandonné Barry. Outre mon attachement sincère à ce garçon, cette décision portait en elle un message sans ambiguïté : je ne suis pas mon père. La trahison n'est pas un atavisme. Certaines pages du livre de nos vies sont parfois écrites à notre insu. Il ne tient qu'à nous d'en inventer les suivantes. Dans cette vérité je puise ma vigueur, et Barry le prouve avec son histoire d'amour naissante, le plus beau des chapitres est toujours à venir...

*

Sur le perron du Possible Pardon, le professeur Jonathan Walters fumait cigarette sur cigarette. Un appel téléphonique l'avait informé quinze minutes plus tôt de la délivrance imminente d'un courrier contre signature. Il ne souhaitait pas infliger à ses pensionnaires le spectacle de son chagrin face à l'inéluctable banqueroute de leur institution. Alors il guettait dehors la remise du pli qui sonnerait le glas de ses efforts.

Une voiture noire ralentit devant lui. Un homme en costume trois-pièces et à l'allure austère en sortit, une grande enveloppe dans les mains.

Un rapide échange, poli mais sec. Contre la présentation de son permis de conduire et un paraphe, le courrier lui fut remis. Véhicule, chauffeur et passager disparurent aussi vite qu'ils étaient apparus.

Jonathan décacheta le pli puis en retira une feuille dont il parcourut anxieusement le contenu. À la fin de sa lecture, il chancela puis s'assit sur les marches de l'escalier de pierre.

Miranda, l'assistante septuagénaire, déboula depuis l'intérieur de l'institution. De sa démarche claudicante, mais encore énergique, elle s'approcha de Jonathan pour s'enquérir de son état. Groggy, les yeux hagards, il lui tendit la missive sans dire un mot. Elle lut à son tour puis se mit à applaudir à tout rompre, un sourire radieux aux lèvres en brandissant le chèque agrafé à la lettre.

Incapable d'exprimer ni son émotion ni son soulagement, le professeur Walters observa Miranda lancée dans un jerk endiablé. Ce qu'elle tenait entre ses doigts parcheminés n'était pas un chèque, mais un miracle.

*

La vente de mon appartement du sud de Manhattan avait généré une plus-value importante et, pour tout dire, absurde au vu de la courte période écoulée entre son achat et sa cession.

Selon la sagesse populaire, l'investissement dans la pierre serait de loin le plus pérenne. En gestionnaire avisé, j'avais suivi ce principe tout au long de ma vie. Un principe dont je mesurais désormais les limites.

Balayés par le temps et l'oubli, les pierres se fendent, les empires s'écroulent, les dynasties se désagrègent. Aussi pris-je cette fois la décision d'investir dans la seule valeur trouvant encore sens à mes yeux : mon espoir en l'homme.

Pour qu'enfin la fortune de mon traître de père, puis du marchand de mort que je fus, acquise en misant sur les plus bas instincts de l'humanité, contribue à exalter ce qu'elle a de plus noble.

Pied de nez à mon propre destin, j'influerais ainsi sur des vies brisées. Je dotai des moyens nécessaires à la poursuite de leur œuvre les femmes et les hommes mus par la croyance qu'il existe une rédemption pour chacun de nous.

*

Barry retrouva Werner à l'angle de la rue du Possible Pardon. Un sourire circonspect salua son arrivée.

— C'est bien, ce que vous avez fait, commenta sobrement le policier. Pourquoi ne pas vous signaler auprès de Walters ? Il serait heureux de vous exprimer sa gratitude.

— La beauté du geste réside dans sa discrétion, répondit Werner en suivant du regard la vieille dame et le professeur qui pénétraient bras dessus bras dessous dans l'institution.

Barry acquiesça puis invita son ami à rejoindre sa voiture de service garée un peu plus loin.

— Tiens, vous avez récupéré votre manteau ? demanda-t-il en chemin.

— En effet, mais ce ne fut pas tâche aisée compte tenu de la foule qui occupe les abords des ruines de la centrale. Je vous avoue avoir un peu recouru à l'hypnose pour ce faire.

— Vous êtes pardonné, s'amusa Barry. Prêt à affronter Lana ?

— Certes, mais l'estimez-vous capable d'endurer ma présence ?

— Très franchement, après ce dont elle a été témoin, je pense que le plus gros du chemin a été fait. Et puis, si elle et moi devons franchir des étapes ensemble, je tiens à ce qu'aucun secret ne demeure entre nous.

— L'argument se défend.

— Elle est très impatiente de vous revoir et d'en apprendre plus sur vous. Attendez-vous à un feu nourri de questions. Ah, et j'ai pris la liberté d'inviter Anthony Fromhill à se joindre à nous, histoire de nous épauler dans les explications.

— Grand bien nous fasse, soupira Werner.

— Allez, il n'est pas si désagréable. Et puis il a pour vous l'admiration d'un fan, et je me suis laissé dire que vous ne détestiez pas cela autant que vous le prétendez.

La faculté de ce garçon à me décrypter me rend fou...

David Khara
De « Rivière Blanche » à Fleuve Éditions
Itinéraire d'un auteur de l'Imaginaire

Vous venez de lire la dernière phrase d'*Une nuit éternelle* avec un petit pincement au cœur. Vous pensiez en avoir fini avec cette aventure qui vous a tenu en haleine pendant toutes ces pages, eh bien non. Comme dans certains films, où après le générique final le réalisateur dévoile des extraits non retenus, comme les bonus dans les DVD, l'auteur et l'éditeur m'ont demandé d'écrire cette postface et il ne m'a pas fallu bien longtemps avant de céder à leur demande. Pour une raison simple : je suis un fan de David Khara. J'aime ce qu'il écrit, et j'apprécie sa personnalité. Deux très bonnes raisons pour vous parler de lui. Et puis, cerise sur le gâteau, depuis quarante ans, j'ai rêvé d'écrire pour le Fleuve Noir. Mon rêve vient de se réaliser.

David Khara, un pseudonyme, pris car son vrai nom a le parfum du mystère de Rennes-le-Château, mais bon, je n'en dirai pas plus, David a acheté mon silence à ce sujet.

Pour comprendre cette admiration que j'ai à la fois pour l'auteur et pour l'homme, il faut remonter dix ans en arrière. En 2004, avec Jean-Marc Lofficier, nous lançons la collection « Rivière Blanche ». Le nom, la maquette, le logo et même les auteurs, tout était réuni pour rendre un vibrant hommage à « Anticipation », la mythique collection du Fleuve Noir qui, pendant des décennies, a été un des pourvoyeurs de la science-fiction française auprès des lecteurs (dont j'étais) et qui s'est malheureusement arrêtée après 2 001 ouvrages.

Dix ans plus tard, avec plus de 250 ouvrages publiés, « Rivière Blanche » continue son petit bonhomme de chemin, avec la même ambition, être digne du Fleuve Noir, notamment en publiant des premiers romans de « jeunes auteurs ». Le Fleuve Noir a été une véritable pépinière d'auteurs français, je ne les citerai pas, de peur d'en oublier. Cette ambition, nous la poursuivons et elle est à l'origine de ma rencontre avec David Khara.

J'ai reçu le manuscrit des *Vestiges de l'aube* dans ma boîte mail, sans l'avoir demandé, comme plus de 300 autres par an. Je l'ai survolé rapidement et j'ai pensé que c'était encore une énième histoire de vampires. Mais Thomas Geha, auteur, libraire, éditeur, m'a dit : « Lis-le, tu verras c'est bien. » J'ai écouté son conseil et il avait raison. De suite, je me suis dit que je devais le publier. Comme vous venez de terminer le livre, vous ne me demanderez pas pourquoi. Pour moi, c'était un roman original, avec des personnages différents des vampires habituels, un scénario qui tenait la route, une écriture rythmée, et surtout New York, mais là je suis de parti pris car je suis un amoureux inconditionnel de New York.

J'ai dévoré le roman d'une traite, je n'ai pas pu le laisser tomber. Heureusement, c'était un weekend. Quand je suis arrivé au terme de ma lecture, je me suis dit : « C'est un pseudo, il a déjà dû écrire d'autres romans. » Je n'ai pas hésité une seconde, ce qui est rare. Normalement, je prends mon temps, je relis le roman, j'évalue les forces et les faiblesses. Mais pour *Les Vestiges de l'aube*, j'ai dit « banco » tout de suite. J'ai voulu le publier, et même si je lui ai proposé de chercher un éditeur plus important que « Rivière Blanche », j'espérais qu'il publie chez moi. C'est peu après que j'ai fait la connaissance de David, d'abord au téléphone, puis en chair et en os dans le hall du palais des congrès de Nantes, pour les Utopiales. Un grand souvenir pour tous les deux dont nous parlons encore.

Deux points m'ont marqué chez David : sa simplicité et qu'il ait été joueur de rugby. Moi qui habite le Sud-Ouest, qui ai été élevé en écoutant Roger Couderc (regardez sur Internet si vous ne le connaissez pas), moi qui ne manquerais sous aucun prétexte (sauf Salon du livre) une finale du Top 14 ou un match du tournoi des Cinq Nations, je n'en revenais pas qu'un ancien joueur de rugby puisse écrire un roman vampirique. Et depuis, nous aimons partager cette passion commune : il n'y a pas si longtemps, nous étions côte à côte dans un salon du livre à Angers à regarder le résultat de l'équipe de France face à l'Australie.

Mais le plus important chez David reste sa simplicité. Car après des dizaines de milliers de ventes, une BD, des traductions dans de nombreux pays, des projets d'adaptation de ses romans au cinéma, David est resté le même. Son sourire, sa bonne humeur (sauf quand les Français jouent mal) sont légendaires.

Tous les lecteurs qui l'ont croisé dans un salon vous le diront : c'est un plaisir de discuter avec lui.

Le même plaisir qu'ils prennent à lire ses romans, aussi bien *Une nuit éternelle*, que sa série de thrillers et même son roman pour ados, roman que je vous conseille. Ne vous arrêtez surtout pas à l'étiquette jeunesse, vous ne le regretterez pas.

Dans le monde des livres, David ne se prend pas au sérieux, mais attention, il écrit sérieusement. Comme il s'est donné à fond dans son métier ou sur un stade, David ne prend pas l'écriture d'un roman à la légère. Que ce soit pour l'évocation de la Seconde Guerre mondiale dans sa trilogie des *Projets*, ou pour la description de Manhattan et de la guerre de Sécession dans *Une nuit éternelle*, il se livre à un énorme travail de documentation et personne ne peut le prendre en défaut. Cette rigueur, le lecteur la retrouve dans le scénario mais aussi à travers son style qui s'est affirmé au fil des romans.

David n'écrit pas pour lui, il écrit pour le lecteur, pour le divertir mais aussi pour lui montrer l'âme humaine. Ses personnages, souvent masculins – tiens, c'est un petit reproche que je lui avais fait –, sont sombres, vous l'aurez remarqué avec Werner et Barry, même si la vie ne leur a pas été toujours facile. Le dualisme d'*Une nuit éternelle* m'a touché. Un personnage qui ne jure que par la loi du talion et l'autre par la justice, pas la peine de chercher bien loin, c'est l'homme. David observe, écoute, essaye de comprendre, et ensuite il traduit toutes ses émotions dans ses romans.

Quatre ans après avoir publié la première version des *Vestiges de l'aube*, je ne le regrette pas un seul instant. Et ce que je ne regrette pas, c'est qu'après, David ait pris son envol pour arriver au Fleuve Noir, devenu en 2014 Fleuve Éditions. J'avoue, oui j'avoue que je suis fier qu'un auteur de « Rivière Blanche » accède au Fleuve. D'habitude, c'est l'inverse. Mais c'est amplement mérité. Vous le savez, vu que vous venez d'apprécier *Une nuit éternelle* et que, comme moi, vous réclamez une suite. Il faudra le dire à l'auteur et aussi à l'éditeur. Ensuite, point important, après avoir été publié dans de grandes maisons, David a toujours tenu à remercier « Rivière Blanche ». Il a toujours parlé de cette collection en termes élogieux et quand il a pu nous aider, il l'a fait avec plaisir et passion. Rien que pour cela j'ai encore plus d'estime pour lui. Sa reconnaissance me touche beaucoup et chaque fois que je l'entends parler de « Rivière Blanche » et de mon travail, j'en ai des frissons dans le dos.

Je ne vais pas vous ennuyer plus longtemps. Si vous ne les avez pas encore lus, plongez-vous dans les autres romans de David, sans oublier la bande dessinée tirée des *Vestiges de l'aube*, scénarisée par Serge Le Tendre et dessinée par Peynet, puis allez voir le blog de David pour avoir les dernières informations. Rencontrez-le dans un salon pour discuter avec lui, vous ne le regretterez pas. Et puis vous pourrez lui réclamer de vive voix la suite. Car quand c'est moi qui la lui demande, il ne m'écoute pas.

Et pour finir, je tiens à bénir le jour où David a décidé d'abandonner la communication pour l'écriture. Ce jour-là restera un grand jour pour nous, ses lecteurs.

Pamiers, le 30 juin 2014

Philippe Ward

FSC
www.fsc.org
MIXTE
Papier issu de
sources responsables
FSC® C003309

10/18, une marque d'Univers Poche,
est un éditeur qui s'engage pour
la préservation de son environnement
et qui utilise du papier fabriqué à partir
de bois provenant de forêts gérées
de manière responsable.

Imprimé en France par CPI

N° d'impression : 3012089
Dépôt légal : novembre 2015
X06732/01